In Fuga Col Nemico

CHARMAINE PAULS

Copyright © 2015 Charmaine Pauls
Tutti i diritti riservati.

Traduzione a cura di Paola Casadei.
Copertina di Adara Rosalie.

ISBN 978-0-620-73371-7

CAPITOLO UNO

Una nebbiolina si alzò da terra nel parco buio su Green Market Square, avvolgendo Lily Reid fino alle ginocchia. La ragazza rabbrividì sulla panchina sotto il riflesso giallo di un lampione. Nuvole pesanti si spostarono davanti alla luna. La scomparsa della luce avrebbe reso la notte sudafricana ancora più nera, ma a Città del Capo il cielo della sera ha avuto sempre un bagliore che riflette la vastità dell'illuminazione artificiale della città.

Un lampo di luce arrivò da lontano, come un fascio che squarcia il cielo. Un altro crimine era stato commesso da qualche parte. Un altro intruso era ora inseguito. Lily si strinse lo zaino al petto. Conteneva tutti i suoi magri possedimenti - un cambio di vestiti, un passaporto, una torcia elettrica, uno spazzolino da denti e il suo portamonete vuoto.

La fragile aria invernale penetrò sotto il suo giubbotto e nei jeans. Un improvviso soffio di vento scosse le foglie intorno a lei e chinò le cime degli alberi. Il freddo le fece capire che il vento veniva dalla direzione della Table Mountain. Mordendosi le unghie, cominciò a pensare a dove poteva ripararsi dalla tempesta imminente. Poteva già sentire l'odore della terra che avvertiva dell'arrivo della pioggia. Ben presto, la città sarebbe stata inzuppata d'acqua e avrebbe cominciato a ululare con venti di burrasca. I centri commerciali erano chiusi di notte, e le stazioni ferroviarie erano troppo pericolose. Avrebbe rischiato di essere violentata da una banda di teppisti e di farsi tagliare la gola da lì a poco se non avesse trovato un posto sicuro.

Non c'erano speranze. Non poteva nemmeno proteggersi dalla pioggia. Ma il vero problema non era la pioggia: era la sua inesperienza in quanto *senzatetto*. Oggi era solo il suo settimo giorno senza un tetto sopra la testa. Finora era riuscita a nascondere il suo stato imbarazzante.

1

Di giorno fingeva di essere semplicemente una ragazza qualsiasi che andava da qualche parte con uno scopo preciso. Si nutriva appena rubando avanzi dai tavolini dei caffè di strada. Di notte, si lavava sotto i rubinetti dei giardini e dormiva dietro i cespugli nei parchi. Non aveva alcuna possibilità di contattare suo padre. Per motivi di sicurezza, lui non le lasciava mai un numero o un indirizzo quando si recava in Europa. Aveva cercato la sua matrigna, che viveva negli Stati Uniti, ma il telefono era staccato. Ciò significava che suo padre era a conoscenza dell'attacco. Aveva avvertito sua moglie, e lei era scomparsa. Fino a quando se ne stava per strada, nascondendosi e correndo per mettersi in salvo, suo padre non aveva modo di trovarla. Non c'era nessun altro a cui rivolgersi. Adam, il suo fratellastro, era rimasto con suo padre. E andare dalla sua unica amica significherebbe solo mettere la vita di Clara in pericolo.

Dal momento dell'attacco armato a casa sua, che l'aveva costretta a fuggire due mesi fa, era riuscita a trovare un lavoro come cameriera a Camps Bay e una stanza in affitto nella casa di una vecchia signora. Non c'era voluto molto tempo agli uomini di Sky Communications per trovarla. Si erano presentati al ristorante, in abiti civili, invece che con le uniformi blu abituali, ma lei aveva riconosciuto il marchio con il globo blu-verde dietro al collo. Per fortuna, era arrivata in ritardo per il suo turno quel giorno, e li vide dalla finestra prima che loro si accorgessero di lei. Ancora una volta, dovette correre.

Come l'avevano trovata? L'unica spiegazione che poteva trovare era che avessero monitorato la sua carta d'identità. Non poteva più usarla. Ma senza un documento di identità, sarebbe stato impossibile ottenere un lavoro. Il suo aspetto fisico, poi, non giocava a suo favore: tutti dicevano sempre che sembrava più giovane dei suoi diciotto anni. Nessuno avrebbe rischiato di assumere una minorenne.

Tutto era cominciato con la visita di un uomo che possedeva un potere soprannaturale. I *paranormal* erano ovunque, di questi tempi. Ma questo era qualcosa di nuovo. Più forte. Più spaventoso. Il suo nome era Lupien, e non era un vampiro, un mutante o un lupo mannaro. Era un *firestarter*. Lei sapeva che suo padre era in qualche modo coinvolto con i *paranormal* e che possedeva delle quote in società di comunicazione, e che gli uomini di Sky Communications, principale concorrente di suo padre, non erano affatto contenti di ciò. Tanto da essere disposti a uccidere. La sua unica possibilità di sopravvivenza era scappare e sperare che loro non riuscissero mai a raggiungerla. Ora doveva solo capire come stare al sicuro e al caldo e mangiare qualcosa... senza soldi.

La nebbia sembrava cadere più spessa dal mare, e il profumo di salsedine si mescolava all'odore della pioggia. Le sue unghie erano diventate blu. Il freddo era una parte costante di lei ora, come lo erano la fame e la paura. Posò lo zaino accanto ai suoi piedi e si sedette sulle mani, nel tentativo di scaldarle. Cercò di pensare. Quando le sue dita cominciarono a intorpidirsi dal peso delle gambe, nascose le mani sotto la maglietta. Forse poteva nascondersi in un McDonalds aperto ventiquattr'ore su ventiquattro. Ma non aveva mai attraversato la città da sola, non sapeva nemmeno dove fossero i *fast food*. A casa, c'era sempre un autista che l'accompagnava dovunque volesse. Eppure, non poteva restare qui. Era meglio camminare fino a quando non avesse trovato un ponte o un nascondiglio non ancora abitato da altri senzatetto o dai gangster per i quali la città era conosciuta e temuta.

Quando si stava alzando, lo scricchiolio della ghiaia le fece saltare il cuore in gola. Un uomo apparve sulla strada, la sua sagoma materializzandosi attraverso la nebbia. Lily afferrò la borsa. Era troppo tardi per mettersi a correre. Era già troppo vicino. Abbracciando forte il suo zaino, si sedette e rimase immobile. Se lei non si fosse mossa, forse lui sarebbe passato oltre senza fermarsi. Chinò la testa. Il suo battito cardiaco accelerò quando i passi rallentarono. Due stivali neri si fermarono nel suo campo visivo. Alzò lo sguardo, vide dei jeans neri e una giacca a vento. Alto, con spalle larghe, l'uomo la fissò. Aveva la testa inclinata di lato, con i capelli scuri che gli ricadevano sulla fronte. Alla luce del lampione lei poté distinguere i suoi occhi. Le iridi erano di un verde molto pallido, era come se brillassero in contrasto con la sua pelle abbronzata. Il suo viso era angoloso, con gli zigomi alti e il naso dritto. Non c'era nulla di morbido nei suoi lineamenti, se non le lunghe ciglia che incorniciavano i suoi occhi. Era affascinante, con tratti rudi, che davano al suo aspetto un'aria dura. Era il tipo di sguardo da cattivo ragazzo che dovrebbe fare scappare una donna. Sembrava addirittura pericoloso. Ma la sua espressione non era minacciosa come lei si aspettava. Era strano.

«Ehi» le disse con una voce profonda. «Va tutto bene?».

Lily si schiarì la gola. «Sì!».

3

Lui guardò il cielo, ma invece di dire qualcosa sul tempo, disse: «Non è sicuro, sai, per una ragazza stare qui da sola».

Lei cominciò ad agitare una gamba.

«Sto aspettando qualcuno. *Lui*» fece in modo di porre l'accento sul genere maschile, «sarà presto qui».

«Posso aspettare con te. Non ho fretta».

«No» rispose subito Lily, «non è necessario».

L'uomo sembrò esitare, poi disse: «D'accordo. Ma stai attenta». Quindi andò oltre.

Lily fece un sospiro di sollievo, ma lui si fermò, si voltò e tornò indietro.

Si passò una mano tra i capelli. «Non posso lasciarti qui così. Fa freddo e sta per piovere. Per non parlare di quello che potrebbe accaderti».

«Ti prego» lo supplicò, «lasciami in pace».

L'uomo si chinò tanto che si trovarono alla stessa altezza e la guardò negli occhi, appoggiando un braccio sul ginocchio. «Non so in che tipo di guai ti trovi, ma ti posso assicurare che stare qui potrà solo peggiorare la situazione».

Lily cercava di trattenere le mani dal tremare, ma dentro si scuoteva tutta. Sapeva che non doveva fidarsi di nessuno. «Vattene ora, o mi metto a urlare».

Lui sospirò. «Hai ragione a non fidarti degli sconosciuti. Fai proprio bene. È un'ottima filosofia per stare al sicuro». Una pioggerellina fine cominciò a cadere. L'uomo guardò il cielo di nuovo e si rialzò. «Io sono Jacob. Jacob Miller. Come ti chiami?».

«Vai via».

«Non me ne vado finché non mi dici il tuo nome». Quando lei distolse lo sguardo, le disse: «Non ho intenzione di farti del male. Voglio solo aiutarti».

Che differenza farebbe dirgli il suo nome? Lei voleva solo che lui la lasciasse in pace. «Lily. Ora vai».

«Lily. È carino. Guarda, Lily, io capisco quando una ragazza è in difficoltà, quando ne vedo una. Tu in realtà non stai aspettando nessuno, e non stai andando da nessuna parte; lo sappiamo entrambi. Io abito qui vicino. Non è niente di speciale, solo un piccolo appartamento, ma puoi restare lì per la notte. È asciutto e caldo».

Le persone che offrono favori vogliono sempre qualcosa in cambio. «Grazie, ma come hai detto tu, io non ti conosco. Per favore, adesso lasciami in pace».

«Non posso. Non sarò in pace con la mia coscienza, se mi allontano, lasciandoti qui da sola».

Lei girò la testa lentamente per studiarlo. In una città con un tale tasso di criminalità, non era normale per chiunque ci tenesse alla propria vita, persino per un uomo pieno di muscoli, girovagare per le strade dopo il tramonto. «Perché stai camminando da solo nel parco di notte?».

Lui alzò il pollice indicando un punto dietro la spalla. «Mi sono fatto un paio di birre al pub lungo la strada. Dato che ho passato il limite, ho dovuto lasciare la mia auto lì. Nel mio tipo di attività, non posso rischiare di essere scoperto. Perderei la mia licenza commerciale».

Il trasporto pubblico era inesistente a Città del Capo di notte, tranne per i minivan che entravano e uscivano nelle pericolose *townships* e il treno che collegava la città ai paesi in periferia. Anche se la sua spiegazione era credibile, la sua presenza ancora la rendeva nervosa. Sapeva che era meglio non andare a casa di uno sconosciuto. Scosse la testa, sul punto di dirglielo, quando delle risate rauche risuonarono poco lontano. Lily si irrigidì.

Impassibile alle voci che si avvicinano, Jacob le chiese: «Ti farebbe sentire più al sicuro se invito un'amica per stare con te?».

Prima che potesse rispondere, quattro uomini apparvero da dietro gli alberi sul prato verde. Quando videro Lily e Jacob, si fermarono.

«Ehi» disse uno di loro, dando una gomitata al suo amico nelle costole, «guarda là». Indicò in direzione di Lily e Jacob.

I quattro rimasero tranquilli. Lentamente, andarono verso la panchina. Quando entrarono nel cerchio di luce, Lily notò che erano giovani, forse anche più giovani di lei. C'erano due ragazzi bianchi, uno di colore, e un ragazzo meticcio. Ognuno di loro aveva una bottiglia di birra in mano.

Uno dei ragazzi bianchi si fece avanti, con la testa inclinata. La sua giacca di pelle nera luccicava con le gocce di pioggia. I suoi occhi si posarono su Jacob. «Tu». Sollevò la mano che stringeva la birra e indicò Jacob. Portava un orologio d'oro con un grande quadrante e un anello grosso con un onice nero. «Voglio il tuo telefono e il portafogli». Il suo sguardo si rivolse a Lily, percorrendole tutto il corpo. Le sue labbra si piegarono in un ghigno. «E la ragazza».

I suoi amici sghignazzarono. Lily trattenne il respiro, con il cuore in gola.

Invece di mostrare paura, Jacob si voltò verso i ragazzi e disse con voce piatta: «Avete tre secondi per andarvene».

Il ragazzo con l'orologio d'oro sogghignò. Si chinò e quando sbatté la bottiglia per terra, Lily sobbalzò. Il ghigno si trasformò in un orrendo sorriso mentre lentamente si rialzava, tenendo la bottiglia rotta per il collo come un'arma. Gli altri avevano appoggiato le loro bottiglie e tirato fuori i coltelli. Stavano prendendo posizioni di attacco. La pioggerella fine continuava a scendere, ma Lily lo notò appena. La sua attenzione era concentrata sul frammento di vetro rotto che risplendeva, marrone come un quadro dipinto con un tono seppia, alla luce slavata del lampione.

«Quattro contro uno?» disse Jacob con un luccichio negli occhi. «Siete un branco di vigliacchi».

«Su!» disse il ragazzo con la bottiglia rotta, «mostraci quello che sai fare». Si passò la lingua sul labbro inferiore. «Mi occuperò di te per primo, e dopo ti farò vedere cosa faccio alla tua graziosa ragazza».

Jacob ridacchiò e scosse la testa. Un rivolo d'acqua scorreva lungo le sue tempie. Senza togliere gli occhi dai ragazzi, riuscì ad arrivare con una mano dietro la schiena, sotto la giacca, e tirò fuori una pistola. Appena puntò l'arma contro i suoi aggressori, i quattro giovani cominciarono a indietreggiare.

«I coltelli per terra!» ordinò Jacob.

Lasciarono cadere le armi nella polvere.

«Ehi tu» disse il ragazzo di colore, «vacci piano».

Jacob allontanò con un calcio i coltelli. Indicò i pini accanto alla panchina. «In ginocchio. Là, vicino agli alberi».

«Io ho famiglia» disse il nero, nascondosi il viso tra le mani, camminando lentamente verso l'albero più vicino.

Quando furono inginocchiati sulla ghiaia, Jacob disse: «Due contro ogni albero, su lati opposti. Voglio che abbracciate i tronchi».

«Ma che cazzo vuoi, amico?» disse il ragazzo con l'orologio d'oro. «Vuoi che mi scopi un tronco?».

Lo stivale di Jacob lo colpì sul fianco, facendolo grugnire. «Continua a fare l'insolente e ti sistemo io. Afferra le mani del tuo compagno, così belle… accoglienti».

Il giovane imprecò, ma spinse la faccia contro la corteccia e prese le mani del suo compare che era inginocchiato sul lato opposto dell'albero. Date le dimensioni del tronco, dovevano sforzarsi per afferrarsi reciprocamente i polsi. Lily osservò esterrefatta, come paralizzata e in stato di shock, quando Jacob prese un pezzo di corda dalla tasca posteriore. Non appena capì le sue intenzioni, il ragazzo biondo, quello più lontano da Jacob, si alzò in piedi.

«Jacob!» gridò Lily, indicando il ragazzo che si era lanciato all'attacco.

Fece un solo passo prima che Jacob premesse il grilletto, sparando la pallottola nella polvere accanto alla scarpa del giovane. Il biondo si fermò e sollevò le mani sopra la testa.

Jacob fece schioccare la lingua. «Dannazione. Ti ho mancato. Stavo mirando il ginocchio». Puntò la pistola alla gamba del ragazzo.

«No. No!». Il giovane strinse gli occhi e si coprì. «Non il ginocchio».

«Torna al tuo albero, da bravo cagnolino» gli disse Jacob.

Lui si affrettò a tornare al suo posto di nuovo, si gettò in ginocchio e avvolse le braccia intorno al pino.

«Lily» disse Jacob. «Vieni qui».

Lily non riusciva a muoversi. Poteva solo fissare Jacob, mentre la scena le fece venire in mente l'orrore di un altro attacco che non poteva dimenticare.

«Lily» disse lui con voce decisa, ma dolce. «Ho bisogno che tu venga qui, tesoro».

La voce di Jacob richiamò la sua attenzione. Lei guardò prima lui poi gli uomini. Erano in minoranza. Se lei non lo avesse aiutato, sarebbero morti entrambi. Si alzò e si avvicinò a Jacob sulle gambe traballanti.

«Brava, tesoro, così». Quando si fermò davanti a lui, le disse: «Lega i loro polsi insieme con questi». Le porse le corde. Le sue dita tremavano quando prese le corde di plastica dalle sue mani.

«Inizia con lui». Jacob toccò l'uomo con l'orologio d'oro con la punta dello stivale.

Lily fece più in fretta che poté, nonostante le sue mani fossero gelate. Jacob le facilitò il compito, trattandola come un bambino piccolo, dandole un semplice ordine alla volta - "Vai là"; "Metti la corda intorno ai loro polsi"; "Stringi forte adesso" - fino a quando le quattro paia di braccia furono legate. I ragazzi la riempirono di insulti e bestemmiarono, cercarono di tirare per liberarsi e sputarono per terra. Con un cenno di soddisfazione, Jacob spinse la pistola nella cintura dei jeans e la coprì con il suo giubbotto. Si avvicinò alla panchina, raccolse la borsa di Lily e senza dire una parola le offrì la mano. Gli uomini gridavano incazzati minacce e oscenità.

Guardando il braccio teso di Jacob, Lily chiese: «E loro?».

Jacob si strinse nelle spalle. «Li troveranno domattina, quando gli addetti alle pulizie del parco entreranno in servizio». Dato che Lily esitava ancora, Jacob le disse: «Non possiamo rimanere qui. La città brulica di feccia come loro».

Ancora tremante, Lily si avvicinò a Jacob e mise la mano nella sua. Se avesse voluto attaccarla, lo avrebbe già fatto ormai. Lui la condusse a una certa distanza dai ragazzi, finché non furono più a portata d'orecchio, quindi prese uno smartphone dalla tasca della giacca. Diede un colpetto col dito sullo schermo.

«Kyle è una mia amica, vive qui vicino. Può stare con te a casa mia questa notte».

Pioveva più forte ora. I vestiti di Lily erano fradici, e i suoi piedi congelati nelle scarpe da ginnastica. La sua proposta stava diventando sempre più allettante. L'aveva protetta e aveva corso dei rischi per farlo, ma poteva davvero fidarsi di lui? Di certo non era insolito che una persona possedesse un'arma da fuoco a Città del Capo. La maggior parte delle persone le portano per proteggersi dagli attacchi brutali che avvengono dietro ogni angolo. Ma era decisamente strano che avesse con sé anche delle corde.

«Hai una pistola. E delle corde» disse Lily, esprimendo i suoi pensieri.

«Per quanto riguarda la pistola, io sono nel settore della sicurezza. Ho una regolare licenza e so come usarla in modo responsabile. Per quanto riguarda le corde, sto facendo del fai-da-te a casa. Mi è capitato di fare delle compere in un negozio di ferramenta questo pomeriggio prima di incontrare un amico al pub». Ridacchiò. «Non posso dire che non mi siano tornate davvero utili».

«Come faccio a sapere che questa non è una trappola?» disse lei. «Tu puoi fingere che stai chiamando la tua amica, ma in realtà non parli con nessuno. Oppure potrebbe essere qualcun altro».

Jacob le mise il telefono in mano. «Chiediglielo tu stessa».

Lily fissò lo schermo. Il nome che appariva sopra il numero era Kyle Ford. Il cellulare stava già squillando e una voce rispose dall'altra parte, abbastanza forte perché riuscissero a sentirla entrambi.

«Ciao, Jacob» disse una vivace voce femminile. «Come stai? Non è un po' passata per te l'ora della nanna?».

Lily si voltò a guardare il parco dietro a lei, freddo e scuro. Le possibilità erano due: il parco o la casa di Jacob. Di certo, lui non le avrebbe proposto di invitare la sua amica se avesse avuto intenzioni sinistre. Lentamente, si portò il telefono all'orecchio. Non riusciva a credere che lo stesse davvero facendo. «Ehm... Salve, io sono Lily. Sto usando il telefono di Jacob. Mi ha detto che potevo chiamarti per...» lanciò un'occhiata a Jacob.

Lui le fece un cenno incoraggiante.

«Per chiederti se potevi venire a casa sua, e passare la notte lì. Con me». Lei aggrottò le sopracciglia sulla fronte e strinse forte gli occhi. «Mi sono spiegata male. Non con me, come in...». Quando riaprì gli occhi, Jacob la guardò con pazienza. «Mi sono spiegata male. Volevo dire...». Fece una pausa. Era difficile da spiegare. «Non ho un altro posto dove andare, e non conosco bene Jacob».

Arrossì per aver dovuto ammettere di essere senza fissa dimora, ma anche per la schiettezza delle sue parole. Jacob sembrava una persona premurosa, e si sentiva in colpa ad insinuare che poteva essere uno stupratore o un serial killer.

«Oh, caspita... va bene, non c'è problema». Kyle fece una risata da cui si capiva che sembrava a disagio almeno quanto Lily. «Sei stata chiara. Ehm, sì, tutto a posto. Bene, a tra poco allora».

«Grazie» mormorò Lily, gettando lo sguardo verso il basso.

Jacob prese il telefono. «Ehi, Kyle. Grazie per aver accettato. Lily non mi conosce, un'altra presenza femminile l'aiuterà a sentirsi più a suo agio. Siamo a cinque minuti da casa mia. Ti aspetteremo fuori. Oh, e porta dei vestiti asciutti».

Dopo aver riagganciato, Jacob mise il telefono nello zaino e infilò le mani in tasca. Alzò le spalle e abbassò la testa. Delle gocce di pioggia bagnavano le sue ciglia.

«Andiamo?».

Nonostante il fatto che fosse ormai inzuppato d'acqua per essersi fermato ad aiutarla, le sue labbra si volsero all'insù, con la facilità di qualcuno che sorrideva molto. Fu più facile per lei fare un piccolo cenno del capo. Strinse le braccia intorno alla propria vita sotto la giacca, e seguì Jacob lungo il sentiero fino alla strada.

Camminarono in silenzio per due isolati prima che Jacob si fermasse davanti a un edificio bianco. Era il tipo di abitazioni che contraddistingue questa parte della città, un quartiere borghese dominato da appartamenti fatti con lo stampino. Non era certo come la villa a due piani con i suoi vigneti circostanti a Constantia Neck, una delle zone residenziali più esclusive di Città del Capo, dove era cresciuta. Un brivido le corse lungo la schiena pensando all'ultima volta che era stata a casa sua, con tutti quei corpi insanguinati che sporcavano il corridoio e il giardino.

«Kyle dovrebbe essere qui a breve», disse Jacob. «Vuoi aspettare nell'atrio?».

Lei non aveva intenzione di rischiare stando sola con lui dentro casa. Si strinse sotto la tettoia all'ingresso. «Qui va bene».

Lui annuì. Attesero in silenzio, rannicchiati il più possibile vicino al muro, ma il vento soffiava gocce di pioggia contro il viso di Lily. Per fortuna, non ci volle molto tempo prima che una Honda bianca sbucasse e parcheggiasse sul marciapiede. Il conducente, stringendo un ombrello color argento e una borsa da viaggio, saltò fuori dalla macchina e corse per coprirsi sotto la tettoia. Jacob le prese la borsa e l'ombrello.

La donna scoppiò in una risata fragorosa. «Che acquazzone». I suoi occhi si posarono curiosi su Lily. «Io sono Kyle. Tu devi essere Lily. Piacere di conoscerti». Scosse le braccia e capelli, provocando una pioggia di gocce a terra.

«Ciao» disse Lily, divorata da un senso di colpa per aver obbligato questa sconosciuta a lasciare casa sua a tarda notte e guidare sotto la pioggia per sentirsi più sicura una volta seduta sul divano di Jacob.

Jacob aveva già aperto la porta dell'ingresso, e le invitò a entrare. Chiuse l'ombrello e lo scrollò bene prima di condurle attraverso un pavimento di piastrelle bianche verso l'ascensore. Una volta dentro, premette il pulsante del terzo piano; durante il tragitto Lily ispezionò più da vicino i suoi salvatori cercando di non farsi notare. Alla luce dell'ascensore che brillava dall'alto, notò che i capelli castani di Jacob avevano delle *meches* bionde. Lui si passò una mano tra le ciocche umide, cercando di mettere in piega le punte ribelli. Kyle era una giovane donna robusta con un viso tondo e le guance rosse. I suoi capelli biondi erano tagliati in un caschetto corto.

Jacob e Kyle guardavano dritto davanti a loro. Il silenzio era quasi imbarazzante, e fu con sollievo che il segnale sonoro ruppe il silenzio una volta raggiunto il terzo piano. Jacob tenne la porta dell'appartamento aperta per fare entrare Lily e Kyle prima di seguirle dentro. Pochi secondi dopo, Lily si trovava all'interno di un appartamento piccolo ma accogliente, con pavimenti di legno e pareti color giallo-burro.

Jacob lasciò cadere la borsa da viaggio sul pavimento dell'ingresso. Aprì un armadio, le mensole sopra lo spazio per le giacche erano piene di biancheria piegata e impilata con ordine, e diede a Kyle e Lily degli asciugamani. Lily si asciugò le punte dei capelli che grondavano sul pavimento. Vedendo che erano all'interno della casa di Jacob con la sua amica, come aveva promesso, e che non la stavano aggredendo, la paura di Lily lentamente cominciò a diminuire.

«Ti mostro il bagno» disse Jacob a Lily. «Hai bisogno di toglierti quei vestiti bagnati. Potresti farti un bagno caldo».

Lily arrossì di nuovo, chiedendosi se glielo avesse proposto vedendo come erano sporchi i suoi capelli, o perché le battevano i denti. Qualunque fosse la ragione, accettò con grande piacere. Seguì Jacob lungo un breve corridoio oltre una camera a pianta aperta che, a giudicare dai mobili, fungeva da cucina, soggiorno e sala da pranzo. Entrarono nell'unica altra camera alla fine del corridoio sul lato opposto. Era la camera di Jacob, arredata in modo sobrio, con un letto matrimoniale senza testata, un comodino a colonna e una scrivania nera in plexiglass appoggiata al muro. Il letto era coperto da un copriletto beige e alcuni cuscini rossi sparsi. Un quadro astratto senza cornice nei toni del rosso e arancione era appeso sopra il letto.

Jacob aprì una porta comunicante che portava a un piccolo bagno con doccia, vasca, lavabo e servizi igienici. Il pavimento era nero e tutto il resto bianco. Una parete era coperta dal pavimento al soffitto con uno specchio, e quella opposta con ripiani in legno dipinti di bianco contenenti asciugamani, prodotti da bagno, asciugacapelli e articoli da bagno di ogni genere.

Jacob indicò gli scaffali. «Credo che troverai tutto quello che ti serve. Fai con comodo. Nel frattempo io metterò insieme qualcosa per la cena».

Lo stomaco di Lily brontolò sentendo parlare di cibo e sentì le guance riscaldarsi ancora di più. Era debole per la fame, ma troppo orgogliosa per dirlo a Jacob. Quando le sembrò che lui avesse notato qualcosa, distolse lo sguardo. «Grazie. Sei molto gentile».

«Puoi lasciare i vestiti bagnati là». Indicò un cesto della biancheria di plastica in un angolo. «Chiama se hai bisogno di qualcosa».

«Grazie» mormorò di nuovo.

Diede a Lily il suo zaino e chiuse la porta, lasciandola alla sua privacy. Lei appoggiò la borsa sul coperchio del water. Per sentirsi più al sicuro, si chiuse a chiave. Guardò la doccia, quindi la vasca. Una doccia sarebbe stata più veloce, ma era congelata fino alle ossa ed era molto allettante l'idea di rilassarsi con un bagno caldo. Jacob aveva detto di fare con comodo. Non sapendo quando si sarebbe ripresentata un'altra occasione per un bagno così di lusso, Lily optò per quest'ultimo.

Mentre faceva scorrere l'acqua, si spogliò e lasciò i suoi vestiti sporchi nel cesto. Intravedere il suo corpo nudo allo specchio le fece trattenere il respiro. Era da un po' che non si era guardata in uno specchio a figura intera. Non riconobbe la giovane donna di fronte a lei. Era sempre stata magra, ma ora le sue clavicole e le costole erano sporgenti sotto la pelle. Aveva davvero perso così tanto peso? I jeans stretti le stavano larghi e davvero quello che vide la fece rabbrividire. La sua abituale abbronzatura era scomparsa. Di fronte a lei c'erano un volto pallido con la pelle translucida e cerchi scuri sotto gli occhi azzurri spenti. I suoi capelli neri erano appiccicati alla testa e ricadevano flosci e spenti lungo la schiena. Fino a poco fa era stata fiera dei suoi seni pieni e turgidi, una quarta piena, ma ora sembravano proprio come si sentiva anche lei dentro - piccoli e piatti.

Sollevando le mani, Lily studiò le sue unghie scheggiate. Meno di tre mesi fa era un'ignorante diciottenne che dava per scontato un bel letto caldo, pasti caldi e manicure settimanali. Dava per scontate anche la propria sicurezza e le persone. Sapeva che suo padre era protettivo e l'aveva sempre tenuta al riparo dal mondo reale, ma non avrebbe mai potuto immaginare la portata della sua ingenuità fino a quando era stata costretta a mettersi in salvo da sola.

Lo specchio cominciò ad appannarsi. Lily notò che la vasca era mezza piena. Chiuse il rubinetto, trovò un tappetino pulito su una mensola e lo mise per terra. Appena stava per entrare nella vasca, si fermò sentendo bussare alla porta. Afferrò uno dei soffici asciugamani bianchi piegati e se lo avvolse intorno.

Si avvicinò in silenzio alla porta. «Sì?».

«Sono Kyle. Posso entrare?».

Lily girò la chiave e schiuse appena la porta. Il suo sguardo si posò sui pantaloni della tuta e la maglietta nelle mani di Kyle. Un sacchetto di plastica con il nome di una farmacia pendeva dal suo braccio.

«Oh, grazie» disse Lily, vergognandosi di nuovo per la sua condizione di senzatetto.

Sporse un braccio per prendere tutto quello che le porgeva, ma Kyle disse: «Posso entrare? Ho preso alcune cose dalla farmacia di turno venendo qui».

Lily spostò i capelli dietro l'orecchio e distolse lo sguardo. Fece un passo indietro, aprendo di più la porta. Era consapevole dello stato terribile del suo corpo e dei capelli. Se Kyle lo aveva notato, non lo diede a vedere. Spinse la borsa di Lily da una parte, lasciò i vestiti sul coperchio del water e iniziò a vuotare il sacchetto. Kyle mise dello shampoo alla lavanda e del balsamo, una crema per il corpo, una crema per il viso, uno spazzolino da denti nuovo, una spazzola per capelli da viaggio e un rasoio usa e getta sul bordo della vasca.

«Non sapevo cosa potesse avere Jacob» le spiegò Kyle quando finì, «o quale sia il vostro rapporto, così ho preso quello di cui ho pensato che le ragazze avrebbero bisogno e che i ragazzi non hanno». Si voltò e sorrise. «È passato un bel po' da quando aveva una ragazza e penso che abbia buttato via tutto, fino allo shampoo che lei usava».

Lily aspettò le domande successive. Inevitabilmente, lo facevano sempre tutti. Da dove veniva, perché aveva bisogno di un lavoro, dove viveva, mentre con gli occhi esaminavano il suo aspetto emaciato con sospetto. Ora, oltre all'interrogatorio classico si sarebbe aggiunta la domanda del perché una ragazza stava seduta da sola in un parco sotto la pioggia.

«Ti piacciono le candele?» Kyle chiese semplicemente.

Lily la fissò, non sapendo cosa rispondere.

«A me piacciono» disse Kyle. «Niente mi rilassa più di un bagno a lume di candela». Prese una grossa candela e una scatola di fiammiferi dalla mensola più in alto. Pezzetti di corteccia erano visibili sotto la cera. Era chiaramente una candela decorativa, non da usare, ma Kyle la pose sul bordo della vasca e l'accese. Sembrava a suo agio a casa di Jacob, come qualcuno che lo conosceva bene. Lily si chiese se il loro rapporto fosse puramente platonico. Un secondo dopo, un dolce profumo di vaniglia riempì la stanza piena di vapore.

«Ora mettiamo un po' di questi». Kyle tolse il tappo da un barattolo di vetro e versò dei sali da bagno nell'acqua. Rimise a posto il barattolo e si spolverò le mani. «Non aver fretta. Jacob sta cucinando» Kyle alzò gli occhi. «Questo significa che potrebbe metterci un po'». Prese il cesto con i vestiti bagnati di Lily. «Intanto infilerò questi in lavatrice. Non hai nient'altro da lavare?» con gli occhi indicò il suo zaino.

Lily aprì la borsa e tirò fuori i panni sporchi. «Posso farlo io».

«Non c'è problema». Kyle prese la biancheria dalle mani di Lily e la gettò nel cesto. «Non ho altro da fare».

Prima che Lily potesse ringraziarla, lei spense la luce e se ne andò, gettando la stanza nella luce soffusa della candela. Di nuovo sola, Lily chiuse la porta a chiave ed entrò nell'acqua calda. La pioggia cadeva forte ora, generando una musica lieve sui vetri sopra la vasca, mentre il vento fuori ululava. Lentamente, il tremore del suo corpo si fermò appena le sue membra si scaldarono. Chiuse gli occhi e appoggiò la testa all'indietro. Questo era meglio di qualsiasi cosa ricordasse, stare qui, nel bagno di Jacob, sentendosi al caldo e al sicuro per la prima volta dopo mesi.

Fu tentata di riempire la vasca con altra acqua calda quando cominciò a raffreddarsi, ma la sua pelle era già rugosa e si sentiva in colpa per aver occupato così a lungo l'unico bagno. E se Kyle o Jacob avevano bisogno della toilette? Usando il tubo della doccia si lavò i capelli, godendosi il profumo di lusso e la sensazione di pulito. Quindi, si insaponò tutto il corpo con il sapone maschile profumato di Jacob e si rasò le ascelle e le gambe. Sentendosi di nuovo come un essere umano, si asciugò tutta e tamponò i capelli, si spalmò una dose generosa di crema idratante sul corpo e sul viso e usò il dentifricio che aveva trovato nel contenitore di fianco al lavandino per lavarsi i denti.

Gli abiti di Kyle erano troppo grandi per lei, ma erano caldi e profumavano di ammorbidente. Sotto la maglietta trovò un set di biancheria intima di cotone bianco e un paio di calzini, ancora con i cartellini dei prezzi. Era un marchio di una iper-farmacia. Lily tra sé e sé ringraziò la considerazione e la lungimiranza che aveva dimostrato Kyle mentre si vestiva. Pettinò i suoi lunghi capelli finché sciolse tutti i nodi e li lasciò sciolti ad asciugare.

Dopo aver sciacquato la vasca con un prodotto che aveva trovato sulla mensola, prese l'asciugamano e il tappetino da bagno e andò con i suoi calzini nuovi attraverso la camera da letto e in fondo al corridoio. Differenti impressioni sensoriali si mescolarono e la colpirono allo stesso tempo. Una musica soft, interrotta dalla risata di Jacob e dalla voce di Kyle, provenivano dalla zona giorno. La canzone era di un gruppo degli anni Ottanta che Lily conosceva grazie alla collezione della sua amica Clara, ma non riusciva a ricordarne il nome. Era una musica gradevole, non troppo morbida, ma nemmeno troppo dura, più allegra che triste. Le luci nell'appartamento erano soffuse e creavano un ambiente caldo. Ma era la fragranza che le fece accelerare il passo. Era un profumo ricco e cremoso, aglio mescolato al peperoncino, o al curry forse, con una base di cipolle fritte e pomodori. Non appena il suo cervello registrò la vicinanza di cibo, il suo corpo rispose con un'ondata di nausea che le era capitato di provare altre volte quando era stata troppo a lungo senza mangiare, e subito dopo la bocca si riempì di saliva.

Lily si fermò davanti alla porta aperta, l'asciugamano bagnato e il tappetino stretti al petto, osservando la scena di fronte a lei: Jacob e Kyle erano seduti su alti sgabelli ai lati opposti di un tavolo-bar, una bottiglia di vino tra di loro, i due bicchieri pieni. Jacob si era cambiato e portava dei jeans asciutti e una maglietta. Il cotone aderiva completamente al suo petto muscoloso, suggerendo una struttura ben definita. Un piede nudo era appoggiato sulla barra dello sgabello. Stava appoggiato con i gomiti sul piano di granito, i suoi bicipiti ben definiti si flettevano mentre rideva della storia che Kyle stava raccontando. Lily non prestava attenzione alla conversazione. Tutto quello su cui poteva concentrarsi era il modo in cui loro interagivano. C'era una sorta di cameratismo tra di loro, qualcosa che Lily non aveva mai avuto con nessuno. Si sentiva come un intruso, mentre guardava i loro scambi di battute facili. Questo la riempì di invidia e desiderio. A quel punto Jacob girò la testa e la notò.

15

«Ah, eccoti. Tempismo perfetto, Lily. La cena è pronta».

Si trattenne a stento dall'impulso di correre verso il tegame che stava sul fuoco e cacciarsi tutto in gola con le mani.

Kyle saltò giù dalla sedia. «Preparo la tavola». I suoi occhi si volsero verso l'asciugamano e il tappetino nelle mani di Lily. «Ci penso io a questi». Prese la biancheria dalla ragazza e la mise dentro il caricatore frontale della lavatrice che stava già andando.

Lily si sentì girare la testa a guardare come si muoveva Kyle in quello spazio. Sembrava un turbine, mentre apriva i cassetti e prendeva coltelli e forchette.

«Vino?» chiese Jacob, già prendendo un bicchiere da un portabicchieri appeso sopra il tavolo-bar.

Lily annuì. Si sentiva inutile, in piedi di lato, non sapeva bene cosa poteva fare. Del personale di servizio si era sempre preso cura di lei e delle esigenze di base di suo padre.

«Siediti, Lily» Jacob estrasse una delle quattro sedie di un tavolino.

Il calore penetrò nei calzini mentre attraversava il pavimento. Jacob aveva il riscaldamento a pavimento. Il suo appartamento era arredato molto bene per la zona in cui si trovava. Lei aveva trascorso abbastanza tempo nel quartiere durante il mese passato, alla ricerca di una stanza in affitto, per sapere che la maggior parte degli appartamenti qui non hanno parquet, piani di cucina in granito e riscaldamento a pavimento. Appena Lily si sedette, Kyle posò dei tovaglioli bianchi e posate d'argento sul tavolo. Jacob passò a Lily un calice panciuto pieno di vino. Inalò il forte odore di tannino.

Kyle tornò con una ciotola di riso basmati, trascinandosi dietro una lunga scia di vapore. Il profumo riempiva l'aria e la pervase con quello che Lily ormai era certa che fosse un piatto indiano o tailandese.

Jacob notò la sua curiosità e le disse: «Spero che ti piaccia il Tikka Masala».

«Ha un profumo delizioso» disse Lily con l'acquolina in bocca.

Jacob le servì. Lily riempì subito la forchetta. Non vedeva l'ora che il cibo si raffreddasse. Si bruciò la bocca al primo boccone, ma espresse la sua approvazione. Il sapore burroso del cocco contrastava in modo delizioso con la sferzata piccante del peperoncino e la nota amara della curcuma. Si forzò per prendere piccoli bocconi e masticare lentamente.

L'ultima cosa che voleva era cedere al desiderio di ingoiare tutto insieme e sentirsi male. Notò che Jacob la guardava con un sorriso.

«Ti piace?» disse.

Lily finì di masticare e deglutì. «È il miglior Tikka Masala che io abbia mai mangiato».

Lui rise. «Non sono sicuro di poterti credere».

«È modesto» disse Kyle. «In realtà è davvero un bravo cuoco».

Kyle e Jacob continuarono a conversare, mentre Lily si godeva ogni boccone in silenzio. Fu tentata di servirsi di nuovo, ma doveva prenderla con calma. Era passato troppo tempo da quando aveva fatto il suo ultimo pasto decente. Si appoggiò allo schienale e bevve il suo vino, sentendosi sazia e un po' confusa, fino a quando il bicchiere fu vuoto e gli occhi cominciarono a chiudersi.

Guardando verso di lei, Jacob disse: «È ora di andare a letto».

Lei aiutò a sparecchiare e riempire la lavastoviglie, contenta di potersi rendere utile. Quando la cucina fu in ordine, Lily guardò la zona soggiorno, dove c'erano due divani bianchi di fronte a un tavolino nero, aspettando che Jacob le dicesse dove poteva dormire. Lui scomparve in fondo al corridoio e tornò con due coperte e dei cuscini, che lanciò a Kyle. Lei rise afferrandoli e lo colpì sulla testa con uno dei cuscini.

«Il combattimento coi cuscini è severamente proibito» disse lui con un sorriso, puntando il dito contro Kyle. «Vieni, Lily». Si diresse verso il corridoio, ma quando vide che lei non lo seguiva, si fermò. «Tu dormirai nel letto».

«Oh no! Non posso farlo. Starò bene sul divano».

«Sciocchezze. Sei mia ospite». Dicendo questo sollevò un sopracciglio, come per mettersi a discutere, ma lei era troppo stanca.

La accompagnò quindi nella sua stanza e si fermò accanto al letto. «Ho cambiato la biancheria mentre facevi il bagno. È tutto fresco e pulito».

«Non c'era bisogno di disturbarti tanto».

Lui sorrise e tirò la coperta indietro. «Puoi usare tu il bagno. Quando sarai sotto le coperte farò una doccia, ma farò velocissimo, per non disturbarti».

«Ti prego, Jacob, questa è casa tua. Sono io l'intruso qui. Fai come se io non ci fossi».

Ridacchiò appena spingendola verso il bagno. Dopo essersi lavata i denti ancora una volta Lily tornò in camera. Jacob era in piedi davanti alla finestra e fissava la strada con un'espressione accigliata. Quando la vide, chiuse le persiane e le sorrise.

«Spero che dormirai bene, Lily». Aspettò che si stendesse e spinse le lenzuola fino al mento. «Chiamami se hai bisogno di qualcosa».

Stava arrivando alla porta, quando Lily disse: «Grazie, Jacob».

Si fermò e si voltò. «Non c'è bisogno di ringraziarmi, tesoro». Per una frazione di secondo il suo volto si irrigidì e un'ombra si insinuò negli occhi verdi.

Prima che Lily potesse riprendersi dal cambiamento che aveva notato, lui se ne era già andato. Non ci volle molto per scivolare in un sonno profondo, o perché l'incubo tornasse.

CAPITOLO DUE

Jacob andò dalla sua camera da letto direttamente al frigo, aprì di scatto la portiera e tirò fuori una birra. Kyle stava spostando il bucato dalla lavatrice all'asciugatrice. Finito questo, si voltò e lo guardò a braccia incrociate. Lui sapeva che lei gli stava per fare un discorsetto.

«È molto giovane, Jacob».

«Lo so». Si appoggiò al frigo, un ginocchio piegato, un piede appoggiato sul freddo metallo della porta.

«Come l'hai trovata?».

La bottiglia era fredda nella sua mano sudata. Ad alcune persone si rizzano i capelli dietro il collo. A lui, le mani diventavano calde e scivolose. Svitò il tappo e lo gettò sul tavolo. «Un informatore l'ha riconosciuta dalla mia descrizione».

«Quanto tempo fa?».

Lui rovesciò indietro la bottiglia e bevve un lungo sorso prima di risponderle. «Un paio di giorni».

«Perché non sei andato a prenderla prima?».

Lui fissò Kyle senza rispondere. Non piaceva neanche a lui aver dovuto lasciare una ragazza in strada, da sola, un agnellino mandato tra i lupi con un fiocco intorno al collo, ma doveva essere sicuro che Lily lo avrebbe seguito a casa. Era solo il primo passo di un piano costruito con cura.

«Volevi che fosse davvero a pezzi, vero?».

Lui sussultò. «Una persona affamata, assetata e impaurita cede più facilmente. Lo sai».

Kyle sembrò riflettere alle sue parole, poi la sua bocca si aprì: «Vuoi guadagnarti la sua fiducia».

Lui alzò le spalle. Il collo schioccò quando si spostò di lato per rilassare un muscolo teso. «E allora?».

«Non è proprio da te. Hai rischiato, lasciandola là fuori in pericolo, ma solo così si sarebbe sentita perduta e avrebbe avuto fiducia in te. Avrebbe potuto essere uccisa prima che tu arrivassi, allora non avresti avuto niente su cui lavorare».

«Non poteva succederle niente. La tenevo d'occhio da vicino. Mi sono mosso quando si è reso necessario».

Kyle lo studiò in silenzio. Dopo un po' chiese: «E adesso?».

«Ora lei mi porterà da suo padre».

«E perché dovrebbe farlo?».

«Suo padre è l'unico che può tenerla al sicuro. Lei lo sa».

«Avresti potuto semplicemente torturarla per estorcerle le informazioni su dove si trovi».

I muscoli del collo di Jacob, già doloranti, si strinsero in un nodo duro. «Non era un'opzione». Mantenne la sua voce allo stesso tono. «Sai che evito la violenza se possibile».

«La tortura sarebbe stata più veloce» insistette Kyle. «Sarebbe crollata facilmente. Avremmo potuto farlo proprio qui, stasera. Adesso saresti già sulle tracce di Godfrey. Avremmo potuto ucciderla in modo rapido e pulito».

Le dita di Jacob si strinsero intorno al collo della bottiglia. «Questo è affar mio. E non andrà in questo modo».

«Come pensi di fare?».

«Ho bisogno che lei si fidi di me. La voglio al mio fianco, giorno e notte, fino a quando vedrò Godfrey di persona».

«E poi?». C'era un senso di sfida negli occhi di Kyle.

«Poi niente».

«Che cosa hai intenzione di fare con la ragazza, Jacob, quando sarà servita al suo scopo?».

Jacob sostenne lo sguardo della collega. A Kyle non piaceva lasciare le cose in sospeso. Non le piaceva lasciare che delle possibilità in sospeso potessero tornare e morderti il culo.

«È affar mio» le rispose, asciugandosi con una mano la corta barba sul mento.

«Non puoi farlo da solo. È un affare troppo grande».

Lui cominciava a perdere la pazienza. «Lo sai che io lavoro da solo».

«È un gioco pericoloso, Jacob. Stai mettendo entrambe le vostre vite sul filo del rasoio, stai correndo un rischio non calcolato con Sky Communications, per non parlare di come farai uscire fuori di testa quella ragazza. Dovremmo ottenere l'informazione e ucciderla ora».

La sua calma non rifletteva la rabbia che gli bolliva dentro davanti all'intromissione non necessaria di Kyle. «E la tortura non la farebbe andare fuori di testa?».

«Da quando ti preoccupi per la testa delle tue prede?».

«Non sono io quello che si preoccupa. Sei tu che continui a insistere».

«Fallo adesso, Jacob. Non sarà necessario torturarla a lungo. Cederà in fretta».

Lui sbatté la bottiglia così forte che la birra uscì oltre l'orlo. «Vaffanculo, Kyle». Attraversò infuriato la stanza, allontanandosi da lei. «Ancora una parola sulla tortura e sei fuori da quella porta a calci in culo. Ti ho chiesto il favore di venire qui. Non ho chiesto i tuoi consigli. Questa. È. La mia. Missione».

Kyle rimase impassibile al suo sfogo. Alzò le mani. «Sei stato chiaro. Mi importa di te, come collega, tutto qui».

Jacob fece un respiro profondo per calmarsi. Tornò alla sua birra e si portò la bottiglia alle labbra.

«Posso farcela» disse, prima di scolarsi il resto della birra.

«Per il tuo bene, spero di sì. Altrimenti avrò due cadaveri tra le mani e una brutta pista da ripulire».

«Non preoccuparti. Non ho alcuna intenzione di morire».

«Questa volta, Jacob, mi sa che hai fatto il passo più lungo della gamba».

Si asciugò la bocca con il dorso della mano e gettò la bottiglia nel cestino. «Che cazzo vuoi dire?».

Kyle strinse le labbra, ma non rispose. Dopo un po' gli chiese: «Fino a quando hai bisogno che io rimanga?».

«Solo fino a domattina. Dopo lei starà bene anche con me».

«Sono contenta che questa non sia la mia missione».

Jacob si strofinò il viso con le mani. Camminando verso la sala disse, sopra una spalla: «Andiamo a dormire».

Si tolse i jeans e li gettò sullo schienale del divano prima di stendersi in maglietta e boxer. Incrociò le braccia dietro la testa e fissò il soffitto. Kyle aveva ragione su una cosa: stava correndo un rischio non calcolato. Ma non c'era alternativa: o quello, o accettare che Lily cadesse nelle mani di un altro mercenario. Stava già pensando a questa missione come al suo bambino. Non poteva fallire, non importava quanto fosse pericoloso. Non ora che Lily aveva attraversato la soglia di casa sua.

Kyle scomparve dietro la spalliera del divano e, quando tornò, indossava una camicia da notte. Spense le luci e si accomodò nel divano di fronte a lui.

«Ti odierà, lo sai» disse Kyle nel buio.

«Più che se la torturassi?».

«Sì, molto di più, probabilmente».

Jacob si spostò sui cuscini scomodi. «Sì, beh, non sarà la prima, e di certo non sarà l'ultima».

Kyle non rispose. Dopo un po', Jacob la sentì ronfare dolcemente. Quanto a lui, non riuscì ad addormentarsi così facilmente. La sua mente continuava ad andare alla ragazza nella camera accanto. Forse Kyle aveva ragione anche su qualcos'altro. Forse non sarebbe riuscito nell'impresa senza che venissero uccisi entrambi. Ma senza il suo aiuto Lily sarebbe comunque morta, com'è vero Dio. Era troppo giovane e inesperta per eludere le spie di Sky. Era solo questione di tempo. Di ore, forse.

Aveva bisogno di sapere quale diavolo fosse il suo piano. La verità era che non aveva idea di cosa ne avrebbe fatto di lei una volta trovato il padre. Voltandosi su un fianco, cercò di dormire un po', era davvero necessario, ma prima di poter chiudere gli occhi, un urlo agghiacciante venne dalla camera da letto.

Nel suo sogno, Lily era di nuovo nella sua casa d'infanzia. Il rumore di uno sparo l'aveva svegliata. Lily scattò su dal divano nella soffitta buia dove si era addormentata mentre leggeva. Era il suo nascondiglio preferito. Dopo quello che aveva scoperto su suo padre e le accuse che lui non aveva negato, era salita lassù per stare un po' da sola.

Seguì un altro sparo, poi un flusso continuo di colpi. Lily saltò giù dal divano. Afferrò la sua vestaglia dal bracciolo e se la mise sopra la camicia da notte. Dalla finestra triangolare vide le scintille che esplodevano intorno alla piscina, le guardie di sicurezza di suo padre nelle loro polo bianche e i loro bermuda verdi che giacevano come formiche morte sul vialetto e sul prato.

Un grido soffuso le uscì di bocca prima che potesse contenerlo. Il sangue le pompava alle orecchie mentre correva verso la porta. La socchiuse appena e sbirciò intorno. Il corridoio era buio. Grida e altri colpi provenivano dal piano terra. Qualcuno sbatteva delle porte. Sembrava come se delle porte fossero state frantumate e buttate giù. Anche se lei detestava le azioni di suo padre e gli aveva detto che non voleva più vederlo, in quel momento avrebbe tanto desiderato di essere con lui. Emanava il potere di qualcuno intoccabile e lei non aveva mai avuto paura in sua presenza. Un piccolo esercito era stato predisposto per la sua protezione quando Godfrey era partito per l'Europa. Le sue attività clandestine e il coinvolgimento con i criminali *paranormal* lo rendevano necessario. Ora, con le guardie che giacevano morte fuori e quelle all'interno che combattevano per salvarsi la vita, Lily realizzò la profondità dei traffici loschi di Godfrey e capì che nessun esercito l'avrebbe potuta salvare.

Con mani tremanti, aprì la porta che cigolò appena e corse giù per le scale. Invece di continuare la corsa in direzione delle camere da letto del primo piano, girò a sinistra verso l'ala del personale dove dormiva Anja, la sua amata tata dell'infanzia. Luci soffuse a pavimento illuminavano il corridoio. Le assi del pavimento scricchiolarono sotto i suoi piedi nudi. Grida agghiaccianti si levarono dai piani inferiori. I rumori si stavano avvicinando. Quelli che sparavano si stavano dirigendo su per le scale verso le camere da letto. Singhiozzi silenziosi le scuotevano le spalle appena scivolò nella stanza di Anja. Con le tende oscuranti che non lasciavano entrare nemmeno i raggi della luna, la stanza era immersa nel buio più totale.

«Anja?» chiamò sussurrando disperatamente Lily nel buio. La vecchia era mezza sorda e non c'era niente che la svegliasse. «Anja, svegliati. Ci stanno attaccando». Cominciò ad avvicinarsi al letto della tata. «Anja, ti prego, ti prego, svegliati».

Prima di raggiungere il letto, inciampò su un oggetto sul pavimento e, troppo tardi per rimettersi in equilibrio, cadde su qualcosa di morbido. Il pavimento sotto le sue dita era bagnato. Guardò in basso e nella striscia di luce che passava attraverso la porta, vide il volto di Anja, gli occhi spalancati e la bocca contorta, un liquido scuro che scorreva dal suo collo in una pozza nera. Lily si ritrasse in fretta sui talloni e i gomiti e si mise un pugno in bocca per trattenere un urlo.

Il suo respiro era rauco e corto. Stavano per ucciderla. L'istinto di sopravvivenza prevalse, costringendola a reagire dopo essersi sentita paralizzata dalla paura. Lily strisciò verso l'armadio in cui Anja teneva una borsa da viaggio, piena e pronta, in caso di terremoto. Dentro c'erano le loro carte d'identità, passaporti, denaro, acqua, una torcia, barrette energetiche, delle pile e un cambio di vestiti. Quando Lily fu di nuovo alla porta, era quasi in iperventilazione.

La voce di un uomo tuonò dal fondo della scala. «Dov'è lei? La voglio! Non mi importa se si deve alzare ogni fottutissima asse del pavimento».

Lily scivolò fuori dalla stanza e si tenne schiacciata contro il muro. Strisciò lungo la superficie fredda e liscia fino a che non raggiunse la stanza di Eric, il loro autista. La porta era aperta. Lily scivolò dentro. Eric era disteso sul pavimento, con la gola tagliata. Per un secondo Lily si fermò, incapace di distogliere lo sguardo da quella vista raccapricciante. Con uno sforzo enorme girò intorno al corpo del vecchio, tremando così forte che la borsa le cadde di mano. La raccolse di nuovo, si precipitò alla finestra e la aprì. Il garage era direttamente sotto, quindi le fu facile passare dalla finestra sul tetto. Saltò sulla superficie di lamiera piatta più piano che poté. Questa parte della casa era tranquilla, tutta la confusione era nella parte anteriore. La sparatoria si era fermata. Ciò significava non c'erano rimasti più uomini per proteggerla. Lily gettò la borsa sull'erba, e attese. Quando non successe niente, saltò giù. Un dolore acuto la colpì alla gamba quando atterrò in piedi, ma non si fermò. Mise la borsa sulla schiena e saltò nel labirinto. Lo conosceva come il palmo della sua mano. Proseguì verso l'uscita sul retro, da dove poteva arrampicarsi oltre la recinzione e corse attraverso la vigna su per la montagna, lungo il fiume, fino al ranch dei cavalli abbandonati. Per sicurezza, corse stando nell'acqua, nel caso in cui gli assalitori avessero dei cani. A ogni passo che percorreva sentiva gli uomini di Sky nelle loro uniformi blu dietro di lei, li vedeva nell'ombra, li sentiva nell'odore di sangue che aveva sulle mani. Sul pavimento sporco delle rovine del ranch, cadde e singhiozzò fino a quando il suo corpo fu così prosciugato che le sembrò che la testa fosse sul punto di esplodere.

«Lily, svegliati».

Qualcuno la stava scuotendo. Lei gridò e cercò di allontanarsi.

«Lily, sono Jacob. Svegliati». La sua voce era insistente e familiare. Sicura.

Le ci volle un momento per ricordare dove si trovava. Batté le palpebre alla luce morbida della lampada sul comodino.

«Va tutto bene, tesoro» le disse.

Kyle si fermò sulla porta, con indosso una camicia da notte di cotone. «Sta bene?».

«Tra poco starà bene» disse lui, inginocchiandosi accanto al letto. «Torna a dormire. Starò con lei».

Kyle annuì e se ne andò. Jacob abbracciò Lily. «È solo un sogno» le disse col viso tra i suoi capelli.

Per un attimo lei approfittò di quella sensazione di sicurezza, poi lo spinse via. «Mi dispiace averti svegliato».

Jacob si stese sul letto accanto a lei e l'attirò contro di sé. «Vuoi parlarne?».

Lei scosse la testa. Un tremito corse sul suo corpo al ricordo.

«Starò qui per un po'» le disse.

Voleva protestare, ma la sua vicinanza la faceva sentire bene. La sua pelle era calda attraverso la maglietta di cotone. Studiò i peli scuri sulle sue braccia e sulle gambe. Le sue cosce si contrassero quando la trasse più vicino a sé e si appoggiò al muro. Era più grande e più forte di qualsiasi uomo che avesse mai incontrato. Lui accarezzò con la mano il suo braccio con un movimento rassicurante. Lei non era mai stata così vicino a un uomo. A casa era proibito. Suo padre la controllava da vicino. Nessuno che lavorasse per lui poteva neanche guardarla senza subirne le conseguenze, in pratica essere licenziato. Minacciava di uccidere chiunque la toccasse. Poi suo padre se ne era andato. Le sue mani capaci, che lui era così certo l'avrebbero tenuta al sicuro, avevano fallito e lei si rese conto con un sussulto che seduta accanto a Jacob si sentiva più protetta che con il piccolo esercito di suo padre.

Il suo corpo cominciò a rilassarsi. Pensò che Jacob avrebbe cercato di convincerla a parlare, invece lui rimase con lei in un silenzio rassicurante. Appoggiò la testa sulla sua spalla e chiuse gli occhi. Più tardi capì che doveva essersi assopita di nuovo, perché quando si svegliò era sola nel letto di Jacob, la lampada spenta, e la luce rosea del sole che sorgeva era visibile intorno ai bordi delle persiane. L'odore del caffè riempiva l'aria.

Lily saltò dal letto e passò rapidamente dal bagno prima di andare in cucina, dove trovò Jacob e Kyle già vestiti.

«Ciao». Jacob si passò una mano tra i capelli scompigliati. «Sono contento che tu abbia potuto dormire qualche ora in più». Indossava un paio di jeans consumati, strappati sulle ginocchia e una maglietta nera. Quando lui si alzò dalla sedia del tavolo per raggiungere il bancone dove stava la macchinetta del caffè, Lily notò che era di nuovo a piedi nudi. Suo padre non andrebbe mai in giro a piedi nudi, nemmeno in casa. Era sempre vestito in giacca e cravatta.

Anche Kyle si era alzata. Indossava un abito blu abbottonato sul davanti con una sottile cintura bianca. «Devo andare in ufficio. I tuoi vestiti sono asciutti». Indicò il tavolo da caffè. «Li ho lasciati qui».

«Grazie» disse Lily. «E grazie ancora per questi». Tirò l'orlo della maglietta. «Li lavo e li lascio a Jacob, a meno che tu non li voglia adesso? Posso cambiarmi in fretta».

«No». Kyle portò la sua tazza della colazione al lavandino. «Non c'è fretta. Lasciali qui». Prese la sua borsa dal pavimento. «Stammi bene, Lily».

«Anche tu. E... grazie, per tutto».

Jacob diede una tazza a Lily. «Caffè, zucchero e panna sono sul tavolo». Si rivolse a Kyle. «Ti accompagno fuori». Prese la borsa dalla spalla di Kyle. «Mangia qualcosa, Lily. Torno tra un secondo».

Lily esitò. «Non voglio trattenerti, se devi andare al lavoro. Sarò fuori di qui in un minuto».

Il suo sorriso era caldo. «Io non ho un lavoro regolare, e non ho bisogno di andare da nessuna parte oggi, non se non voglio, dunque fai con comodo».

Accompagnò fuori Kyle, che fece un cenno di saluto, quindi scomparve lungo il corridoio. La porta d'ingresso si chiuse con un botto. Lily prese un sorso di caffè caldo. C'erano un sacco di cose a cui doveva pensare. Dove sarebbe andata, per cominciare. Suppose che Jacob avrebbe preferito che lei se ne andasse al più presto.

Afferrando i vestiti lavati dal tavolo, si precipitò in bagno a prepararsi. Le ci vollero due minuti per lavarsi il viso e i denti e pettinarsi. Si era appena vestita, ed era intenta ad allacciarsi le scarpe da ginnastica, quando un rumore assordante squarciò l'aria, seguito da un violento scuotimento del pavimento e delle finestre. Lily, spaventata, si aggrappò al lavandino. Un flusso continuo di colpi proveniva da lontano, come se qualcuno stesse sparando con un fucile automatico. Non poteva essere vero! Doveva essere un sogno. Jacob! Dove era? Lo avevano ucciso? Avrebbe avuto per sempre la sua morte sulla coscienza, come pure quella di tutti quelli che lavoravano a casa della sua famiglia.

Lily si guardò intorno freneticamente. Doveva uscire da lì, doveva raggiungere Jacob, assicurarsi che lui e Kyle stessero bene. Corse di nuovo in bagno e sollevò il gancio della finestra. Stava per far scorrere e aprire il pannello di vetro quando la porta si schiantò contro il muro. Il suo grido fu più forte del rumore. Una figura robusta e alta saltò attraverso la porta. Tutto quello che Lily poté vedere era del fumo, della polvere bianca, una maglietta nera e dei jeans strappati.

«Lily, giù!».

Jacob si gettò in aria, trascinandola a terra. Atterrò su di lei nella vasca da bagno, sostenendole la testa con le braccia. Un secondo dopo, un'altra esplosione fece cadere dei pezzi di intonaco dal soffitto sui loro corpi. Lei quasi singhiozzò dal sollievo. Jacob non era morto. Non ancora.

«Ci uccideranno» disse, spingendo sul petto di Jacob, cercando di rialzarsi.

Jacob alzò la testa per guardare verso di lei. Tirò fuori le braccia da sotto di lei e le tenne il viso tra le mani mentre i suoi occhi si muovevano sul suo corpo.

«Sei ferita?» disse, con voce forte e incrollabile.

«Sto bene».

«Stai giù». Si alzò in piedi e finì di aprire la finestra. Quando l'aria fredda entrò nel bagno, le tese una mano. «Presto».

Lily si spinse in piedi, tossendo per la polvere fine che aveva formato una densa nube attorno. Prese la mano tesa di Jacob, ma quando guardò attraverso la finestra, si fermò. Non c'era né un balcone né un cornicione.

«È troppo alto» disse, lasciando che panico risuonasse nella sua voce.

Lui le prese il mento e le voltò il viso verso di lui. «Guarda giù, Lily».

Lei fece come gli aveva detto e vide una piscina olimpionica. Si girò a guardarlo. «Non puoi dire sul serio».

«Salta lontano e tieni le gambe dritte, le braccia lungo i fianchi».

«No». Scosse la testa. «Non posso farlo».

Ma Jacob la stava già sollevando, spingendo la parte superiore del suo corpo attraverso la finestra. «Afferra i bordi, e tieni i piedi sul davanzale della finestra»

«Jacob, ti prego!». La voce era isterica e rifletteva esattamente il suo stato d'animo.

«Lily, se non saltiamo, siamo morti».

Un paio di colpi sparati ora da più vicino, da qualche parte lungo il corridoio, sottolineò l'orribile verità delle sue parole.

Con le gambe tremolanti lei si curvò sull'infisso della finestra, stringendo i bordi così forte che si ruppe un'unghia.

«Contiamo fino a tre» disse Jacob. «Uno».

Lily si raddrizzò quanto più poteva. Guardò di nuovo Jacob, di nuovo sentiva che le mancava il coraggio.

Lui le rivolse un sorriso a metà. «Io non voglio morire oggi, tesoro. Due».

Al suo ordine, di nuovo guardò in avanti. Jacob non doveva morire per causa sua. Sarebbe stato così sbagliato, quando era stato così gentile con lei. Tirò un profondo respiro e lo trattenne, sentendo tutto il suo corpo tremare.

«Tre!».

Lily piegò le ginocchia e si spinse in avanti. Un senso di nausea la prese mentre si lanciava in aria. Si sentiva come se il cuore e lo stomaco dovessero saltarle fuori dalla gola. Mantenendo le braccia e le gambe rigide, cercò di andare giù dritta, sforzandosi di tenere d'occhio il rettangolo blu sottostante. Il movimento del collo la sbilanciò. Si trovò spinta in avanti, a faccia in giù. Non c'era nemmeno il tempo di gridare. Un attimo prima stava cadendo, e il successivo il suo corpo aveva già colpito l'acqua in posizione orizzontale. Il bruciore dell'impatto fu peggio di mille aghi conficcati nella sua pelle. Prima ancora di percepire il dolore, sentì il freddo. E il sollievo di avercela fatta. Si spinse in avanti con le bracciate più potenti di cui fosse capace, non solo per uscire dall'acqua fredda, o perché gli assalitori potevano già essere là ad aspettarla, ma anche perché sapeva che Jacob stava arrivando dietro a lei e le sarebbe caduto addosso se non si fosse allontanata. Si guardò indietro e vide il suo corpo che stava atterrando dritto, i piedi i primi a toccare l'acqua. La collisione le inviò un'onda che la costrinse a ingoiare acqua prima che potesse spingersi verso l'estremità meno profonda della piscina. Stava tossendo e rabbrividendo sul bordo quando Jacob si arrampicò fuori pochi secondi più tardi, ma non le lasciò il tempo di recuperare. Le mise un braccio sotto le ginocchia e l'altro intorno alle spalle, la sollevò contro il suo petto e cominciò a correre. Era ancora a piedi nudi, e correva sopra i sassi taglienti e l'erba spinosa. Il giardino sul retro portava a un'uscita pedonale che dava accesso a una porta accanto a una costruzione gemella. Attraversarono un altro giardino e quando Jacob si voltò, disse: «Merda».

Lily pensò che gli aggressori fossero scesi dalle scale e li inseguissero. Il giardino portava su una strada che dava accesso a un centro commerciale. Era presto, ma il panificio era aperto. Jacob spalancò con un calcio la porta e corse dentro. Guardò a sinistra e destra, poi prese una porta d'acciaio che li portò a una cucina. Corsero tra ripiani in acciaio inox fino alla porta sul retro, e uscirono in una strada che saliva verso la collina dove si trovavano alcune piccole case sparse. Jacob si fermò solo quando raggiunse un vicolo tra due case, dove poterono nascondersi. Posò Lily a terra. Tremando per il freddo e lo shock, lei si strinse le braccia intorno al corpo.

«Kyle» disse. «Oh, Dio mio, Kyle... Ti prego, dimmi che non è...». Le sue parole furono strozzate dai singhiozzi.

Jacob la prese per le spalle e la scosse deciso. «Kyle sta bene. Si è allontanata prima che quegli uomini entrassero nell'edificio».

Lily lo fissò, cercando a fatica di controllare il suo respiro irregolare. «Avresti potuto essere ucciso. Per causa mia».

Lui sembrava scioccato quanto lei. «Bastardi. Per fortuna io ero fuori». Si passò una mano sul viso. «Grazie a Dio eri in bagno. La granata che hanno fatto saltare in cucina ci avrebbe spediti dritto all'inferno se avessimo indugiato un minuto di più».

«Mi dispiace» disse lei, torcendosi le mani. «Mi dispiace così tanto per il tuo appartamento, e... e che ti ho quasi fatto uccidere».

La sua voce era rigida. «Non scusarti. Non è colpa tua».

«Se tu non mi avessi aiutata, questo non sarebbe successo. Ti ho messo in pericolo. Non sarei dovuta venire a casa tua».

«Ascolta» le afferrò le braccia, «è stata una scelta consapevole la mia. Sono io che ho deciso di portarti da me. Tu non potevi avere alcun controllo su quello che è successo».

Lei scosse la testa. «Tu non conosci queste persone. Ti uccideranno». Fece un passo indietro. «Devi starmi lontano».

Lui alzò le mani. «Lily, calmati. Pensaci! Quelle armi sono potenti. Gli uomini che le usano non sono dei dilettanti. Loro sanno chi sono io, Lily. Mi seguiranno. Lo sappiamo entrambi. Ora io sono in fuga, proprio come te. Abbiamo una possibilità in più stando insieme».

«Cosa ho fatto?» si coprì la bocca con le mani. «Per favore vai via. Io me la caverò».

Il suo volto divenne duro. «Se ti lascio, tu sarai morta prima del tramonto. Non me ne vado».

Lei lo fissò. «Chi *sei* tu?».

«Te l'ho detto, lavoro nel settore della sicurezza».

«Che tipo di sicurezza?».

«Guardia del corpo. Conosco la cattiva gente, Lily. Ora andiamo».

Lei si strinse più forte. «Non mi hai chiesto perché mi stanno dietro e tuttavia sei pronto ad aiutarmi?».

«Non ho bisogno di sapere. Se volevi che io lo sapessi, me lo avresti già detto. Io preferisco non sapere, piuttosto che farmi dire una menzogna».

«Sono in un mare di guai, Jacob».

Lui annuì. «Me ne sono accorto».

«Loro non si fermeranno fino a quando non mi avranno trovata». Le lacrime le rigavano le guance. «Il mio passaporto, la mia carta di credito... Oh mio Dio, le tue cose... tutto è andato. Che cosa possiamo fare?».

«Per cominciare, abbiamo bisogno di andare in un posto sicuro. Non ci vorrà molto perché ci trovino».

Per quanto lei odiasse ammetterlo, c'era solo una persona abbastanza potente per tenerli in vita. «Dobbiamo andare da mio padre. Saremo al sicuro con lui».

«Dove?».

«In Europa».

Lui non rise e non batté ciglio. «Andiamo, tesoro. Non possiamo rimanere qui. Parleremo più tardi».

Jacob le prese la mano, si avvicinò alla porta della prima casa e suonò il campanello. Lily tremava più violentemente ora.

Dopo alcuni secondi, quando nessuno rispose, disse: «In caso ci fosse qualcuno dentro, tu corri al panificio. Se ci dobbiamo separare, aspettami lì».

Lily sapeva che stava violando la legge, lei che si era permessa di giudicare suo padre, ma aveva troppo freddo ed era esaurita da settimane di fughe e di corse per mettersi a discutere. Andarono sul retro, Jacob gettò un sasso attraverso una finestra. Nessun allarme suonò. In pochi secondi lui aveva fatto un buco abbastanza grande perché potessero passare.

«Attenta a non tagliarti» le disse, aiutandola a entrare.

Dal contenuto degli armadi, era evidente che in quella casa viveva una famiglia con una figlia adolescente e un figlio. Lily prese un paio di jeans, una felpa e una giacca calda dal guardaroba della ragazza. Tutto era troppo grande, e dovette rimboccarsi i pantaloni. Un paio di scarpe da ginnastica della ragazza le pizzicavano le dita dei piedi, ma erano meglio delle scarpe della donna che erano tre taglie troppo grandi. Quando ebbe finito e tamponato i capelli con un asciugamano, Lily si sentì più calda. I brividi si erano fermati.

Jacob entrò nella camera da letto con un paio di jeans del loro ospite e un maglione. Aveva completato il look con scarpe nere formali e calzini bianchi. Se la situazione non fosse stata così drammatica, Lily avrebbe riso. I jeans gli arrivavano sopra le caviglie. Il maglione a malapena raggiungeva l'ombelico.

«Cosa c'è?» lui alzò le braccia e si guardò. «Non c'era molta scelta».

«Sei ... perfetto» gli disse.

Lui sorrise. «Mangiamo qualcosa. Si deve mangiare quando si è in fuga».

In cucina, Lily vide Jacob preparare un panino con quello che poté trovare nel frigo – prosciutto e formaggio. Glielo porse con un tovagliolo di carta preso sul tavolo.

«Sei pronta?» Jacob le prese un braccio. La guidò di nuovo fuori dalla finestra. Camminarono lungo la strada nei vestiti della taglia sbagliata, fino a quando trovarono un parco con molte persone e una panchina al sole. Jacob l'attirò a sé.

«Mangia» le disse, indicando il panino che stringeva ancora in mano.

Lily non aveva fame, ma obbedì perché sapeva che il suo corpo aveva bisogno di energie. Jacob attese con pazienza poi, quando ebbe finito, si girò verso di lei.

«Dove in Europa, Lily?».

«Parigi. Devo andare a Parigi».

Jacob rimase a pensare per un po', poi disse: «Va bene. Andiamo».

Si alzò in piedi, ma la sua risposta sorprese tanto Lily che rimase bloccata al suo posto sulla panchina.

«È un lungo viaggio» le disse. «Meglio partire prima che poi».

Lei lo guardò a bocca aperta. «Tu vieni con me?».

«Pensavo che l'avessi già capito».

«Ma tutta quella strada verso l'Europa?».

Fece spallucce. «Che cosa è rimasto qui per me?».

Un senso di colpa la soffocò. Deglutì il groppo in gola, pensando a tutto quello che Jacob aveva perso per averla aiutata.

«Ehi!». Le toccò la guancia. «Rimani concentrata, Lily. Quegli uomini sono ancora là fuori. Dobbiamo muoverci, tesoro».

Si costrinse ad alzarsi, a muovere le gambe. Non c'era altro modo. Per quanto sapesse che era sbagliato metterlo in pericolo, lei si sentiva più sicura con la sua protezione. Per la prima volta da quando il padre l'aveva lasciata, non si sentiva sola.

CAPITOLO TRE

Sopravvivere sulla strada era già abbastanza difficile. Lily non aveva alcuna idea di come sarebbero andati in Europa senza soldi e senza passaporti, ma era contenta di non essere sola. Jacob la guidò a una fermata dell'autobus, quindi salirono nella parte posteriore di un bus articolato. Lily era tesa come una corda, preoccupata che un controllore chiedesse loro i biglietti, ma prima che la sua paura potesse materializzarsi, scesero davanti a un ipermercato.

C'era una sezione abbigliamento con cabine di prova sul retro. Jacob afferrò alcuni capi e glieli mise in mano. «Vai a mettere questi nel camerino. Assicurati di staccare i cartellini dei prezzi e metti quello che indossi ora sulle grucce».

Prima aveva rubato i vestiti che indossava, e ora stava per rapinare un negozio.

«Vai avanti» le disse con un cenno incoraggiante quando vide che lei non si muoveva. Prese un paio di jeans da uomo dallo scaffale. «Ti aspetto qui fuori».

Lily si avvicinò alla cabina come un robot. Fece come le era stato detto e quando uscì, indossando una maglietta gialla, jeans scuri, giubbotto di *pile* imbottito e scarpe da ginnastica nere che Jacob aveva scelto per lei, lui stava appoggiato al muro, i pollici infilati nei passanti della cintura dei suoi nuovi jeans, le caviglie incrociate. Il suo ventre sussultò: era come se al suo cuore fossero spuntate le ali, perché aveva la sensazione che qualcosa le battesse dentro il petto. I suoi occhi si muovevano su di lui instancabilmente. I jeans gli stavano perfettamente. La camicia nera, che indossava sotto un parka verde militare sbottonato in alto, lasciava intravedere il suo petto muscoloso. E quando i loro occhi si incontrarono, il suo cuore impazzì, pompando forte il sangue che scorreva nelle vene e facendola arrossire fino al collo perché, inesperta com'era, dallo sguardo intenso di Jacob seppe che lui aveva capito quello che stava provando.

Si rendeva conto fin troppo bene della vena giugulare che pompava sul suo collo, dove lo sguardo di Jacob si era fissato.

Lui alzò gli occhi per incontrare lentamente quelli di Lily e la consapevolezza che vi lesse era così netta che la spaventò. Si sentiva vulnerabile ed esposta, come se fosse in piedi nuda davanti a lui.

Ma Jacob fu un gentiluomo, perché tutto quello che disse fu: «Stai molto bene».

Non appena lui si raddrizzò, una commessa comparve e si diresse verso di loro. Lily si paralizzò con i vestiti vecchi sul braccio, ma proprio nel momento in cui l'assistente li raggiunse, Jacob prese i panni dalle mani di Lily.

«Non ti vanno bene?» disse a Lily con tono vivace.

La dipendente del negozio portava i capelli cotonati e le sopracciglia depilate disegnate con la matita. Il suo ombretto era di un azzurro brillante e il suo rossetto di un arancione intenso. Il suo sguardo passò da Lily a Jacob, indugiando sui suoi addominali. «Posso esservi utile?».

Il sorriso di Jacob era affascinante. «Per la mia ragazza è sempre una battaglia trovare gli abiti giusti». Diede una pacca sul sedere a Lily che la fece sobbalzare. «Non è sorprendente, visto che è così piccola». Prese gli attaccapanni che teneva in mano. «Metterò questi al loro posto, e guarderemo qualcos'altro. Ma se abbiamo bisogno di aiuto, la chiamerò di certo». Ammiccò.

La donna rifilò a Lily uno sguardo invidioso prima di sbattere le ciglia finte a Jacob, le labbra di colore arancione distese in una piega seducente. «Quando vuoi, dolcezza».

Gli occhi della donna le perforarono la schiena quando Jacob le mise un braccio intorno e la condusse tra le corsie. Spinse in modo casuale gli indumenti sugli scaffali, e cominciò a guardare qua e là alcuni abiti. Lily stava ferma immobile, la paura di essere scoperta l'aveva trasformata in un blocco di pietra. Jacob dava l'impressione di essere molto concentrato, ma lei vide che alzava gli occhi per esaminare con attenzione quello che accadeva intorno.

Quando lasciò cadere il vestito che stava guardando e le fece cenno di seguirlo con un cenno del capo, costrinse i suoi piedi a obbedire.

Camminarono attraverso l'uscita, il suo cuore batteva furiosamente, ma nessuno gridò o li seguì. Solo a un isolato di distanza dal negozio si lasciò sfuggire il respiro che aveva trattenuto.

«E ora?» chiese a Jacob.

«Abbiamo bisogno di un posto per dormire, fino a che non avrò un piano in mente».

Jacob la portò al W, un hotel di gran lusso in un'esclusiva zona commerciale vicino al Victoria and Alfred Waterfront.

«Non dici sul serio» disse lei, guardando il palazzo di vetro blu di venti piani.

«Sei mai stata qui prima d'ora?».

«Mio padre ha organizzato la festa dei miei sedici anni sul tetto. E ho partecipato a una delle sue cene di lavoro nel ristorante Triple Six. Quelle sono state le uniche volte».

Lui rifletté per un po' alle sua risposta. «Se qualcuno ti riconosce, salutali come faresti normalmente. Non correre, e non negare la tua identità. Se succede, ce ne andiamo. Punto. E non sparire dalla mia vista».

«Jacob?» gli afferrò il braccio appena lui fece il primo passo verso l'ingresso. «Perché qui? Perché non da qualche parte meno in vista, più accessibile?».

«Non rimaniamo qui. Ho solo bisogno di borseggiare qualcuno. Abbiamo bisogno di un sacco di soldi». Sollevò un sopracciglio e disse con gentilezza: «Entriamo?».

Lei lo seguì. Se c'era un posto dove ricchi viaggiatori e clienti del ristorante andavano, era proprio qui. Le prese la mano, intrecciando le dita alle sue.

«Da adesso, tu sei la mia ragazza». Sorrise. «Ce la fai?».

Il battito cardiaco di Lily accelerò, ma non per il timore di essere scoperti per aver rubato dei soldi a qualcuno. La pelle callosa di Jacob contro la sua le riscaldò il braccio. Era come se avesse acceso un interruttore che la bruciava come una lampadina. Era come se tutto il suo corpo brillasse nel buio.

Lui aggrottò la fronte e le toccò la guancia col pollice, facendole balzare il cuore in gola.

«Sei diventata rossa. Ti senti bene? Non puoi tirarti indietro adesso. Sai che dobbiamo farlo».

«Non è questo».

«Cosa c'è, Lily?».

«Non posso farci niente. È la mia prima volta». Indicò le loro mani unite.

Gli occhi di Jacob si spalancarono. «Non hai mai tenuto la mano di un ragazzo prima d'ora?».

«Papà era molto protettivo. Ha fatto in modo che nessuno potesse avvicinarsi a me».

Per un momento Jacob la fissò con un'espressione sbalordita, poi si scosse. «In questo caso, mi scuso per aver avuto il privilegio senza autorizzazione. Sono onorato». Le strinse la mano. «Dobbiamo muoverci ora, tesoro. Ho bisogno che tu ti muova là dentro come se fossi a casa tua. Pronta?».

Anche se lei non lo era, annuì. Tenne la testa alta quando Jacob la condusse nella hall. Presero l'ascensore e uscirono al quarto piano, dove si trovava il bar. Jacob misurò con calma la lunghezza del pavimento mentre lo percorreva prima di scegliere un tavolo in un angolo buio.

«Aspettami qui» le disse, spingendola giù nella sedia imbottita da dove aveva una vista completa della sala.

Senza ulteriori spiegazioni, andò al bancone. Scelse un posto accanto a una donna con lunghi capelli biondi. Sporgendosi verso di lei mentre si sedeva, le sussurrò qualcosa all'orecchio. La donna si girò a guardarlo. Era straordinariamente bella, con una pelle perfetta, labbra rosse carnose e occhi grandi. Aveva i capelli tagliati in uno stile moderno, con delle punte leggere intorno al viso. Indossava un top nero e pantaloni che aderivano alle sue curve. Al completo si aggiungevano una sottile cintura rossa e scarpe col tacco dello stesso colore. Il diamante che portava al dito era una pietra enorme, e gli orecchini non erano da meno.

La bionda mise le mani sul petto di Jacob, muovendole lentamente e spingendo via il suo parka dalle spalle. Lo afferrò prima che toccasse il pavimento, e glielo mise in grembo. Mentre lo faceva, la sua mano sfiorò la coscia dell'uomo e scomparve sotto il tessuto. Jacob la guardava come un predatore. Mentre la sua mano continuava a muoversi, lui strinse forte la mascella e chiuse gli occhi un solo istante. Quando li riaprì, erano fissi sulla bocca della donna. Non guardò neanche un attimo in direzione di Lily.

Lei provò una sensazione sgradevole alla bocca dello stomaco. Avrebbe voluto strappare la mano della donna dall'inguine di Jacob e graffiarle gli occhi, ma più di tutto, sarebbe voluta andare da Jacob e dargli un pugno in faccia. Era irrazionale. Non aveva alcun diritto su quell'uomo che l'aveva salvata, ma non riusciva più a controllare le proprie emozioni che le contorcevano le viscere. Il suo istinto era quello di fuggire, di uscire dalla stanza, ma rimase incollata al suo posto, paralizzata dalla scena che si svolgeva davanti ai suoi occhi. La donna si alzò dalla sedia e si mise in piedi tra le gambe di Jacob. Le mani di lui ora serpeggiavano intorno alla vita, scendendo sui glutei sodi e formosi della donna.

Non poteva guardare più a lungo. Spinse indietro la sedia, ma un cameriere comparve al suo tavolo.

«Beve qualcosa, signora?».

Le *avance* di Jacob su un'ochetta bionda qualsiasi non avrebbero dovuto farle nessun effetto. Eppure, rabbia e dolore le salirono dentro. Avrebbe voluto scagliarsi contro Jacob e, allo stesso tempo, strisciare dentro un buco e nascondersi. Suo padre non le aveva mai permesso altro che un bicchiere di vino a cena, ma ora era probabilmente il momento giusto per cominciare a godersi la sua nuova libertà. L'unica cosa che le veniva in mente era un drink che la sua amica, Clara, ordinava nei locali notturni dove Lily non aveva il permesso di andare.

«Barb Wire Cola, per favore».

Il cameriere annuì e se ne andò. Lily rivolse di nuovo la sua attenzione verso Jacob, ma le dispiacque subito di averlo fatto. Le sue mani ora erano tra i capelli della bionda e, anche se non riusciva a vedere la sua faccia, sapeva che la stava baciando così intensamente da farle cedere le ginocchia, perché lei si era appoggiata a lui e sembrava che riuscisse appena a mantenere l'equilibrio. Solo quando il barman posò una birra e un drink frizzante di fronte a loro, Jacob si ritirò. La sua risata raggiunse Lily dall'altra parte della stanza. Guardò con orrore come lui afferrò la donna e se la mise sulle ginocchia. Un braccio era intorno alla schiena, e la sua grande mano era posata in alto sulla coscia, pericolosamente vicino all'orlo delle sue mutandine. Ancora faceva come se Lily non esistesse.

Un drink in un bicchiere alto fu poggiato di fronte a lei. Lily ringraziò a malapena il cameriere prima di svuotarsi mezzo bicchiere tutto d'un fiato. Quando il sapore amaro dell'alcol raggiunse le sue papille gustative, si asciugò la bocca con il dorso della mano e fece una smorfia. Non c'era niente di gustoso in Mampoer e Coca Cola.

Jacob alzò la mano dalla gamba della sua conquista per prendere il bicchiere e portarselo alle labbra. Lei morse la cannuccia con un'espressione seducente prima di avvolgervi la sua lingua intorno. Il barista le porse una macchina portatile per carte di credito e mentre lei metteva nella fessura la carta di credito che aveva preso da una pochette, la mano libera di Jacob scivolò tra le sue gambe. Lily quasi sputò sul tavolo il sorso di liquido disgustoso che aveva preso. La testa della donna ricadde all'indietro e le sue labbra si schiusero. Poi diede a Jacob un colpetto sul naso e rivolse la sua attenzione al suo compito, che era appunto pagare le loro consumazioni.

Nei successivi dieci minuti, in cui Lily fu costretta ad assistere allo spettacolo, si scolò tutto il suo drink e il suo effetto cominciava a vedersi nel suo corpo e nella mente. I suoi muscoli erano diventati gelatina. Cominciò a vedere doppio e il naso era intorpidito. Ebbe un attimo di panico quando si rese conto che non aveva più il controllo di se stessa. Si aggrappò al bordo del tavolo, dato che la stanza sembrava piegarsi di lato. Non le piaceva per niente quella sensazione. Aveva una voglia irresistibile di respirare l'aria fredda di fuori e di non vedere più quanto Jacob stesse sopra al suo bersaglio. Si alzò in piedi e afferrò la sedia dietro a sé per non inciampare. Fece due passi, ma invece di andare avanti, andò di traverso, scontrandosi duramente con qualcosa. Un paio di mani l'afferrarono per le spalle.

«Ohps». Lily alzò gli occhi e fissò il volto di un uomo dai capelli scuri. «Scusi». Cercò di allontanarsi.

Stringendo la presa, l'uomo spostò il bicchiere che stringeva in una mano per tenerla meglio. «Non c'è bisogno di scusarsi. Per me è una fortuna».

Lily ondeggiò.

Lui rise. «Appoggiati a me». Le mise un braccio intorno. «Vuoi prendere un po' d'aria?».

«Sì» sussurrò lei.

«Come ti chiami, bella ragazza?».

Lei non doveva fidarsi di nessuno. «Non importa». Oh no, ora la sua lingua era impastata.

L'uomo alzò un sopracciglio. «Se vuoi giocare in questo modo...».

«Mi scusi» disse il cameriere accanto a loro, «se ne sta andando, signora?».

«Sì» rispose l'uomo per lei.

«Signora, non ha pagato il conto».

«Mettilo sul mio conto» disse l'uomo.

Avevano fatto un passo verso la porta quando Lily fu strappata dalle braccia dell'uomo. Inciampò, ma un altro paio di mani la sostenne.

«Cosa cazzo...». Il gesto brusco fece sì che l'uomo si rovesciasse addosso il suo drink.

Jacob guardò l'uomo, la sua faccia come un tuono. «Togli le mani dalla mia ragazza».

«Ehi!». L'uomo alzò le mani. «Cosa vuoi? È lei che mi è venuta addosso, non il contrario».

«Col cazzo che l'ha fatto». Le narici di Jacob si dilatarono. «Ma che uomo sei, per approfittartene delle ragazze ubriache».

L'uomo si tolse la giacca bagnata. «Se fosse la mia ragazza, la terrei d'occhio meglio. Sei un misero pretesto per un cazzo di fidanzato». Si voltò verso Lily. «Giusto per la cronaca, labbra di pesca, il tuo ragazzo stava facendo un ditalino alla bionda al bar. Io ci penserei meglio prima di scegliermi un ragazzo, se fossi in te». Sbatté il bicchiere sul tavolo più vicino e si allontanò.

Un buttafuori in uniforme nera apparve al loro fianco. «C'è un problema?».

«No» disse Jacob a denti stretti, «stavamo andando via».

Trascinò dietro di sé Lily fuori dall'edificio. Quando l'aria fredda la colpì, il senso di vertigine aumentò. Si sforzò di restare al passo con Jacob. Lui si fermò davanti a un bancomat, inserì una carta di credito e pochi secondi dopo le banconote uscirono dalla fessura. Erano raddoppiate e triplicate agli occhi di Lily. Dovette appoggiarsi a Jacob per rimanere dritta. Lui gettò la carta nel bidone della spazzatura vicino alla macchina e chiamò un taxi.

Trenta minuti più tardi, Lily era seduta sul bordo di un letto matrimoniale in un hotel economico.

Jacob le stava addosso, porgendole una bottiglia d'acqua. «Bevi questo».

Lei non aveva sete, allora scosse la testa.

«Bevi!». La sua voce aveva un tono fermo.

Lily prese qualche sorso, ma l'acqua era troppo fredda. Le facevano male i denti.

«Tutto» insistette Jacob.

Ci volle un po' per berla tutta e quando finì aveva disperatamente bisogno del bagno. Si alzò sulle gambe traballanti. Immediatamente le braccia di Jacob le furono attorno. La guidò nella stanza adiacente e cominciò a sbottonarle i pantaloni.

«Cosa fai?».

«Ti aiuto».

Quindi la lasciò alla sua privacy. Lily si spruzzò dell'acqua fredda sul viso. Stava fissando i suoi lineamenti pallidi quando sentì bussare alla porta. Un secondo dopo, Jacob entrò.

«Perché non rispondi?» disse. «Mi hai fatto preoccupare».

«Lasciami in pace». Lo spinse via e si fece strada lungo la parete fino al letto e si sdraiò. Il soffitto girava in modo sconsiderato.

Questa volta Jacob la guardò solo con le braccia incrociate, mentre la sua espressione si addolcì. «Un'altra prima volta?» le chiese dopo un po'.

«Uh, uh».

Un sorrisino apparve sulle labbra di Jacob. «Cosa hai bevuto?».

Appoggiò il dorso della mano sulla fronte. «Barb Wire e Coca-Cola».

«Cosa?». La fissò incredulo. «Di tutti i cocktail che si possono bere la prima volta, hai ordinato Barb Wire?».

«È quello che la mia amica dice che chiede sempre. Cosa avrei dovuto ordinare?».

«Avresti potuto iniziare con qualcosa di più leggero, come uno Spritz. Un Barb Cola è il cinquanta per cento di alcol, tesoro».

Lei gemette. «È orribile, è come se non potessi controllarmi». Girò la testa verso di lui. «Hai rubato dei soldi a quella donna, vero?».

Il guizzo di un'ombra attraversò il suo volto. «Non volevo che tu vedessi. Se avessi potuto scegliere, non ti avrei lasciata guardare. Ma non ti potevo lasciare da sola. Era troppo pericoloso. Lo capisci, vero?».

«Baciarla è stato bello?» gli chiese con un filo di voce.

Lui si sedette accanto a lei e le prese il mento. «Ascoltami, Lily. Si deve fare tutto quello che è necessario per sopravvivere. Non ci si pensa troppo, non lo si analizza, e non si devono avere rimorsi».

I suoi occhi erano pieni di lacrime. «Non mi è piaciuto quando la toccavi. Mi ha fatto sentire arrabbiata. Ecco perché mi sono scolata il bicchiere».

«Oddio, Lily». L'attirò a sé e l'abbracciò stretta. «Sei davvero troppo sincera».

Tra le sue braccia lei si sentiva bene. Il suo corpo gli rispose immediatamente e faceva delle cose che ancora non capiva, ma le trovava esilaranti. I suoi seni si erano induriti, e quel punto sensibile tra le sue gambe le pulsava fino a farle male. Voleva sapere ciò che quella donna aveva provato quando Jacob aveva la bocca sulla sua, le sue dita tra le sue gambe.

Girò il suo corpo in modo da potersi sedere su di lui. «Baciami allo stesso modo. Toccami come toccavi lei».

Jacob si fermò, anche se gli era diventato duro sotto di lei. Tutto il suo membro premeva tra le sue natiche e quando lei si spostò, inspirò forte.

«Sei troppo giovane e innocente per chiedermi una cosa simile, Lily» disse, sollevandola dolcemente dal suo grembo. Poi si alzò di scatto. «Questa è la prima volta che ti ubriachi. Dobbiamo fare le cose per bene».

Lei lo guardò confusa. «Cosa vuoi dire?».

«Vieni qui». L'aiutò ad alzarsi e le passò le dita tra i capelli. I morbidi colpetti che diede per toglierle i nodi intensificarono la pressione che sentiva tra le gambe, facendola sentire calda e umida.

«Ecco» le disse, facendo un passo indietro per ispezionare il suo lavoro. «Sei perfetta».

«Per cosa?».

«Per celebrare la tua prima sbronza».

«Dove stiamo andando?» chiese mentre Jacob le prese la mano e la condusse verso la porta.

«A ballare».

«Davvero?». Fece una pausa. «Sei sicuro?».

«Non vuoi?».

«Lo voglio più di ogni altra cosa! Papà non mi lascerebbe mai. Ma cosa accadrebbe se...».

Lui le chiuse le labbra con le dita. «Si deve ricordare sempre come si fa a vivere. Soprattutto quando si è in fuga. Altrimenti, la diamo per vinta troppo facilmente».

Cosa ne poteva sapere lui di essere in fuga? Ma Jacob non le diede la possibilità di chiederglielo. La spinse fuori dalla porta, nelle ultime luci del giorno, e in un mondo diverso.

Mai nella vita si sarebbe immaginato di trovarsi in questa situazione – passare la notte con la sua preda ubriaca in uno squallido club di salsa. Era un altro rischio non calcolato, uno che non dovrebbe accettare, ma cosa avrebbe dovuto fare? La prima volta che si era ubriacato i suoi amici lo avevano lasciato fuori al freddo accanto a una cava. Si era risvegliato solo, disorientato, con la nausea e non ricordava niente. Non si era celebrato nulla – nessun simbolo di cameratismo, nessuna pacca sulle spalle come benvenuto al club, nemmeno un passaggio a casa, cazzo. Era stata una maledetta terribile esperienza. Lui non voleva fare questo a Lily. Soprattutto perché era colpa sua se lei si era ubriacata, in primo luogo.

Fece un passo indietro a guardare Lily e si appoggiò al bancone del bar, assicurandosi che lei fosse a portata di mano. Gli piaceva ballare, ma gli piaceva di più guardare lei. Si stava davvero scatenando. I suoi occhi percorsero tutto il suo corpo e si posarono sui suoi glutei sodi che lei agitava con abbandono. Non c'era da stupirsi che suo padre l'avesse tenuta rinchiusa nel suo castello di mattoni. Non era giusto trattenerla fuori dalla vita, ma non poteva biasimare quell'uomo. Se fosse stata sua, avrebbe probabilmente fatto lo stesso per proteggerla. Lei era calda come l'inferno. Ancora più calda quando lo guardò e lui vide che il suo cuore aveva cominciato a battere più forte dal modo in cui la vena delicata pulsava sul suo collo, mentre un rossore diffuso le colorava la pelle. Non si aspettava che la sua reazione fosse tanto spontanea e sincera. La maggior parte delle ragazze della sua età devono giocare duro per riuscirci. Lily semplicemente era senza malizia. Altrimenti, non gli avrebbe chiesto di toccarla. Era stato rinfrescante, ma pericoloso. Era solo un uomo, dopo tutto. E non uno bravo, in quello.

Baciare la bionda come aveva dovuto fare era stato sgradevole, soprattutto con Lily che guardava. Era stato il modo più veloce e diretto per mettere le mani su un bel malloppo di denaro contante e, anche se gli occhi di Lily erano come lance nel petto, aveva fatto quello che doveva. Stava per fare a pezzi quello stronzo che si stava gettando su Lily, prendendola per una facile preda. Per sbarazzarsi della bionda in fretta, aveva fatto il coglione, suggerendole di andare a rifarsi il trucco in bagno.

Jacob bevve un sorso della sua birra. Le sue mani cominciarono a prudergli vedendo come alcuni ragazzi sudamericani sulla pista gettavano occhiate in direzione di Lily. Avrebbe dovuto portarla in un locale più di lusso, ma gli piaceva quel bar. Era meno pretenzioso. Lasciò la sua birra sul bancone e mise le mani sui fianchi di Lily, attirandola a sé. Un'occhiata inequivocabile verso i ragazzi sudamericani fece loro capire che quello era il suo territorio. Già preso.

Lei rise e agitò i fianchi nella sua presa. «Vieni, Jacob» gridò al di sopra della musica. «Balla con me».

Le sue anche erano delicate. Potrebbero scricchiolare sotto una mano forte come la sua. Le mani di Jacob salirono fino al punto vita. Era così sottile che le sue dita si sovrapponevano. Avrebbe desiderato sapere cosa si provasse a muovere la sua mano verso l'alto, appoggiando il suo palmo sopra la curva morbida del suo seno, e tenerla stretta intorno al collo, solo per ricordarsi di quanto fosse fragile, di quanto fosse facile che si rompesse. Una possessività infondata gli faceva venire voglia di credere che fosse lui a doverla proteggere. Non si era mai dovuto occupare di nulla fragile come Lily. La sua vita era dura, fatta di violenza e guerre a pagamento. Doveva lottare, l'aveva capito. Non pensare a ragazze vergini che sarebbero state più al sicuro se avvolte nella bambagia.

Lily gettò all'indietro i capelli. La chioma nera le arrivava alla vita e gli solleticava le dita. Si rese conto che stava ancora stringendo la sua pelle calda, le sue mani a metà sotto l'orlo della sua maglietta. O era troppo ubriaca per accorgersene, o troppo occupata a ballare per farci caso, perché lui non notò nessuno dei sintomi di eccitazione che aveva visto nel negozio o nel motel. Per un attimo, da egoista avrebbe desiderato che lei fosse bagnata per lui, che si eccitasse immaginando quello che lui le avrebbe fatto, ma poi scosse la testa con disgusto. Il sesso non aveva posto in questa missione, anche se gli diventava duro ogni volta che la guardava. Ed era difficile allontanare lo sguardo da quegli occhi azzurri da bambina. Troppo giovane, ricordò a se stesso. Troppo innocente.

L'unico modo per rompere l'incantesimo fu per lui fare un passo e muoversi intorno a lei, lontano da quegli occhi e quei seni perfetti che gli ballavano davanti. Jacob strinse la schiena di Lily contro il suo petto e cominciarono a ballare con rinnovata risolutezza. Solo, questa volta il suo membro premeva contro la sua schiena. Cazzo! Questa notte lo stava uccidendo. Lily inclinò la testa per sorridergli. Per il suo bene, le rivolse un'espressione spensierata e, quando cominciò una salsa lenta, la prese per i fianchi stretti e la cullò al suo ritmo. Da questa angolazione le vedeva il davanti della sua maglietta col collo a V. Merda! Non portava biancheria intima. Il fatto che non gliene avesse presa al negozio lo colpì come un pugno nello stomaco. Aveva dato per scontato che lei avesse preso qualcosa dalla casa dove erano entrati. Però, probabilmente indossare biancheria intima di seconda mano non era qualcosa che una come Lily avrebbe fatto. Questo significava che la sua fica era nuda sotto quei jeans, la cucitura scorreva su e giù per le sue pieghe umide. Gemette. Questa era una tortura della peggior specie.

Si chinò e annusò il profumo dei suoi capelli. Lei odorava come di una miscela di lavanda e fumo del locale. Delizioso. «Usciamo?».

Lei si girò e storse un po' la bocca. «Questa è la mia prima notte fuori. La mia prima notte in un club come questo».

«Il sole sarà alto tra un'ora, tesoro».

«Va bene. Andremo via quando il sole sarà alto».

Aveva un bel rossore sulle guance e le punte dei suoi seni nudi spuntavano sotto la maglietta. C'era un solo modo per sopravvivere un'altra ora a tutto questo. Jacob la prese per le mani e le fece fare una piroetta.

«Meglio che balliamo, allora» disse.

La risata felice di Lily gli fece dimenticare la sua apprensione. Cosa stava facendo? Doveva solo mantenere l'occhio fisso sull'obiettivo. Concentrarsi sulla missione. Facile.

CAPITOLO QUATTRO

Il corpo di Lily era appiccicoso. I suoi muscoli erano doloranti. Ma era felice. Si sedette di fronte a Jacob al tavolo di un piccolo ristorante aperto ventiquattr'ore su ventiquattro, una colazione abbondante per due già sul tavolo. Aver ballato così tanto aveva contribuito a ridurre gli effetti dell'alcol, liberando il corpo e la mente man mano che la notte avanzava. Non si erano fermati fino all'alba, quando il locale aveva chiuso. Jacob era un ballerino esperto e le aveva insegnato alcuni passi. Con lui, lei si sentiva al sicuro, in grado di lasciarsi andare per la prima volta nella sua vita, e lo aveva fatto. Lui le aveva offerto un altro drink, ma solo alcune ore più tardi, e si trattava di un cocktail con una minima quantità di alcol. Prima le aveva fatto bere molta acqua e l'accompagnava quando aveva bisogno di usare il bagno.

«È stata la notte più bella della mia vita» gli disse, incapace di mascherare la felicità nel suo tono. «Grazie per non averla lasciata finire con un soffitto che non smette di girare nella stanza di un albergo a buon mercato».

Lui le sorrise. «Non meritavi niente di meno di questo». Le indicò la colazione. «Ora mangia. E la prossima volta, non bere senza mangiare prima. L'alcol va alla testa più veloce a stomaco vuoto. Mangia pasta e formaggio. I carboidrati e i grassi vanno benissimo se vuoi bere».

«Me lo ricorderò». Lei gli sorrise e diede un morso al suo toast.

La sua mano era posata sulla tazza. «E non sorridere agli uomini nel modo in cui mi sorridi ora».

«Come ti sto sorridendo?».

«Con uno sguardo da... civetta».

«Come devo sorridere?».

La sua espressione si fece seria. «In modo da non illudere un uomo. E non fare mai e poi mai quello che hai fatto al W. È stata una mossa pericolosa. Quell'uomo stava per approfittarsi di te, Lily».

Abbassò lo sguardo. «Non rovinare il mio momento».

«Hai ragione. Non dovrei romperti i coglioni e rovinarti la festa con queste storie. Ma tu non conosci gli uomini come me. Promettimi solo che non lo rifarai».

«Non lo farò. Sei contento adesso?».

Si appoggiò allo schienale e le sorrise. «Sì, sì. Sono molto più felice».

«Quindi basta rotture di coglioni con questa storia».

«Ho una cattiva influenza su di te. Un giorno con me e già bevi e dici parolacce». Lo disse scherzando, ma i suoi occhi mantennero un espressione seria. «Io non sono un buon insegnante per giovani vergini innocenti».

«Hai altre regole da darmi?» e alzò un sopracciglio.

«Nessun altra». Il suo sguardo si rabbuiò. «Solo... cerchiamo di restare vivi».

Lily mise giù la forchetta. «Jacob, non c'è bisogno che tu venga con me. Mi hai accompagnata fino a qui, ma posso farcela da sola».

«Io non ti lascio, Lily. Ti ho già detto che non ho un altro posto dove stare».

Se lui aveva notato il suo disappunto per questa affermazione, non lo diede a vedere. Lei avrebbe desiderato che lui le dicesse che stava lì perché lo voleva, tanto quanto anche lei voleva che lui restasse. Nonostante la situazione gravissima in cui si trovavano, si sentì molto sollevata appena ebbe all'improvviso un pensiero: era lungo il cammino verso l'Europa.

Dopo la prima colazione Lily si sistemò in bagno, quindi Jacob la portò a una cabina per fototessere e inserì una moneta per una foto per passaporto.

Regolò lo sgabello per la sua altezza e la fece sedere. «Guarda dritto e non sorridere» le disse prima di far scendere la tendina nera.

«Perché non ce la facciamo insieme, facendo un sacco di smorfie divertenti?» lo chiamò Lily attraverso la separazione.

«È una cosa seria, Lily».

Il flash scattò.

«Fatto?» chiese.

«Credo di sì».

Lui aprì la tendina e l'aiutò a scendere dallo sgabello alto. Dopo aver recuperato la sua foto, fece la stessa cosa per sé. Si fermarono presso un ufficio postale dove Jacob acquistò una busta rigida e chiuse le foto all'interno. Dopo aver dato all'impiegato l'indirizzo e pagato per la tariffa che prevedeva la consegna il giorno stesso, Jacob prese un taxi per tornare all'hotel.

Fecero una doccia l'uno dopo l'altra, poi crollarono sul letto vicini. Jacob era disteso sulla schiena, gli occhi chiusi.

«Jacob?».

«Mm?».

«Non dovremmo chiamare Kyle per farle sapere che stiamo bene?».

Si voltò a guardarla. «Ogni persona che tu e io conosciamo sarà controllata, i loro telefoni saranno tenuti sotto controllo e i loro computer violati».

«Ma lei deve essere preoccupata. Non possiamo farle avere un messaggio in qualche modo?».

«Kyle sa che il mio lavoro è pericoloso. A volte sparisco per lunghi periodi senza poter contattare nessuno».

«Hai detto che sei una guardia del corpo privata».

«Sì». Incrociò le mani dietro la testa.

«Che tipo di persone proteggi? Celebrità? Politici?».

Aprì gli occhi. «Non ne voglio parlare».

«Va bene». Lily fissò il soffitto per un po'. «Perché mi stai aiutando?».

«Te l'ho già detto, io ora sono un bersaglio tanto quanto te. Stanno cercando anche me, Lily».

«Mi dispiace che hai perso tutto per colpa mia. Tutto ciò che possedevi, tutta la tua vita».

«Come ti ho già detto, non è colpa tua. Smetti di sentirti in colpa per questo».

«Quando arriveremo da mio padre, lui ti rimborserà. Fino all'ultimo centesimo. E di più. Mio padre è ricco. E generoso. Ti ridarà tutto quello che hai perso. È una promessa».

Lui non rispose a lungo. Alla fine, disse semplicemente: «Dormi un po' adesso. Dobbiamo partire al più presto».

Quando si svegliarono, Lily seguì Jacob fuori dove fece una chiamata da una cabina telefonica. Mangiarono davanti a un venditore di hot dog, poi la portò in un *Dischem*, un ipermercato specializzato in articoli da toilette e medicinali da banco.

«Cosa ci facciamo qui?» chiese Lily.

Jacob le porse un carrello. «Prendiamo tutto quello che ti occorre per il nostro viaggio».

Camminarono lungo la prima navata insieme, e quando Lily prese una bottiglia di shampoo, le dita di Jacob si piegarono intorno alle sue. «Prendi le confezioni più piccole». Indicò la bottiglia in miniatura. «Meglio viaggiare leggeri».

La sua pelle si risvegliò sotto il suo tocco. Un calore piacevole le annodò lo stomaco e si diffuse come una ragnatela intricata al resto del suo corpo, fino a quando non le bruciarono le guance. Jacob ritrasse la sua mano. Si allontanò da lei e mise un deodorante nel cesto.

Dopo aver scelto i loro prodotti d'igiene, Jacob selezionò uno smartphone con una carta prepagata al banco dell'elettronica, pagò per tutti i loro acquisti con i soldi della bionda e accompagnò Lily in un negozio di abbigliamento alla porta accanto. Scelse per lei un simpatico abito estivo giallo, una giacchetta di jeans imbottita, un bikini rosso e un paio di stivali da cowboy marroni prima di prendere un cambio di vestiti per sé.

Seguendolo nel camerino, Lily chiese: «Non mi chiedi se mi piacciono i vestiti?».

Abbassò lo sguardo verso di lei. «Perché? Non ti piacciono?».

Si strinse nelle spalle e prese i capi. «Un bikini e un abito estivo? Nel caso in cui non te ne sia accorto, è inverno».

«Dove stiamo andando, è caldo e umido».

«Devo metterli e lasciare gli abiti vecchi sulle grucce?».

«Mai correre un rischio se non è necessario. E noi abbiamo bisogno di un cambio di vestiti».

Lei rise. «Stavo scherzando».

Invece di restituirle il sorriso, Jacob rimase serio, fissando la sua bocca.

«Cosa?» chiese lei.

«Hai una bella risata».

Lily si bloccò. Era davvero tanto tempo che non rideva. «Gli ultimi mesi... non è stato facile. Per la prima volta da... Mi sento al sicuro con te».

Un'ombra gli balenò negli occhi. Indicò la cabina. «Fai in fretta».

La loro tappa successiva fu un negozio di biancheria intima, ma questa volta Jacob lasciò che Lily scegliesse da sola, per tutto il tempo in cui lei esplorò la merce.

Prese un reggiseno abbinato a un perizoma giallo e arancione. Il cotone giallo morbido aveva una fragola stampata con un bordino di pizzo arancione. «Cosa ne pensi di questo? Troppo da ragazzina?».

Le guance di Jacob si iscurirono.

Lily ci godeva a pensare di metterlo in imbarazzo. O forse l'improvviso cambiamento nel tono della sua pelle significava che il pensiero di lei con indosso questi lo faceva eccitare?

«Pensi che andrà bene con il mio vestito?» aggiunse con un sorriso.

Lui strinse gli occhi. «Non mi provocare, Lily. Io non sono uno dei tuoi compagni di scuola».

No, non lo era. Jacob era decisamente un uomo, come nessun altro. Era sicuro di sé e sexy e forte e, a giudicare da quello che aveva visto al W, era uno che baciava da dio. All'improvviso desiderò sapere di cosa sapevano le sue labbra.

«Mi baci, Jacob?».

Lui la guardò da sotto gli occhi socchiusi. «Perché me lo chiedi?».

«Perché voglio sapere come ci si sente».

Le prese la testa. «Tesoro, se ti bacio, non ci fermeremo a questo».

Per un momento continuò a fissarle le labbra, e Lily pensò che la stesse per baciare dopo tutto, ma poi lui lasciò perdere e le prese la biancheria intima dalle mani. «È tutto?».

Lily annuì. Si morse il labbro mentre lo guardava andare verso la cassiera. Un uomo come Jacob era fuori dalla sua portata, ma questo non le impediva di avere meno voglia di lui. Se mai, lo voleva ancora di più.

Dal centro commerciale presero un taxi fino a un bar in una zona losca della città. Jacob la fece sedere a un tavolo dove poteva tenerla d'occhio, mentre si avvicinò a un uomo appoggiato al tavolo da biliardo. Gli porse un rotolo di banconote in cambio di una busta. Prima di chiamare ancora una volta un taxi, Jacob acquistò due borse da viaggio di piccole dimensioni con le ruotine da un venditore di valigie e mise dentro i loro acquisti. Durante il viaggio di ritorno in albergo, non si dissero una parola. Di ritorno nella loro stanza, Jacob aprì la busta. Estrasse due passaporti e ne porse uno a Lily. Lei guardò la foto e il nome. Era la foto che avevano fatto nella cabina e, stampata accanto ad essa, c'era un nome, Mary Franklin.

«Questa è la chiamata che hai fatto prima» disse, appena le venne in mente.

«Da adesso, tu sei Mary Franklin».

«Ma come hai fatto così in fretta?».

«Nel mio lavoro, questa è una delle cose in cui ti devi destreggiare». Le lanciò un sorriso ironico.

«E tu chi sei?».

«Jason Theron». Aprì le valigie e gettò il contenuto sul letto. «Facciamo i bagagli. Poi dovremo chiamare tuo padre».

«Chiamare mio padre?».

«Per fargli sapere che sei per strada. Avremo bisogno di tutto l'aiuto possibile».

«Ma io non ho il suo numero».

Si fermò. «Cosa vuol dire che non hai il suo numero?».

Si morse il labbro. Non era facile spiegargli che suo padre era un pericoloso criminale e che non le aveva lasciato nessun contatto preciso. Diceva sempre che era per il suo bene, meglio che non lo sapesse. Lui, ovviamente, non avrebbe mai pensato che il suo esercito avrebbe fallito nel tenerla al sicuro.

«Non mi ha lasciato alcun numero».

Il suo volto era tempestoso. «Ti ha lasciata sola, senza nessuna possibilità di contattarlo?».

«Ha fatto quello che pensava fosse meglio per me. So solo che è a Parigi».

Jacob appoggiò le mani sui fianchi. «Sei sicura che sia ancora lì?».

«Sì. So che è andato lì».

Jacob la guardò incredula. «E come pensi di trovarlo senza un numero di telefono? Sai quanto è grande Parigi?».

«So che prima o poi si farà vivo dalle parti della Torre Eiffel».

«Cosa?». Jacob alzò le mani in aria. «Stiamo andando a inseguire il suo percorso turistico nella speranza che abbia intenzione di visitare la Torre Eiffel?».

«Deve andare là molte volte. Spesso. Lo so».

«Come puoi esserne certa?».

Lily esitò. Non si sentiva a proprio agio nel condividere questa informazione, ma si fidava di Jacob. Lui le aveva salvato la vita ed era disposto ad aiutarla, senza sapere in che cosa si stava cacciando.

Alla fine gli disse: «Lo so, perché ha intenzione di comprarla».

Jacob la fissò per così tanto tempo che lei cominciò a giocherellare con l'orlo della sua maglietta.

«Parli seriamente?» le chiese dopo un po'.

Il suo silenzio fu la sua risposta.

Jacob si passò una mano tra i capelli. «Andiamo a fare i bagagli».

Mentre piegava i vestiti nuovi e metteva tutto nella borsa da viaggio, Lily si rese conto che Jacob aveva preso in carico la sua vita, e che il suo corso era ormai nelle sue mani. Non aveva idea di quali fossero i suoi piani.

«Come faremo per arrivare in Europa?» chiese. «Non dovremmo tagliarci e tingerci i capelli, e metterci parrucche e occhiali?».

Jacob la sorprese prendendo una ciocca dei suoi capelli e arrotolandola tra le dita. «Mi piacciono troppo i tuoi capelli perché tu li tinga, e tagliarli manco per idea. Per quello che ho in mente, non ce ne sarà bisogno».

Ad un certo punto avrebbe dovuto decidersi a giocare a carte scoperte con lui. Era ingiusto tenerlo all'oscuro. Ma non ora. Lo avrebbe fatto più tardi. Era troppo difficile ammettere la verità. Una parte di lei temeva che Jacob l'avrebbe odiata se avesse saputo perché era in fuga. E avrebbe molto probabilmente anche cambiato idea sul fatto di aiutarla.

«Che cos'hai in mente, allora? Un aereo privato, o qualcosa del genere?».

Chiuse la sua borsa. «Non andremo in aereo. Ma in barca»

«In barca? Ma ci vorranno secoli».

«Ci saranno controlli sul posto per i passeggeri che entrano in tutti gli aeroporti internazionali. È un rischio che non possiamo correre».

Non le diede il tempo di discutere. Prese le valigie e aprì la porta. «Dai. Qualcuno ci aspetta per darci un passaggio».

Una Mercedes nera li attendeva in strada. Jacob gettò le loro borse nel bagagliaio e fece accomodare Lily nel sedile posteriore, sedendosi quindi accanto a lei.

Il conducente si voltò verso di loro con un ampio sorriso. Aveva capelli rasta e un viso squadrato. Diede a Jacob una stretta di mano decisa dicendogli: «Come va, amico mio? È un bel po' che non ci si vede».

«Grazie per il passaggio, amico» disse Jacob.

«*No problem*, bello». Strizzò l'occhio a Lily e avviò il motore.

«Dove stiamo andando?» chiese Lily a Jacob.

«Al porto».

Si spostò più vicino a Jacob e mise la testa sulla sua spalla. L'autista alzò la musica hip-hop che stava ascoltando alla radio. Poco prima di addormentarsi, Lily sentì che Jacob le metteva un braccio intorno alle spalle, attirandola a sé.

Il tempo sull'orologio del cruscotto indicò che il tragitto aveva preso un'ora nel traffico dell'ora di punta. Parcheggiarono nei pressi di un pontile pieno di yacht. Mentre uscivano dalla macchina, lo stomaco di Lily si rigirò sottosopra. Non le piaceva molto l'acqua, soprattutto l'oceano, e si aspettava un grande yacht, una nave da crociera forse, ma non una barca di quelle dimensioni.

«Stai bene?» chiese Jacob, accarezzandole il braccio con la mano.

«Bene». Lei gli sorrise. «Solo... sarà sicura per attraversare l'Oceano Indiano?».

Le diede un rapido abbraccio. «Non preoccuparti.Questo yacht è stato costruito per crociere a lungo raggio. È stato ben collaudato. Il proprietario ci ha fatto un viaggio intorno al mondo».

Jacob pagò il loro autista e la condusse davanti a una barca con il nome Janine dipinto su un lato a lettere blu. Gettò le loro borse sul ponte prima di aiutarla a salire a bordo.

Lily si spostò i capelli dietro l'orecchio. «Sai guidarla?».

Lui le sorrise senza rispondere.

«Come funziona con la dogana e tutto il resto?» continuò lei.

«Andrà tutto bene, con i passaporti che abbiamo».

«Ok». Passò la mano lungo il corrimano lucido. «Mi fido di te».

Lui si immobilizzò, solo per un attimo, ma lei se ne accorse. Di nuovo quell'ombra ormai familiare attraversò il suo volto.

«Non dovresti» le rispose.

«Non dovrei cosa?».

«Fidarti di qualcuno». Prese le loro borse. «Ricordati, Lily. Non fidarti mai di nessuno».

CAPITOLO CINQUE

Una settimana in mare e Jacob cominciava ad avere delle difficoltà nel controllarsi. Le sue palle erano così tese e il suo cazzo così duro che non sapeva se avrebbe potuto durare fino a sera senza farsi una sega. Ora che erano più vicini a una zona tropicale con un clima più mite, Lily se ne stava sdraiata sul ponte in bikini, esponendo il suo corpo piccolo e perfetto e facendo scaturire nella sua testa immagini inequivocabili di cosa gli sarebbe piaciuto fare a quel corpo. Prima di tutto lei era vergine, poi lui era un bugiardo e un imbroglione. Se Lily avesse saputo l'enormità del suo tradimento, lo avrebbe disprezzato.

Quando aveva intrapreso questa missione, non aveva tenuto conto dell'effetto che lei avrebbe avuto su di lui, o lui su di lei - dato che poteva vedere con chiarezza nei suoi occhi che Lily lo desiderava - e non era servita a molto la sua decisione di non attraversare quella linea. Facendo uno sforzo cosciente per rivolgere la sua attenzione lontano dai suoi glutei e dalla schiena nuda, si concentrò sugli strumenti di bordo. Finora avevano avuto bel tempo. La previsione giocava a loro favore. Dovevano fermarsi a Durban da qui a tre giorni per rifornirsi di acqua e cibo. Il suo contatto, Gustavo, aveva fatto un buon lavoro di allestimento della barca, facendo in modo che avessero tutto il necessario e anche di più per durare fino a quel momento. Da lì sarebbe stato lungo il viaggio dalla costa africana per raggiungere Marsiglia. Questo era il motivo per cui voleva essere sicuro di avere a disposizione una buona nave. La Janine era la migliore, aveva persino asciugamani ricamati personalizzati col nome dello yacht e biancheria in cotone egiziano. Si fece l'appunto mentale di pagare a Gustavo un bonus per l'extra che gli aveva procurato: una pistola senza licenza e scatole di munizioni.

Lily si sollevò sui gomiti e lo guardò voltandosi indietro. I suoi capelli neri che, mossi dal vento, le accarezzavano il viso, lo portarono a fantasticare su come sarebbero una volta aggrovigliati tra le lenzuola. Si era slacciata il fermaglio del pezzo sopra del bikini per abbronzarsi la schiena e, quando sollevò le spalle, il tessuto scivolò su un lato, scoprendo le curve arrotondate dei suoi seni. Lui ebbe un assaggio doloroso di quanto fossero sodi e di come potessero stargli perfettamente in bocca.

Gemette e si aggiustò l'erezione nei pantaloni.

«Jacob?».

Il suo nome era un suono morbido sulla sua lingua. Venendo da quelle labbra come caramelle alla mela, non si sarebbe mai stancato di sentirglielo dire, anche se, pensò, sarebbe suonato ancora meglio se lo avesse urlato dal piacere.

Si scosse e si costrinse a rispondere. «Sì?».

«Mi puoi dare una mano, per favore?».

Il suo sguardo corse sulla sua vita stretta, e su com'era affusolata fino alle natiche. Avrebbe voluto darle ben più che una mano.

Lei cercò di raggiungere il gancetto dietro la schiena, per chiuderlo, ma con le sue dita maldestre non ci riusciva. Con la mascella stretta, lui le si avvicinò e glielo prese dalle mani. Lo fece scattare con un leggero clic.

«Grazie» gli disse, stendendosi di nuovo con il viso rivolto di lato.

Le sue labbra erano leggermente socchiuse e questo gli fece venir voglia di prenderle il viso tra le mani e spingere le sue dita nelle guance e succhiare quelle labbra avidamente. La sua pelle era morbida. Era un bastardo, si disse, e indugiò un secondo di troppo, sfiorandole la schiena con la punta delle dita per una carezza rubata. Si stava punendo, ma sapeva che Lily era un frutto proibito. Se anche era pronto a rubare per arrivare a suo padre, non aveva però alcuna intenzione di rubare la sua verginità. Era meglio che la preservasse per qualcuno che la meritasse.

Dopo averla aiutata si rialzò, ma continuava a girarle intorno e non riuscì a distogliere lo sguardo quando lei si sollevò sui gomiti e spinse di nuovo i suoi seni nelle coppe del bikini, mettendo ancor più in risalto tutta la loro pienezza. Improvvisamente, una visione dei suoi seni nudi che rimbalzavano mentre lei lo cavalcava gli balzò davanti agli occhi, e si voltò subito dall'altra parte. Continuava a ripetersi di darsi una calmata, ma era dannatamente difficile.

Lei si alzò e si avvolse intorno l'asciugamano in un modo simpatico, semplice, spingendo un'estremità sopra l'altra e annodandolo tra i suoi seni. Doveva ammetterlo, lei non lo stava provocando intenzionalmente. Lily era troppo innocente per rendersi conto di quanto lo sconvolgeva. Se l'avesse saputo, non avrebbe mai intrapreso questo viaggio con lui.

«Cena?» gli chiese, rivolgendogli un sorriso luminoso.

Non fidandosi della propria voce, lui si limitò ad annuire e la guardò mentre andava verso la cabina.

Si assicurò che la rotta fosse costante e precisa prima di andare dentro per lavarsi per la cena. La giornata era stata calda ed era appiccicoso a causa della crema solare e dell'aria salmastra. Lily era in piedi davanti al bancone e tagliava dei pomodori in scatola interi quando lui entrò. Guardò le sue dita sottili al lavoro. Le sue unghie delle mani e dei piedi erano dipinte di un rosa pallido con lo smalto che aveva comprato al *Dischem*. Indossava ancora solo l'asciugamano sopra al bikini, dando l'impressione di essere piccola e vulnerabile.

«Vado a fare una doccia» le disse in modo più fermo di quanto intendesse.

Lei alzò lo sguardo, lo misurò con i suoi grandi occhi azzurri da bambina. Sembrava quasi delusa. «Pensavo che avremmo potuto fare una nuotata prima di cena, dopo aver gettato l'àncora per la notte».

In realtà, una nuotata non era affatto una cattiva idea, ma poiché lei gli aveva confessato la sua paura dell'acqua, lui sollevò un sopracciglio: «Pensavo che non volessi che le tue gambe sguazzassero in queste acque infestate di squali».

Lo sguardo che gli lanciò voleva essere un rimprovero. «Non sfottermi, Jacob. Non è bello prendermi in giro per la mia fobia. E so che non ci sono squali qui».

«Oh?».

«L'ho letto sulla guida». Indicò un libro con la fauna e la flora marine che era sugli scaffali insieme ad alcuni altri titoli di saggistica. «I grandi squali bianchi sono intorno a False Bay, e gli squali toro sono a Durban».

Non aveva intenzione di dirle che non erano poi così lontano da Durban. Perché rovinarle il divertimento?

«La cena non è ancora pronta» gli disse. «Sto facendo la pasta con la salsa di pomodoro. Va bene?».

Lei lo guardò con aspettativa e lui non poté fare a meno che risponderle: «Ottimo».

La cucina di Lily era davvero terribile, ma lui non voleva deludere i suoi sforzi nel tentativo di rendersi utile. Era ovvio che non aveva mai messo piede in una cucina. Avrebbe dovuto insegnarle alcuni trucchi di base per cucinare.

Lily versò i pomodori in una pentola e ci buttò dentro una manciata di basilico essiccato. Lui trasalì vedendo la quantità. «Metterò su la salsa quando torniamo». Si diresse verso il ponte. «Andiamo» lo chiamò voltandosi a guardarlo.

Jacob si tolse la camicia e la seguì fuori. Lei lasciò cadere l'asciugamano, gli diede uno sguardo esitante, fece un respiro profondo e saltò in mare con un urlo così forte da fargli fischiare le orecchie. Dannazione, che sfacciata coraggiosa. Non riusciva a credere che si fosse tuffata davvero così. Si affrettò sul lato, preoccupato per l'onda lunga. Lily era minuscola ed era ancora debole a causa della malnutrizione degli ultimi tempi. Guardando in basso, la vide galleggiare sulla schiena, mentre rideva. Mirò verso un punto più lontano da lei per non spruzzarla troppo e, quando colpì l'acqua, il suo corpo rabbrividì dal gelo. Forse una nuotata fredda era esattamente ciò di cui aveva bisogno. Con forti bracciate si avvicinò a Lily, che aveva osato schizzarlo con l'acqua.

«Ehi» le disse. «Non è gentile, visto che io sono stato così premuroso da tuffarmi lontano da te».

Lei rise di nuovo. «L'acqua è gelida. Avresti potuto avvertirmi».

«E rovinarti la sorpresa?» le disse sorridendo.

«Sei cattivo».

Lui le arrivò accanto e si asciugò le gocce dal viso. Se avesse saputo quanto era realmente cattivo, sarebbe corsa via il più velocemente possibile. Solo che ora, in mezzo all'oceano, lei era del tutto sua prigioniera. In realtà lo era stata per tutto questo tempo, senza rendersene conto.

«Perché hai sempre quello sguardo?» chiese lei.

«Che sguardo ho?».

«Hai un'espressione strana, come se tu fossi di cattivo umore».

Era troppo attenta al suo stato d'animo. Prima che potesse pensare a una risposta, Lily strillò. Si girò intorno, guardando sotto di lei.

«Jacob!».

Lui la afferrò per la vita e la tirò a sé, con la schiena contro il suo petto. «Cosa c'è?».

«Qualcosa mi ha toccato la gamba». Rabbrividì. «Che cos'è?».

«Probabilmente è solo una medusa, o un'alga». La tenne stretta. La sua pelle era morbida contro la sua, e l'acqua fredda amplificava la sensazione di calore che emanava dal suo piccolo corpo. Anche il suo uccello se ne accorse, e si contrasse mentre lei spingeva le sue natiche profondamente contro di lui, avvicinandosi più che poteva. Lui non avrebbe desiderato altro che infilare il suo cazzo tra quelle natiche, ma gli diventava sempre più duro contro di lei, quindi non ebbe altra scelta che mettere una certa distanza tra di loro, tenendo le braccia allungate.

Lily si girò nella sua stretta. Nel momento in cui lui guardò in quegli occhi azzurri, seppe che era fottuto. Lei sbatté le ciglia, luccicanti per le gocce d'acqua, e aprì la bocca mentre guardava verso di lui. Nonostante l'acqua fredda le sue guance bruciavano. Era perfetta, dalla cima dei capelli neri lucidi fino alla punta delle sue piccole dita dei piedi. Non poteva fare a meno di lei e mentre si riempiva gli occhi della sua vista, Lily gli mise le braccia intorno al collo e le gambe intorno ai fianchi, premendo i loro corpi insieme. Lui si bloccò. La sua erezione era come un'asta di acciaio tra le sue gambe. Cercò di allontanare le sue caviglie con le mani, ma lei gli lasciò andare il collo e si tenne forte con una mano sulla spalla, mentre con l'altra gli immobilizzò le dita che le stavano toccando i piedi.

«No» gli sussurrò. «Non mi allontanare. Mi piace questa sensazione». Spinse in avanti i suoi fianchi. «E anche a te».

Sì, era definitivamente fottuto. E lo era anche lei, se non la smetteva. «Il mio corpo reagisce naturalmente all'attrito, Lily» mentì. «Se ti strofini contro di me, diventa duro».

Per un secondo la delusione mise un'ombra nei suoi occhi, facendola sentire una sciocca. «Stai dicendo che non ti piaccio?».

«Non ho detto questo. Hai davvero un bel corpo, tesoro. Ogni singolo uomo su questa terra, se sano di mente avrebbe la stessa reazione».

«Hai detto singolo... Ma, per caso, tu sei *single*?».

Sfacciata ma intelligente, gioca con le parole. «Sì. Ma questo non cambia nulla».

«Perché no?».

«Per cominciare, sei troppo giovane. E poi tu non mi conosci, Lily. Non sai che tipo di uomo sono».

«Ma so come mi fai sentire». Lei guidò la sua mano dalla caviglia facendola salire lungo il suo corpo, spingendola giù sotto l'elastico del suo costume succinto.

Jacob si fermò. Toccò la sua pelle nuda. La pressione che si era creata alla base del suo uccello stava per scoppiare e, quando lo avesse fatto, avrebbe fatto esplodere la sua mente in pezzi. Lei fece scivolare la mano di Jacob sulla sua pelle liscia e, cazzo, era calda e umida. Lui si struggeva con una voglia che non aveva mai conosciuto prima. Gli prese la mano e la spinse più giù, e gli dei del male lo aiutarono, non poté resistere oltre, avvolse la sua mano sul piccolo monte di Venere di Lily e piegò il dito medio, immergendo solo la prima falange nelle pieghe strette e umide del suo sesso.

Lei gettò all'indietro la testa e rimase a bocca aperta, le lunghe ciglia sbattevano quasi fino alle guance, nonostante il suo tocco non fosse niente di più di un assaggio gentile. La sua reazione fece tornare in sé bruscamente Jacob. Tirò fuori la mano dallo slip e la spinse via con durezza. Lily aprì gli occhi e lo guardò confusa e stordita.

Il petto di Jacob era rigido, l'aria bloccata dolorosamente tra le costole. «A meno che tu non voglia essere davvero scopata, non farlo di nuovo».

Lei fece una risatina ansimante. «Speravo in un'iniziazione delicata, ma credo di poter gestire di essere scopata».

«Cazzo». Si allontanò da lei, per quanto poté.

«Siamo attratti l'uno dall'altra. E non è che la mia verginità abbia qualcosa di sacro o altro per me. Mi piacerebbe che tu fossi il primo»

«Cazzo» ripeté. Poi tornò a nuoto fino alla barca e si arrampicò su per la scaletta. Non gliene fregava un cazzo che lei adesso vedesse quanto era eccitato, con il suo costume bagnato che aderiva al suo inguine. «Vieni su, e prepara la cena».

Lei fece come le era stato detto, con la testa bassa. Quando gli passò davanti, lui le afferrò il polso.

«Non è che io non ti voglio, tesoro. Come hai detto, è chiaro a entrambi. Ma tu hai bisogno di un uomo da poter amare e che ti possa ricambiare, e io non sono uno di quelli che si innamorano».

Lei gli diede uno sguardo tagliente. «Smetti di dare per scontato che tu sai di cosa ho bisogno io. Non mi devi trattare come una bambina. Posso prendere un no come risposta. E non mi devi nessuna spiegazione». Si liberò con delicatezza il braccio e prese il suo asciugamano, iniziando ad asciugarsi.

Jacob la guardava con diffidenza. In circostanze diverse, non avrebbe esitato a farla sua, prenderla e fare in modo che lei non potesse più dimenticarlo. Ma questa era davvero una situazione del cazzo.

Fece una doccia e quando tornò in cucina vide che lei indossava il vestito giallo che gli piaceva tanto perché la faceva sembrare ancora più femminile di quanto non fosse già. Delle lacrime bagnavano le sue guance. Tirava su col naso mentre tagliava una cipolla.

Ridacchiando, prese il coltello dalle sue mani. «Lasciami fare» le disse.

Lei si fece da parte obbediente, lasciandolo continuare. Quando svuotò un pacchetto di spaghetti nella pentola, lui capì che stava per cuocerla molliccia, come la volta precedente, e senza lasciare alla salsa abbastanza tempo per cuocere a fuoco lento.

Distraendola, le andò vicino per prendere il barattolo dello zucchero e disse: «Il segreto di una buona salsa di pomodoro è un cucchiaino di zucchero e salsa Worchester».

«Davvero?».

«È qui». Le porse lo zucchero e la guardò mentre misurava con attenzione un cucchiaino con le sue dita sottili, la fronte corrugata per la concentrazione.

Lo versò nel pentolino. «Così, o di più?».

Non poté fare a meno di sorridere. «Così dovrebbe andar bene».

«Come mai sei così bravo in cucina? Quel curry a casa tua era incredibile».

«Mia nonna. È stata una brava insegnante».

Lily sorrise. «Anche a mia madre piaceva cucinare, ma credo che non abbia mai avuto bisogno di farlo».

Poi si oscurò in viso. Jacob sapeva che sua madre era morta giovane, e sapeva anche che lei era cresciuta in una casa dove era servita e riverita. A dire il vero, si era aspettato che lei fosse una ragazzina viziata, non questa dolce ragazza che sconvolgeva i suoi ormoni. Lily prese una brocca di acqua fredda per riempire la pentola in cui aveva messo la pasta.

«Perché non ci beviamo un bicchiere di vino sul ponte mentre la salsa finisce di cuocersi?» le chiese, cercando di essere discreto: non aveva il coraggio di dirle che il suo tentativo di cottura della pasta faceva pena.

«Va bene» disse lei alzando le spalle.

Prese una bottiglia di Sauvignon Blanc dal frigo e stappò la bottiglia. Quando rientrarono le spiegò che l'acqua deve essere in bollore prima di buttare la pasta, e che non la deve cuocere per trenta minuti. Lily aveva molto da imparare, ma di tutto ciò che le mancava, quello che lo preoccupava di più erano le sue capacità di sopravvivenza.

CAPITOLO SEI

L'incubo continuava a tornare. A volte si svegliava e sentiva un sudore freddo, ma questa volta il suo risveglio fu accompagnato dalle grida. Lily si alzò di scatto sul letto, ansimante. Jacob corse nella sua stanza, con indosso solo dei boxer.

«Il tuo incubo?» le chiese sedendosi accanto a lei e prendendola tra le braccia.

Lei appoggiò la testa sul suo petto. «Come faccio a farli smettere, Jacob? Come faccio a impedire che gli incubi tornino?».

Lui la strinse più forte. «Non lo so, tesoro. Se potessi farli sparire, lo farei».

Lo spinse via e lo guardò. «Lo faresti per me?».

«Farei di tutto per te».

«Tranne fare sesso con me».

Fece un respiro irregolare. «Lily...».

«Lo so, lo so. Sono troppo giovane. Quanti anni hai?».

«Sono troppo vecchio per te».

«Quanto vecchio?».

Lui sospirò. «Ho trent'anni».

Lei sorrise contro il suo petto, inalando il suo profumo maschile. «Eh, sì. Sei piuttosto vecchio».

La risata di Jacob era leggera. Vibrò attraverso tutto il suo corpo, stimolando le terminazioni nervose di Lily fino a quando si risvegliarono tutte.

«Vuoi che rimanga?» chiese Jacob.

Come risposta si stese di nuovo, attirandolo a sé. Quando Jacob si sistemò, lei mise la testa sul suo petto. Il cuore gli batteva forte quanto a lei. Gli mise una mano sul suo petto teso e sentì i suoi muscoli. Spinse piano la mano più in basso, fino a che non la tenne sopra l'erezione che ora premeva sui boxer, e per una volta lui non la fermò. Gemette quando lei avvolse la sua mano intorno al suo sesso. Era così grosso, le sue dita non bastavano.

«Perché non mi fermi?».

La sua voce indicò la sua eccitazione. «Sono un uomo, Lily».

«Lo sento». Aumentò la pressione della sua presa e spinse la mano verso il basso. «Cosa vuoi dire?».

Gemette di nuovo. «Voglio dire che il mio autocontrollo si sta esaurendo. Non sono un santo. In realtà, sono molto lontano dall'esserlo. Hai idea di quante seghe mi sono dovuto fare da quando sei entrata nella mia vita?».

«Davvero? E te le fai pensando a me?». Lo strinse più forte, inducendolo a imprecare piano: «Cazzo, Lily». Le afferrò il polso. «E tu ti masturbi?».

Non era che lei non ci avesse provato. Semplicemente non ci riusciva. Non si eccitava. Ma questo era prima di conoscere Jacob.

«No» rispose.

Lei strinse e lui grugnì.

«Non hai mai avuto un orgasmo?».

«Pare che le mie mani non riescano a compiere la magia».

«E non hai mai provato un vibratore?».

«Mio padre controlla tutto, Jacob. Controlla tutti i miei acquisti».

«Capisco».

«Forse dovrei provare di nuovo. Potrei pensare a te, ora».

«Lily» si mise a sedere, «tu sei troppo sincera, piccola».

«E questo è sbagliato? Perché non posso dirti che il tuo corpo mi eccita?».

«Me lo puoi dire, perché io comunque non voglio approfittarmene, ma non lo puoi dire a chiunque, perché non credo che qualcun altro sarebbe considerevole quanto me».

Lo disse con tono scherzoso, ma dal modo in cui le sue dita stringevano e rilasciavano quelle di Lily, era evidente che faceva fatica a controllarsi.

«Mi dispiace, Jacob. Mi hai chiesto di non starti addosso, ma non riesco proprio a capire perché, se entrambi lo vogliamo. Non sto chiedendo una dichiarazione d'amore, o una cosa per sempre, sto chiedendo solo una notte. Ma rispetto la tua decisione. Non insisterò più».

Il suo corpo si irrigidì. «Un'avventura di una notte? Questo è quello che sono per te?».

«No. Potrei avere molte notti con te, ma visto che sei così riluttante, mi sarei accontentata di una».

Lui si sdraiò. «Penso che sia il momento di smetterla ora».

«D'accordo». Mise la testa sul suo petto. «Grazie per rimanere. So che non è facile per te. Posso aiutarti e finire questo lavoretto se vuoi» disse sorridendo maliziosa.

«Cazzo, Lily». Le diede una pacca sul sedere. «Se non tieni a freno quella lingua rompo l'unica regola che io abbia mai avuto e te la faccio avvolgere attorno mio uccello».

Un calore la attraversò tutta, accendendo il suo corpo a quel pensiero. «Mi piacerebbe».

Lui pareva tranquillo, ma lei percepì la flessione dei suoi muscoli sotto la guancia.

«Mi dispiace» mormorò. «Non ho intenzione di farti arrapare di nuovo».

Lui la girò sulla schiena così in fretta che lei gridò per la sorpresa. «Jacob?!».

La fissò per un po', come se stesse combattendo una lotta interna. Alla fine le disse: «Tu non mi conosci, Lily. Ricordatelo ogni volta che ti verrà voglia di toccarmi».

«Io so abbastanza. So che sei disposto ad aiutarmi, a rischiare la vita, senza sapere perché o quello che è successo nella mia famiglia».

I suoi occhi si spalancarono. «Allora lo fai per ricambiare, per ringraziarmi del fatto che ti aiuto?».

«Niente affatto. Lo faccio perché il mio corpo diventa vivo quando mi tocchi, e perché desidero che tu mi riempia, che tu faccia l'amore con me».

Lui emise un basso gemito. «Basta ora, e dormiamo».

«Va bene».

La barca dondolava dolcemente sul mare. Lei si strinse vicino a lui e, come sempre quando le era accanto, sprofondò in un sonno profondo e tranquillo.

Dopo dieci giorni in mare Lily aveva preso un bel colore dorato e un bagliore sulle guance. Jacob la studiava ogni volta che poteva. Non si stancava mai di farlo. Era ancora magra, ma aveva un ottimo appetito e, nel giro di un altro mese o poco più, le sue curve si sarebbero riempite a meraviglia. Già c'era una nuova rotondità sul seno, la parte superiore debordava dal reggiseno del bikini. Praticamente ci viveva in quel bikini, a suo discapito. Ma per ora aveva altri problemi su cui concentrarsi. Si stavano avvicinando Durban.

«Vatti a vestire» le disse. «Siamo quasi arrivati».

Lily obbedì immediatamente, scomparendo sotto coperta. Quando tornò, con indosso il suo vestitino giallo e gli stivali da cowboy, si vedeva già il pontile. Jacob era come una corda pronta a scattare, mentre cercava di valutare tutti i possibili pericoli.

«Qualunque cosa accada, non ti allontanare da me» le disse. Si infilò la pistola nella cintura dei jeans, e ci mise sopra il giubbotto. Quindi, si infilò i loro passaporti in tasca.

«Dove stiamo andando?».

«Abbiamo bisogno di provviste».

Dopo aver attraccato, Jacob pagò in contanti il noleggio di una macchina, poi si diresse verso un mercato all'ingrosso nella zona industriale. Voleva entrare e uscire il più velocemente possibile. Aveva contattato un fornitore durante il viaggio e trovò il suo ordine pronto quando lui e Lily arrivarono. Pagò in contanti, quindi accompagnò Lily a un piccolo centro commerciale per riprendere dei prodotti da bagno.

«Ho bisogno della toilette» gli disse lei dopo aver caricato la spesa nel bagagliaio dell'auto a noleggio.

«C'è un bagno pubblico». Jacob le indicò il cartello. «Ti aspetto fuori».

Vicino al bagno, Lily si fermò.

«Cosa c'è?» Jacob le chiese.

«Quell'uomo». Lily indicò un uomo alto con una divisa da vigilante del centro commerciale che si stava avvicinando a loro. «Era dentro al negozio e mi stava fissando».

Le mani di Jacob erano calde e sudate. La afferrò per un braccio e la trascinò via dalla zona principale. «Cammina senza fermarti».

A quel punto il vigilante era accanto a loro. Jacob lo teneva d'occhio, ma lui proseguì con un ritmo sostenuto. Prima di girare l'angolo, l'uomo si voltò indietro e li guardò.

«Non mi piace» disse Jacob. «Andiamo».

Guardandosi intorno, tornò al parcheggio. Non era impossibile che li avessero già trovati. L'unico collegamento era Gustavo, il che significava che Gustavo era stato torturato e ucciso. Jacob serrò la mascella.

Il parcheggio non era affollato. Aveva deliberatamente parcheggiato nel mezzo, lontano dai cespugli sul lato che avrebbero potuto nascondere degli assalitori. Lily era tesa accanto a lui. Il suo braccio era rigido come un bastone nella sua presa. C'era un cipiglio sul suo viso e lei continuava a guardare verso il bagno. Doveva fare tanti passi veloci per stargli dietro, ma lui non aveva intenzione di rallentare fino a che non si sarebbero trovati a miglia di distanza.

Mentre si avvicinavano all'auto noleggiata, spinse Lily dietro di sé e prese in mano il revolver, indicandole senza dire una parola di aspettare mentre lui controllava i sedili posteriori. A quel punto aprì la portiera e il bagagliaio.

Soddisfatto che tutto fosse in ordine, fece un cenno con la pistola verso il lato del passeggero. «Entra».

Lily scattò in fretta per obbedirgli, armeggiando con la maniglia della portiera e riuscendo ad aprirla al secondo tentativo. Lui aspettò che lei fosse seduta, tenendo d'occhio la zona sopra alla tettoia dell'auto, prima di seguirla dentro. Lasciando cadere la pistola nel porta bevande tra i sedili, mise in moto e ingranò la retromarcia, consapevole degli occhi di Lily su di lui.

«Va tutto bene?». La sua voce era sottile.

Non aveva intenzione di mentirle. Non sulla sua vita. «Mettiti la cintura, tesoro». Si concesse solo uno sguardo nella sua direzione per assicurarsi che lei avesse eseguito il comando.

Le dita della ragazza tremavano mentre allacciava la cintura e i suoi occhi erano umidi, ma fece uno sforzo per trattenere le lacrime.

Jacob ingranò la marcia e si diresse verso l'uscita. In cinque secondi prese abbastanza velocità da poter essere fermato per guida pericolosa in un parcheggio. Non vedeva l'ora di uscire da lì. Nello specchietto retrovisore una berlina rossa si avvicinò dietro a loro, riducendo rapidamente le distanze. Come mise il piede sull'acceleratore, accelerando bruscamente e provocando uno stridio dei pneumatici, un pick-up sbucò fuori proprio davanti a loro. Istintivamente, lui spinse il volante a sinistra, ma la collisione fu inevitabile. Il parabrezza si frantumò quando il muso della loro auto si ripiegò verso l'interno a causa dell'impatto. Il suo airbag esplose all'interno, bloccandolo e impedendogli la visuale. Il suo primo pensiero fu per lei.

«Lily!».

Lei era accasciata in avanti, il suo corpo era inerte, ma un gemito sottile uscì dalle sue labbra.

Lui allungò il braccio per prendere la pistola. «Lily, piccola, esci! Corri!».

Le sue dita scesero lungo la cucitura del sedile finché trovò la plastica dura del porta bevande, e sentì la canna fredda dell'arma. L'urlo di Lily trafisse l'aria e Jacob era si accorse che la sua portiera era spalancata. Voltò la sua arma sul lato verso l'alto, puntando verso il finestrino, ma c'era poco spazio di manovra a causa dell'airbag. Sudava copiosamente, cercando di mirare dritto. L'ultima cosa di cui aveva bisogno era di sparare al suo uccello, tirarsi un proiettile in una gamba o, peggio, colpire il serbatoio della benzina. Nei secondi preziosi che ci vollero per rigirare la pistola in posizione e per togliere la sicura, l'urlo di Lily sembrò provenire da più lontano. Cazzo! L'avevano presa. E a loro non serviva viva.

Premette il grilletto. L'airbag e il finestrino accanto a lui esplosero. Con la visuale di nuovo libera, Jacob fissò l'uomo sul suo lato della macchina, che teneva una pistola semiautomatica in mano, la canna puntata alla sua testa. L'uomo era vestito in uniforme da combattimento senza simboli di riconoscimento. Ma Jacob sapeva esattamente per chi stavano combattendo quei mercenari. E nel momento in cui capì, guardò in faccia sia alla propria morte che a quella di Lily. Poteva accettare la propria, aveva sempre saputo i rischi che correva, ma Lily era una pillola amara da ingoiare. Attese il colpo, il proiettile, la fine, ma gli occhi del soldato erano spalancati, le sue pupille troppo piccole e in un istante Jacob notò la chiazza umida attorno alla sua vita. Un rivolo di sangue scese dalla sua bocca, poi l'uomo cominciò a cadere all'indietro.

Il proiettile di Jacob lo aveva colpito allo stomaco. Quei figli di puttana erano così sicuri di sé, che non portavano giubbotti antiproiettile. Prima che l'uomo potesse colpire l'asfalto, Jacob lo afferrò per le braccia attraverso il finestrino rotto. Le grida di Lily echeggiarono dietro a lui, ma il suo corpo era entrato in modalità di lotta: la sopravvivenza era ora la sua priorità, solo dopo avrebbe pensato a salvare lei. Strappò il fucile dalla mano dell'uomo ormai morto e spalancò la sua portiera. Buttandosi fuori, usò il soldato come scudo umano e la macchina per proteggersi le spalle. I proiettili che erano stati previsti per Jacob crivellarono di colpi l'uomo, facendo vibrare il suo corpo tra le mani di Jacob ogni volta che il metallo squarciava le sue carni.

Ci volle solo un secondo per esaminare il campo di battaglia. I colpi sparati contro di lui provenivano dal pick-up. C'erano due passeggeri oltre al conducente. Jacob li finì con quattro colpi e, sicuro che la via fosse libera da quella parte, almeno per ora, si girò e puntò la sua arma in direzione di Lily. La rabbia lo consumò alla vista che si trovò davanti. L'assalitore che la teneva la stava usando come scudo, il suo esile corpo era ora di fronte a lui. Le dita dell'uomo erano aggrovigliate tra i suoi capelli e le premeva la pistola alla tempia. Lacrime silenziose le scendevano sul viso, poi trasalì quando lui abbassò di scatto la pistola sul suo collo vulnerabile.

«Metti giù l'arma!» gridò quel pezzo di merda a Jacob.

Jacob sorrise. Solo per placarlo, alzò lentamente le mani, il fucile ancora stretto in una mano.

«Ho detto, mettila giù! O le faccio saltare le cervella».

Chi credeva di prendere in giro? Qualsiasi cosa avesse fatto Jacob, quel pezzo di merda le avrebbe comunque sparato, puntando sul fatto che Jacob non lo sapesse. Grazie a Dio neanche Lily lo sapeva. Era tranquilla, la piccola sfacciata coraggiosa.

«Metto giù il fucile» gli disse Jacob.

Le spalle dell'uomo si rilassarono per un brevissimo istante, senza dubbio credendo che il suo piano avesse funzionato, e che non sarebbe stato lui a morire oggi.

Beh, si sbagliava.

In un batter d'occhio, Jacob alzò il braccio, teso, e sparò due colpi. Il primo proiettile partì a sinistra, sfiorò l'orecchio di Lily e colpì quel figlio di puttana che la stava facendo male al collo. Questo gli fece saltare la trachea. Il secondo gli strappò la pistola dalla mano, recidendogli alcune dita. Certo di aver mirato bene, non ebbe bisogno di guardare per vedere il lavoro che aveva compiuto. Si concentrò invece su Lily. I suoi occhi erano sbarrati e la bocca aperta, ma nessun suono ne usciva. Quando l'uomo cadde a terra, la trascinò giù con sé, le dita ancora impigliate tra i suoi capelli. Cadde sopra di lui appena colpì il suolo, mentre il sangue sgorgava dal collo e dalla mano dell'uomo sul volto di Lily e sul suo petto. Lottò per liberarsi e per allontanarsi in fretta dal casino che Jacob aveva creato. Si rigirò freneticamente, mentre la sua mano stringeva i capelli sulla testa e le caviglie scavavano nell'asfalto.

Jacob si precipitò da lei, tenendo d'occhio i dintorni per essere certo che non ci fossero altri assalitori nascosti e aprì le dita del morto, liberando i capelli di Lily. L'aiutò ad alzarsi tenendola per un braccio, aspettandosi una crisi isterica, ma lei rimase in silenzio e lo seguì immediatamente, appena lui cominciò a farsi strada nel parcheggio, alla ricerca di un'auto facile da rubare. La berlina accanto a loro era accesa al minimo. L'uomo che aveva preso Lily doveva essere stato alla guida. Probabilmente era già stata rintracciata, così la ignorò e scelse invece una Toyota di poco valore, un vecchio modello con nessun allarme. Disattivare l'immobilizzatore fu un gioco da ragazzi, i fili passavano sotto il cruscotto. Gli ci vollero non più di tre secondi per tagliarli, stabilire il contatto e mettere in moto. Alzò la testa per gridare a Lily di entrare, ma lei non c'era più.

Il gelo gli avviluppò il cuore. Se lei fosse scappata via da lui, se fosse fuggita, sarebbe morta. Saltò dal posto di guida, pronto a correre nella direzione in cui era andata, ma si bloccò subito. Lily stava correndo verso di lui con le loro borse della spesa in mano. Le andò incontro e aprì la portiera posteriore in modo che potesse gettare i pacchi sul sedile. La spinse sul lato del passeggero e si mise al volante. Il luogo sarebbe stato uno sciamare di polizia da un momento all'altro. Si allontanò rapidamente, scuotendo la testa.

«Cosa c'è?» chiese lei con voce incerta.

«Non posso credere che tu sia tornata indietro per la spesa».

«Non avremmo avuto tempo per fare di nuovo gli acquisti».

Aveva ragione. Lei alzò le spalle come se non fosse turbata, ma il suo corpo tremava. Anche le sue mani tremavano.

Jacob cercò di pensare, mentre guidava su strade che non conosceva. La barca era ormai compromessa. Avrebbero dovuto trovare un'altra via di fuga.

«Dove stiamo andando?» chiese Lily, battendo i denti. Era l'adrenalina, causata dallo shock.

Jacob le lanciò uno sguardo complice. «Per prima cosa andiamo a ripulirti».

Compose il numero di un suo contatto di fiducia e diede rapide indicazioni su ciò di cui aveva bisogno, intanto sbirciava verso Lily.

Lei stava fissando il vuoto, non prestando attenzione a nulla intorno a sé.

«Trasferirò il pagamento» disse. Quindi concluse la chiamata con: «Lascialo alla stazione».

Si fermò davanti a un motel un quarto d'ora dopo.

Lily fece un piccolo suono soffocato. «Ci cercheranno». Si voltò verso di lui, il suo volto in preda al panico. «Non possiamo restare qui».

Lui mantenne la sua voce calma. «Non possiamo andare da nessuna parte con te coperta di sangue, tesoro».

Si guardò, il suo vestito e la giacchetta erano macchiati, e iniziò a togliersi la giacca con movimenti bruschi, respirando a fatica. «Toglimela! Jacob, per favore, toglila».

La prese per le spalle. «Lily, fermati».

Il suo tono autorevole ebbe l'effetto desiderato. Si calmò, fissandolo in volto.

«Aspettami in macchina. Non ti muovere. Ce la fai?».

Prendeva dei respiri corti, il suo petto saliva e scendeva rapido.

«Lily» disse, quanto più severamente potesse, «concentrati».

Batté le palpebre. «Jacob...».

«Concentrati».

70

Lei annuì. La lasciò lentamente, guardandola con attenzione. Doveva farla entrare in quel motel. Lei incrociò le braccia sul petto, sprofondando in un angolo del suo sedile.

Le accarezzò la guancia. «Non ci metterò molto».

Si strappò via da lei. Nascose la pistola nella parte posteriore dei suoi jeans, sotto il giubbotto, e si avvicinò alla reception dove pagò in contanti una camera. Quando tornò alla macchina, Lily era ancora rannicchiata nella stessa posizione. Guardandosi intorno, non vide nessuno. Aprì la portiera e la tenne per le spalle, guidandola dal veicolo nella loro stanza.

Una volta dentro, lasciò la pistola sul comodino, chiuse la porta e le tende. Poi si voltò verso Lily, tutta la sua attenzione concentrata su di lei, ora che erano al sicuro. Senza dire una parola l'accompagnò in bagno e aprì l'acqua delle doccia. Lei non si oppose quando lui le sfilò via la giacca dalle spalle. E non protestò quando le sciolse le spalline del vestito sulle spalle, lasciandolo cadere ai suoi piedi. Anche la sua bella biancheria intima gialla e arancione era intrisa di sangue, il rosso le macchiava il ventre e le spalle. Le slacciò il reggiseno e fece scendere le sue mutandine fino alle caviglie. Lei fece un passo per toglierle, obbediente, e lui le mise sul mucchio di vestiti sporchi sul pavimento.

Testò l'acqua, la regolò alla giusta temperatura e la sollevò per farla entrare nella doccia. Ancora lei stava lì, immobile, a guardarlo. Anche lui avrebbe preferito che non rimanessero del tutto senza difese, ma ci sarebbe voluto un po' perché li trovassero, il che gli dava alcuni minuti di vantaggio. Si spogliò ed entrò nella doccia con lei, tirando la tenda. Non aveva intenzione di lasciarla ora, non dopo quello che aveva appena passato. Quello che aveva visto la sera in cui era fuggita dalla sua casa era stato molto peggio, ma lui sapeva come ci si sentiva ad affrontare la morte, con una pistola puntata contro la tempia.

Delicatamente la lavò, le passò lo shampoo nei capelli e le insaponò tutto il corpo. La lavava come se potesse rompersi sotto il suo tocco, cosa che, ne era certo, avrebbe potuto succedere. Però, dopo oggi era sicuro che lo spirito di Lily fosse molto più forte della sua forma fisica vulnerabile. Avrebbe potuto spezzarle il collo senza fatica, romperle una costola se avesse esercitato troppa pressione, ma intuiva che l'animo di Lily non avrebbe ceduto così facilmente. Era in stato di shock, ma era

71

stata capace di agire quando era stato il caso, ed era stata coraggiosa quando si era reso necessario. Non volendo perdere tempo prezioso, Jacob la risciacquò, chiuse l'acqua e uscì per prendere due asciugamani.

Lily accettò le sue attenzioni, permettendogli di asciugare il suo corpo e i capelli. Quindi le avvolse un asciugamano logoro intorno e la fece sdraiare sul letto, per poi vestirsi in fretta. La fase successiva non fu facile. Si sedette accanto a lei sul letto, le braccia appoggiate sulle ginocchia. Era sdraiata sulla schiena, e fissava con gli occhi spalancati il soffitto.

«Lily?».

Girò la testa lentamente per guardarlo.

«Hai bisogno di vestiti».

La paura attraversò i suoi bellissimi occhi azzurri appena capì, ma gli offrì un coraggioso tentativo di un sorriso. «Starò bene».

«Vieni qui». Batté un colpetto nello spazio accanto a lui.

Stringendosi l'asciugamani al seno, lei si sedette e si avvicinò a lui sul bordo del letto. Jacob teneva la pistola sulle ginocchia. Era piccola, più leggera e più facile da usare rispetto al fucile.

«Dammi la tua mano».

Gli porse la mano senza esitazioni. Lui le prese le dita e le ripiegò intorno al calcio della pistola.

«Questo è per rimuovere la sicura». Fece scattare la levetta. Poi piegò il suo dito sul grilletto. «E così è per sparare. Tutto quello che devi fare è mirare e tirare». Le piegò l'altra mano sopra l'arma. Il metallo era nero e freddo contro la sua pelle pallida, la pistola troppo grande per le sue mani, e non gli piaceva vederla lì, ma non aveva scelta. «Puoi farcela?».

Fece un respiro e sussurrò: «Sì».

«Tornerò». Si alzò e si diresse verso la porta.

«Jacob?». Il panico era di nuovo nella sua voce, e lui non riusciva a guardarla per paura di mollare tutto.

«Sì?» le chiese, con la mano sulla maniglia.

«Ti prego, ritorna. Ti prego, non morire a causa mia. Non credo di poter sopportare altre morti».

Questo lo fece girare, le sue parole l'avevano scosso. Era un lurido bastardo. Avrebbe potuto dirle, in questo momento, che lei non aveva fatto niente di male, che era colpa sua. Avrebbe potuto anche dirle che lei lo aveva toccato nel profondo come non avrebbe dovuto, che il suo scopo non era mai stato quello di proteggerla e occuparsi di lei. Ma non disse nulla. Si voltò e uscì.

CAPITOLO SETTE

Seduta vicino alla finestra, la mano di Lily tremava mentre teneva la pistola pesante sulle ginocchia. Era stata in guardia per gli ultimi venti minuti, senza sapere che cosa avrebbe fatto se Jacob non fosse tornato. Era una possibilità molto reale. Lei non gli avrebbe dato torto. Dopo tutto, aveva quasi perso la vita due volte, cercando di aiutarla.

Finalmente l'auto rubata sbucò nel parcheggio e lei tirò un sospiro di sollievo. Quando la chiave girò nella serratura, si precipitò verso la porta, cadendo tra le braccia di Jacob appena lui entrò.

«Sei tornato!» gli disse, buttandogli le braccia al collo.

«Ehi» disse lui gentilmente, staccandosi da lei, «c'è la sicura?».

Guardò la pistola che stringeva ancora tra le mani e annuì. Non ce la faceva più ad aspettare per sbarazzarsene, sapendo che aveva ucciso un uomo, e la porse a Jacob: «Ecco la tua arma».

Un lento sorriso gli piegò le labbra quando lui gliela prese dalle mani. «È un revolver».

Mentre i suoi occhi la percorrevano tutta, si rese conto improvvisamente di essere ancora nuda sotto l'asciugamano, e lo strinse più forte tra i seni. In realtà, lui l'aveva vista nuda sotto la doccia, ma prima era stata troppo stanca e fuori di testa per sentirsene disturbata. Sotto la doccia non l'aveva guardata con la fame negli occhi, con quel desiderio che trasformava il davanti dei suoi jeans in una massa maschile dura – come ora. Si sentì avvampare e arrossire.

Jacob le accarezzò la guancia. «Pensavi davvero che non sarei tornato?».

«Non ti avrei biasimato».

La sua espressione cambiò e lei dovette guardare verso il tappeto per sfuggire all'intensità del suo sguardo.

«Io non ti lascerò. Promesso. Arriveremo a Parigi».

La dichiarazione le tolse un peso dalle spalle. Con Jacob al suo fianco, la prospettiva era molto meno spaventosa. In realtà, era ormai difficile *non* immaginare Jacob nella sua vita. Erano passate solo due settimane, ma già faceva parte della sua vita, rientrava nei pensieri sul suo futuro. Non aveva nemmeno preso in considerazione quello che avrebbe detto a suo padre e quale sarebbe stata la sua reazione quando lo avrebbe rivisto, piuttosto le piaceva immaginarsi a vivere in un appartamento con Jacob, condividere i pasti e svegliarsi l'uno accanto all'altra ogni mattina.

Fissò Jacob a bocca aperta appena ebbe focalizzato questa immagine. Suo padre si era spinto talmente oltre per proteggerla dai ragazzi, in modo che rimanesse lontana dalle loro mani curiose, e ora lei si era innamorata del primo uomo che l'aveva salvata. Era al contempo bello e spaventoso. Era innamorata.

«Lily?» Jacob le diede uno sguardo interrogativo. «Va tutto bene?».

«Bene». Solo innamorata. Sembrava che stesse per scoppiare a ridere.

L'espressione di Jacob era ancora perplessa quando alzò una borsa della spesa. «Ti ho preso dei vestiti, tesoro».

«Perderò il mio stile unico e personale, se continui a *vestirmi* tu». Aveva deliberatamente scelto le sue parole per essere provocante.

Gli occhi di Jacob si allargarono di una frazione quando, lei sperava, immaginò esattamente il gesto di vestirla.

Era più grande di lei, ma non così tanto. La sua preoccupazione era ingiustificata. C'era stata differenza di età maggiore tra sua madre e suo padre. Sua madre era morta troppo giovane perché lei ricordasse se era stata felice con suo padre, ma la sua matrigna lo era, ed era ancora più giovane. C'era un modo per convincere Jacob che la loro attrazione avrebbe potuto funzionare, che era pronta per questo. Forse se lei glielo avesse mostrato in modo chiaro come una carota davanti al naso...

Fece un respiro profondo. Fare questo era difficile per lei, ma poi si ricordò che l'aveva già vista nuda: lasciò cadere l'asciugamano sul pavimento. Per qualche secondo nessuno dei due si mosse. Jacob la fissò, un rossore sui suoi zigomi alti. Non fece nulla, ma non si allontanò neanche.

Lily allungò la mano e prese la borsa dalla sua mano. «Grazie».

Gettò il contenuto sul letto e gli voltò le spalle. Prendendo la biancheria intima rosa per prima, si chinò per raccoglierla, assicurandosi di mostrargli bene per un attimo un bel panorama di lei da dietro.

Lui si mosse così in fretta, che lei fece un gridolino di sorpresa quando la afferrò per la vita, attirando bruscamente la sua schiena contro il suo petto. Lily non esitò. Si mosse all'indietro verso di lui, riuscendo a bloccare le braccia dietro la sua nuca. Quasi un ruggito vibrò nel petto di Jacob quando l'attirò di nuovo a sé, piegando le ginocchia e spingendo la sua erezione contro le sue natiche. La sua mano salì, bloccandole i polsi, mentre la fece avanzare davanti a lui verso il bagno fino a quando non raggiunsero lo specchio.

Il volto di Lily divenne rosso a quello spettacolo erotico, il suo coraggio quasi venne meno. Stava tesa contro di lui, i suoi seni leggermente appiattiti dalla posizione. Lo sguardo che vide sul volto di Jacob la spaventò quasi. Non era lo sguardo innamorato di un compagno di scuola. Era lussuria maschile allo stato puro. Un uomo adulto ed esperto stava fissando il suo corpo nudo come se volesse divorarne ogni centimetro, e il fatto che lui fosse ancora completamente vestito la faceva sentire ancora più vulnerabile. Aveva ciò che serviva per attraversare quella linea? Anche se non l'avesse avuto, era troppo tardi per tornare indietro.

Mentre con una mano le stringeva ancora i polsi, con l'altra l'accarezzò fino al sottile collo, le sue dita lo avvolgevano fino a toccarsi. La sua mano era grande e larga, la sua pelle scura contro la sua, e quell'atto possessivo la eccitò. Voleva essere sua, desiderava che lui prendesse il suo corpo più di ogni altra cosa. Entrambi guardarono la sua mano che scendeva verso il basso, sopra la spalla e giù sul petto fino ad accarezzarle il seno destro. La sensazione delle sue dita sulla sua pelle era incredibile. Lily respinse la voglia che sentiva di chiudere gli occhi: non voleva perdere nulla. Lo sguardo di Jacob si oscurò quando le strinse dolcemente il seno, stringendo le sue carni e facendo uscire il capezzolo. Era duro come una perla, dolorante per il suo tocco forte e deciso. Il suo respiro si bloccò quando lui strofinò il palmo della mano piatta sulla punta dura. Subito lei sentì il bisogno che lui la toccasse ancora più forte, mentre la mano di Jacob stava già abbandonando la sua carne vogliosa per esplorare l'altro seno, riservandogli lo stesso trattamento. Questa volta lui le sfiorò solo le nocche sulla punta gonfia, e lei gemette in segno di protesta.

La sua testa ricadde contro il petto di lui. «Più forte».

La sorpresa per le sue parole gli attraversò il volto solo per un attimo, prima di trasformarsi in uno sguardo ardente di desiderio. Afferrò il capezzolo tra il pollice e l'indice e lo pizzicò. Non c'era nulla di morbido in questa carezza, e lei gemette più forte. Un desiderio profondo e violento cominciò a pulsare tra le sue gambe.

«Così?» le chiese posando la sua bocca contro il suo orecchio.

Mugolò appena lui tirò la sua gemma, aumentando le sensazioni acute che aggredivano i seni e il ventre. «Ah!». Lei trattenne il respiro alla morsa tagliente delle sue unghie. «Sì...».

«Ti piace giocare pesante, Lily» disse, come stupito.

Non lo sapeva neanche lei, fino a questo momento. «Voglio sentire la tua bocca su di me lì...».

«E chiara». Le liberò i polsi. Le sue mani le avvolsero la vita. La girò e la sollevò sul ripiano. «Sembra proprio che la mia piccola Lily sarà un'amante molto descrittiva».

La sua piccola Lily. Il suo cuore si librò in volo alle parole di lui. «Succhiami forte, Jacob».

«Cazzo». Si lasciò cadere in avanti, le mani su entrambi i lati del suo corpo sul ripiano del bagno. Appoggiò la fronte contro la sua e fece un respiro stremato.

«Non ti sto chiedendo di scoparmi» disse lei. «Sto solo chiedendo di prendere il mio seno in bocca. Voglio sapere come ci si sente».

«Sei una pericolosa piccola sfacciata. Sai dove porterà il fatto di succhiarti le tette». Chiuse gli occhi, sembrava stesse combattendo qualche battaglia con se stesso e, quando li aprì di scatto, Lily seppe che lui aveva perso, e lei aveva vinto. «Chi cazzo sono io per negartelo?».

Con un desiderio impressionante la spinse all'indietro, afferrandola con il braccio appena prima che la schiena colpisse il rubinetto. Le prese il seno tra le dita, premendo forte ai lati, rimase a fissarlo per un lungo momento, il suo respiro penetrante, prima di abbassare la testa e avvolgere le sue labbra su quella carne viva. Invece di succhiare, fece schioccare la lingua sulla punta dura, inviandole una convulsione dritto al suo sesso. La morse dolcemente, facendola ansimare. Quando la sua bocca lasciò la sua pelle, fu aggredita da un'aria fredda per la perdita del calore e della morbidezza della sua lingua.

«Non venire subito, Lily. Quando godrai per la prima volta, deve essere nella mia bocca».

Lei trattenne il respiro a quelle parole peccaminose, spingendo i suoi seni verso di lui, desiderando che non si fermasse.

«La mia ingorda Lily» disse, ridendo, ma non la torturò a lungo. Le prese di nuovo un seno in bocca, poi succhiò forte.

Lei gridò, spingendo i fianchi verso di lui spontaneamente. La sua erezione dentro i jeans si strofinò contro di lei, inviando nuove ondate di piacere al suo clitoride, e lei cercò di ritrarsi, voleva concentrarsi su un singolo tocco alla volta. Questa era la sua prima volta, e voleva ricordare ogni sensazione.

Jacob le accarezzava un seno mentre baciava l'altro, poi baciò il secondo, mentre giocava con il capezzolo bagnato del primo. Quella vista accelerò il respiro di Lily. Le sue lunghe ciglia gli oscuravano gli occhi, mentre gemeva contro le sue stesse carezze. Infine, quando lui alzò la testa, lei era una massa tremante di desiderio. Allacciò il suo sguardo a quello di Lily mentre fece scivolare la mano lungo il ventre fino alle pieghe del suo sesso, immergendo la prima falange di un dito dentro di lei.

«Tu mi vuoi» disse, quasi sorpreso. «Sei così pronta per me, tesoro».

«Lo sono».

Ritirò la mano e si fermò, Lily poteva quasi vedere la sua mente che si metteva a pensare, gli ingranaggi che giravano mentre probabilmente valutava tutte le ragioni per cui non avrebbero dovuto farlo. Senza togliere gli occhi dai suoi, Lily continuò da dove lui aveva interrotto. Si toccò come non aveva mai fatto prima, e vide che gli occhi di Jacob erano attirati dai suoi gesti. Le sue pupille si dilatavano e si contraevano. Girò di scatto la testa di lato. Lily poté vedere l'autocontrollo che gli ci volle per distogliere lo sguardo dal modo in cui strinse i denti.

«Lily, io...».

Smise di toccarsi, non era così bello come quando Jacob lo faceva, e premette due dita sulle sue labbra per zittirlo.

Lui gemette forte e alzò la testa verso il soffitto. Nell'istante successivo, le afferrò il polso in modo duro e le tenne la mano ferma mentre succhiava l'umidità scintillante dalle sue dita. Invece di scioccarla, quel gesto la eccitò enormemente. Lui muoveva le dita lentamente dentro e fuori dalla sua bocca. Avvolse la sua lingua intorno alle sue carni e la morse dolcemente. Poi sfilò le dita dalla sua bocca e si staccò da lei.

Il suo respiro era teso. «Sto perdendo il controllo. Non posso resistere più a lungo, Lily».

Le parole volevano essere intese come un avvertimento, ma lei le ignorò. Mise la mano sotto la maglietta e fece scivolare le dita bagnate sul suo petto, sopra i muscoli tesi dello stomaco fino alla sua erezione. «Avrei potuto morire, oggi, Jacob. Abbiamo rischiato entrambi, giusto?».

Lui chiuse gli occhi e fece una smorfia, ma invece di allontanarla, si abbandonò al tocco della sua mano e strusciò la sua erezione contro contro di essa. «Non avrei permesso che ti accadesse nulla».

«Avrei potuto morire, non conoscendo tutto questo».

A quel punto, lui la fissò e nei suoi occhi brillava una rinnovata battaglia.

«Voglio farlo, Jacob. Sono pronta. Se non con te, troverò qualcun altro».

Le sue parole lo misero fuori combattimento. Poteva vedere che l'aveva fatto incazzare. Che aveva spostato l'ago della bilancia, perché lui la sollevò dal ripiano, le sue dita sprofondavano nelle sue natiche, e andò dritto nella camera da letto. La distese in mezzo al letto e, prima che potesse spostarsi fino alla testata del letto, le fu sopra.

«Lily...».

Basta parlare. Lei non voleva più sentire le ragioni per le quali non dovevano farlo. Lui la voleva tanto quanto lei. Tese il collo per incontrare le labbra di Jacob, ma le sue mani le presero il viso, tenendo la testa verso il basso.

«Sai quello che stai facendo, Lily?».

«Sì. Sto per fare l'amore con te».

Lui scosse la testa. «Non stiamo per fare l'amore. Se ti faccio mia, sarà per fare sesso».

«Ancora meglio. E come hai detto tu, penso che mi piacerà rude».

Rimase serio. «Quello che sto dicendo è che non ti devi innamorare di me».

Questo la ferì più di un po'. Troppo tardi, Jacob.

«So che alle ragazze piace pensare che amano la persona con cui scopano la prima volta, ma non posso darti questo. Se adesso lo facciamo, facciamo sesso, è lussuria, voglia, non è amore. Ti sta bene così?».

«Sì» mentì. «Ora zitto e facciamolo».

Lui le sorrise. «La mia coraggiosa piccola Lily. Non stiamo solo per *farlo*, tesoro. Ci prenderemo tutto il tempo che ci vuole e lo faremo *bene*». La lasciò andare e si mise a sedere, a cavalcioni su di lei, ma senza mantenere tutto il suo peso sul suo corpo. «Hai mai visto un uomo nudo?».

Lei scosse la testa.

«Lo immaginavo» disse. «Allora partiremo da questo».

Si alzò in piedi e si spogliò. Non era uno spettacolo lento con lo scopo di provocare o eccitare, perché Lily era già oltremodo arrapata ed entrambi lo sapevano. Era una splendida prestazione, un gesto preciso ed efficiente, come tutto quello che Jacob faceva. Era semplicemente il movimento per sfilarsi i capi che ancora erano di intralcio al loro amplesso. Eppure, quando fu nudo davanti a lei, il corpo di Lily si accese ancora di più; si mise a sedere e si spostò verso il lato del letto. Lui era magnifico, alto e muscoloso, con i lineamenti cesellati che le ricordavano una statua romana.

Lo studiò con calma, le circostanze eccezionali le permettevano di mettere da parte la timidezza che aveva normalmente. Jacob non ebbe alcun problema a restare lì in piedi, permettendole di guardarlo. I suoi occhi seguirono un percorso lento dal petto liscio fino alla V che marcava l'inguine, quindi alla sorprendente erezione che catturò il suo sguardo. Cercò con forza di non cedere a un po' di paura nel contemplare la dimensione del suo cazzo. Nel sesso, più grande era e più doveva essere soddisfacente, o almeno così Clara le aveva detto, ma non era sicura che tutto quello che vedeva potesse stare dentro di lei.

Sentì le mani di lui sulle spalle e quando alzò gli occhi, il suo sguardo era rassicurante ma anche apprensivo.

«La prima volta fa un po' male» le disse «in ogni caso».

Lei si voltò a guardare il suo enorme membro in erezione e avvolse la sua mano intorno alla base, sentendo la sua pelle vellutata, mentre la sua carne era così dura. «Clara ha detto che non le ha fatto male più di tanto».

«L'amica del Barb Wire?».

«Sì». Si leccò le labbra secche. «Mi piacerebbe assaggiarti prima di fare qualsiasi altra cosa».

«Se mi succhi l'uccello, piccola, non durerò molto».

«E se tu cominci a toccarmi, so che andrò fuori di testa per il piacere senza poterlo fare».

Lui la guardò con gli occhi socchiusi mentre abbassava la testa, ma non la fermò. Lei avvolse le mani intorno al suo sesso, mentre stringeva le labbra delicatamente sull'ampia cappella. Lui sibilò quando lei tirò fuori la lingua e la fece scendere verso il basso sulla fessura, assaggiando di cosa Jacob sapeva. Era una miscela di sale, di maschio e di potere, e lei sapeva che avrebbe potuto ubriacarsene, se lui l'avesse lasciata fare. Prendendolo in bocca distese le labbra. Succhiò e morse dolcemente, quanto bastava per provocarlo.

Le dita di Jacob premevano forte le sue spalle. «Cazzo».

Gli piaceva quello che lei faceva. La mano di Lily si mosse e gli prese le palle per sentire il loro peso, e la sua pelle si contrasse al suo tocco. Rabbrividì mentre lei faceva scorrere un dito lungo la linea che va dalla radice del suo pene al suo ano per poi tornare indietro. Non poteva starle molto di più che la cappella in bocca, quindi la lasciò scivolare fuori dalle sue labbra e continuò a leccare lungo la parte inferiore. Capì che gli piaceva moltissimo anche questo, perché Jacob gemette e inclinò la testa all'indietro. Quando leccò tornando indietro verso la cappella e sulla punta ancora una volta, lui la spinse indietro.

«Basta, piccola. Non voglio venirti in bocca». La sua mascella era stretta. Il suo bicipite si flesse quando se lo prese in mano da solo alla base e lo strinse.

«Va bene». Lei guardò la sua mano. «Non vuoi che lo faccia io?».

«Sto cercando di trattenermi per non eiaculare». Fece una smorfia. «È passato un po' di tempo. E se *tu* mi tocchi ora, di certo verrò dappertutto sul tuo bel seno».

Si appoggiò allo schienale. «A dire il vero, mi sembra davvero molto eccitante».

«Cazzo, Lily, sei pericolosa». Lui le afferrò i capelli tenendoglieli in una coda di cavallo. «Non ti ho visto comprare pillole anticoncezionali. Stai usando un'altra forma di contraccezione?».

«Con mio padre iperprotettivo che controlla tutti i miei acquisti? Non credo proprio».

Lui mise un ginocchio tra sue le gambe. «Vai indietro».

Lily si spostò al centro del materasso e si mise per lui con le braccia sopra la testa e le gambe aperte.

Jacob si fermò, fissandola. «Chi ti ha insegnato a farlo? Clara?».

«No. È così che voglio essere, in modo che tu mi possa guardare tutta».

«Sarai presto una naturale Dalila, Lily» disse, «e penso che avrai un grande appetito per il sesso».

I suoi occhi si muovevano su e giù sul suo corpo. Premette il pollice sul nocciolino sensibile tra le sue gambe, provocandole un brivido di piacere che la attraversò tutta.

«Sei bellissima qui» le disse, «e mi piace guardarti, ma ora voglio assaggiarti, perciò devi aprire le gambe di più».

Lei lo fece e al solo pensiero si sentì diventare ancora più umida, ma invece di mettere le labbra dove aveva promesso, lui cominciò a baciarla sul collo, scendendo verso il basso con colpetti taglienti dei denti che placava con tocchi morbidi della lingua. Scoprì subito che le sue zone più sensibili erano la base del collo e l'interno delle cosce.

Quando alla fine la sua lingua raggiunse le pieghe del suo sesso, la schiena si arcuò fin giù dal letto. Si sollevò sui gomiti. Voleva guardare. Vedere Jacob tra le sue gambe era una vista bella ed erotica. La stuzzicò con calma, la leccò su e giù e intorno al clitoride, prima di seppellire la sua lingua dentro di lei. Non esistevano più nient'altro che Jacob e il suo tocco. Tutto il suo essere era concentrato su questo atto, sul modo in cui lui la faceva sentire, portandola a un punto estremo che percepì essere molto vicino. Una sensazione tesa, di calore intenso attirò i suoi muscoli addominali verso un punto centrale. Gridò forte. Era troppo sensibile. Non era sicura di riuscire a resistere di più. Cercò di allontanare i fianchi da Jacob e di stringere le ginocchia, ma lui pose le sue grandi mani sulle cosce e le divaricò ancora di più.

Alzò la testa per guardarla. «Aspetta, tesoro, stai per venire».

Quando lui seppellì la testa tra le gambe di nuovo, strinse le labbra sul suo clitoride e cominciò a succhiare, piano in un primo momento, poi più forte.

«Jacob...». Il suo urlo riempì la stanza quando un'esplosione si diffuse rapidamente in lei, mandando convulsioni di piacere su tutto il suo corpo, che si accumularono e si amplificarono nel piccolo nocciolo di nervi che Jacob ancora teneva in bocca.

«Fermati». Lo spinse via, ma lui continuò fino a farle cavalcare quella corrente travolgente, finché non sentì addirittura come delle punture di spillo alle dita dei piedi mentre lui continuava a leccarle e stuzzicarle il clitoride.

La lasciò solo quando il suo corpo era sfinito e i gomiti non potevano sostenerla più a lungo. Lei ricadde all'indietro, tutto quello che poteva vedere era un velo nero punteggiato di stelline bianche, era appena consapevole del fatto che Jacob si stava sollevando dal suo corpo. Allungò una mano per prendere qualcosa e lei vagamente sentì il rumore di uno strappo, poi vide che lui stava mettendo un preservativo. Aveva bisogno di rimettere i piedi per terra, di aggrapparsi a qualcosa, allora gli mise le mani sulle spalle. La sua pelle era liscia e sudata, i suoi muscoli tesi.

Gli occhi di Jacobs erano febbrili quando le prese il viso tra le mani e la fissò. «Colpiscimi, graffiami, fammi tutto quello che vuoi».

Non capiva cosa volesse dire. Lui si mosse e lei sentì la testa della sua grande erezione tra le pieghe turgide del suo sesso. Nonostante avesse appena goduto, questo risvegliò una nuova voglia dentro di lei. Voleva sentirlo dentro, desiderava che lui la riempisse. Non appena cominciò a muoversi, spingendo in avanti, si contrasse. Lui cercò di farla distendere e con l'afflusso di sangue che l'orgasmo le aveva inviato al suo sesso, tutto giù sembrava troppo sensibile. Era troppo. Fece un respiro profondo mentre lui spingeva in avanti guadagnando un altro centimetro, facendola sentire come se la stesse impalando e le stesse strappando le carni.

Lily gridò e cercò di scuotere la testa, ma lui le tenne il viso stretto tra le mani, serrò la mascella mentre si ritrasse per una frazione di secondo prima di spingere ancora qualche centimetro più profondamente dentro di lei.

Lei cercò di spingere sul petto di Jacob. Le sue pareti interne si contrassero mentre il suo corpo combatteva per spingerlo fuori.

«Lily, piccola, rilassati. Lasciami entrare».

Lei non ce la faceva più. Bruciava. Non riusciva a prenderne di più. Era troppo grosso. La sua visione era sfocata intanto che lui si muoveva ancora, guadagnando ancora un altro centimetro. Le lacrime le rigavano le guance.

«Sei così stretta. Oh, Lily. Tesoro, mi dispiace». Le dava morbidi baci sui suoi occhi e le labbra.

Questo non era quello che si era aspettata. Non era affatto come la sua bocca.

«Non posso. Non resisto» gli disse tra le lacrime.

«Andrà meglio, lo prometto».

Lily gli piantò le unghie nelle spalle, spingendosi indietro nel materasso per sfuggire a quella sensazione. Si sentiva come se lui stesse spezzandole il corpo a metà. Jacob strinse i denti. Si ritrasse poi si spinse dentro di nuovo, questa volta più a fondo.

Lily gridò di nuovo, stringendo gli occhi per lunghi secondi. Quando li riaprì, vide che Jacob guardava in basso dove i loro corpi erano uniti.

«Sono a metà strada».

Cercò di fare respiri profondi, ma si sentiva come in iperventilazione.

«Brava, così» le disse Jacob. «Fai un respiro profondo per me, piccola». Uscì da lei quasi del tutto, poi sbatté di nuovo dentro.

Per un secondo lei non emise alcun suono, nemmeno un urlo. Tremò tutta quando il dolore l'avvolse come una spirale, ma Jacob non le diede il tempo di realizzarne l'intensità. Iniziò a muoversi lentamente, aumentando in lei la sensazione di bruciore. Rendendosi conto che non aveva intenzione di lasciar perdere, lei rinunciò a lottare contro di lui, accettando la sensazione di essere riempita fino al punto da essere lacerata.

Jacob le stava accarezzando il viso con le mani e le labbra. Le asciugò le lacrime con i pollici e la baciò sulle guance, senza alterare la velocità. Non perse il ritmo.

«Va tutto bene, Lily, piccola».

Le sue parole erano tenere e incoraggianti, ma lei non sentì la metà delle parole dolci che lui le sussurrava in un orecchio mentre la scopava in modo lento e costante. Lui emise un verso rozzo e si fermò, stringendo i suoi glutei e spingendo le anche in avanti, facendola gridare di nuovo per il disagio di sentirlo ancora più dentro di lei.

«Cazzo». Lui strinse i denti. «Oh, cazzo!». La testa gli cadde all'indietro ed emise un gemito basso. Il suo respiro era irregolare. Tolse la mano dal viso di Lily e si afferrò la base del suo uccello, e lei si rese conto Jacob stava cercando di non venire.

Istintivamente, rilassò i suoi muscoli interni che lo avvolgevano. Non si era resa conto che stava stringendo le ginocchia alle sue cosce, spingendo con tutte le sue forze, ma ora le sue gambe si aprirono facendo uno sforzo cosciente per rilasciare il suo canale umido.

«Sì» gemette lui di nuovo, «così va bene, tesoro. È più facile se non stringi il mio cazzo così forte».

Era bagnata e lui poté scivolare fuori facilmente, per poi penetrarla di nuovo con meno attrito di prima. Lentamente, la sensazione di stiramento e di bruciore si trasformò in qualcosa di diverso, un profondo piacere carnale e il suo cuore accelerò così tanto da sentire ora il sangue che le pulsava nelle orecchie. I suoi mugolii si trasformarono da grida di dolore in gemiti di estasi.

«Sì» sibilò Jacob. «Oh Dio, Lily, dimmi che ti piace».

«Ah». Stava sprofondando in un inferno di piacere che la bruciava viva. Il suo mondo cessò di esistere. Tutto quello che poteva elaborare erano le sensazioni che Jacob le aveva permesso di provare. Jacob si lasciò andare e la penetrò fino in fondo e quando si trovò immerso in lei, fu come se avesse toccato la sua anima.

«Dimmelo» le chiese poco dopo.

«È... è bello».

Stava crescendo ancora una volta, questa ondata di piacere. Lei respirava più forte. I suoni che emetteva erano gemiti morbidi di piacere femminile che contrastavano con i potenti versi rozzi virili di Jacob. I suoi muscoli interni cominciarono a palpitare, tornando in vita con una nuova sensibilità, che conosceva solo il piacere senza alcun dolore.

I suoi occhi si spalancarono a quell'intensità. Si rese conto che questa volta sarebbe stato molto più forte rispetto a prima, e non era sicura di farcela.

La sua voce era piena di paura. «Jacob...».

«Sono qui, tesoro».

La sua espressione si trasformò da quella di tenera preoccupazione a una più maschia di possesso maschile, di un predatore pronto a uccidere. Si vedeva una parte grezza di Jacob che poteva venire alla superficie solo in momenti come questi, mentre si preparava a godere. Cominciò a muoversi più velocemente, portandola più in alto e quando i suoi muscoli si contrassero, in attesa di un orgasmo esplosivo, Jacob finalmente si lasciò andare completamente. Si mosse profondamente e in modo rapido, scopandola così forte da dover tenere stretto il suo corpo con le mani. Lei lo vide nei suoi occhi, il suo piacere che arrivava al culmine, sempre di più... I muscoli della mascella erano tesi mentre le teneva una mano su un fianco, l'altra su una coscia, tenendola aperta per lui, e prese tutto quello che lei poteva dargli, dandole però tutto in cambio. Non c'era più niente di dolce, non esistevano più ostacoli. Poi la bocca di Jacob si aprì, ma non uscì alcun suono, e la sua mano si spostò dalla sua coscia al clitoride. Lo pizzicò dolcemente. E lei venne così forte che si sentì svenire.

Il corpo di Jacob sobbalzò con spasmi di estasi che lo scossero più forte che mai. Abbassò lo sguardo e vide il sangue di Lily sulle sue pallide cosce, i muscoli morbidi ancora tremanti per le scosse del suo secondo orgasmo. Un profondo senso di possesso lo riempì. Sapendo quanto fosse pesante, si girò, attirando su di sé il corpo di Lily, perché non aveva alcuna intenzione di tirare il suo cazzo fuori da lei ancora. Sarebbe rimasto volentieri immerso dentro di lei. Per sempre. Poi lei si ritrasse muovendosi, e la soddisfazione maschile di Jacob per essere il suo primo uomo e poter rivendicare questo diritto si fece morbosa.

Cazzo, era piccola e stretta, lui non aveva idea che sarebbe stato così difficile per lei.

Nessuno dei due avrebbe potuto sapere in alcun modo che sarebbe stato così intenso.

Con un sentimento di rimorso che si faceva sentire in un angolo da qualche parte nella sua testa, lui cercò le sue labbra, baciandola a lungo e così dolcemente da lasciarla senza fiato. Osservò il suo bel viso, i suoi enormi occhi e le lisciò i capelli neri sulla fronte. «Non immaginavo che ti avrebbe fatto così tanto male, piccola». Le diede un altro bacio.

Lei gli rispose con un sorriso morbido e stanco. «Non sei mai stato con una ragazza vergine prima?».

Lui non aveva intenzione di ferirla raccontandole ora delle sue amanti del passato. «Non ho mai avuto rapporti sessuali con una donna così... stretta prima».

Lei chiuse gli occhi e si strinse al suo petto. «Fai solo il modesto per non dire che hai un pene grosso».

Questo lo fece sorridere. «Ti avrei dovuto preparare con la mano, ma volevo così tanto farti godere con il mio uccello, e non potevo durare molto più a lungo».

La piccola sfacciata ridacchiò. «Cedendo alle tue fantasie da uomo delle caverne?».

Dannazione, aveva ancora delle fantasie su quello che le avrebbe fatto che nessun uomo rispettabile dovrebbe avere, soprattutto non così presto dopo averla presa con una tale forza. Per la sua prima scopata. Si era spaventato, alla fine, per il modo in cui aveva perso il controllo con lei. Se Lily avesse saputo quanto potere aveva su di lui, sarebbe stato fregato.

Le accarezzò con la mano i capelli. In questo momento, doveva compensare la perdita di controllo, nell'ultima parte, quando l'aveva davvero scopata così forte che avrebbe potuto farle sbattere la testa e provocarle una commozione cerebrale contro la testata del letto se non l'avesse tenuta ferma. Jacob alzò il capo. Si accigliò quando vide un principio di livido sul fianco dove le sue dita avevano afferrato la sua pelle. C'era un segno rosso sul collo, con la forma dei suoi denti, e un graffio sulla spalla. Chiuse gli occhi e si passò una mano sul viso.

«Jacob?» La sua voce era bassa, e lo richiamò dai suoi pensieri cupi.

Costringendosi a smettere di essere uno stronzo egoista sfilò il suo cazzo, che stava già diventando duro di nuovo per la voglia di lei, da quella tenerissima fica. Lei gemette per lo sfregamento, facendolo sentire come un idiota ancora più grande.

Le passò il pollice sulla guancia, sentendo la sua pelle liscia sotto il suo dito calloso.

I suoi begli occhi erano pieni di apprensione. «C'è qualcosa che non va? Non sei pentito, vero?».

Pentito? Stava scherzando? «No. Il mio unico rammarico è di averti fatto male».

«Non era poi così male».

Sì, certo. «La prossima volta, sarà meglio. Non sentirai alcun dolore». O forse un po', se lui fosse stato troppo rude. Era davvero un bastardo arrogante per presumere che ci sarebbe stata una prossima volta.

«Lo so». Lei sospirò, e posò la testa di nuovo sul suo petto.

La tenne solo per pochi minuti. Non era nulla in confronto a quello che lei meritava. Avrebbe dovuto essere coccolata tra le sue braccia tutta la notte, ma si sentiva inquieto. Ormai i poliziotti o gli assassini potrebbero già essere addosso ai loro culi nudi.

Si alzò e gettò il preservativo. Nel bagno inumidì un asciugamano con acqua calda e tornò a letto per premerlo sul sesso gonfio di Lily. Lei si ritrasse di nuovo, e ad ogni battito di ciglia e ad ogni suo respiro come un gemito si sentiva più arrabbiato con se stesso.

Lei prese l'asciugamano dalle sue mani e si mise a sedere. «Dimmi, Jacob. Cosa c'è? Lo vedo che c'è qualcosa che non va, mi devi almeno la verità».

Appoggiò le mani sui fianchi e la studiò. *Ciò che le doveva era la verità*. Presto, lei avrebbe comunque saputo la verità sull'uomo che aveva preso la sua verginità e, invece di amarlo, lo avrebbe disprezzato.

«Jacob?».

La sollevò in piedi e l'abbracciò. «Mi dispiace averti presa così forte alla fine. Dio lo sa» emise un sospiro, «ho provato, ma non sono riuscito a trattenermi. Lo so che è una scusa. Non ero l'uomo giusto per la tua prima volta».

Lo spinse indietro, i suoi occhi azzurri lampeggianti. «Non ti azzardare a denigrare quello che è successo tra di noi. Tu eri l'uomo perfetto per la mia prima volta. E per tua informazione, mi è piaciuto ancora di più alla fine».

Non aveva parole.

Gettò l'asciugamano su di lui. «Dobbiamo uscire di qui. Faccio una doccia veloce, poi ce ne andiamo».

Jacob fissò la sua schiena stretta. Lily era una ragazza – una donna – con cui si sarebbe potuto abituare a passare del tempo assieme. Anzi, molto tempo. Lui l'aveva presa e, così facendo, ora la rivendicava. Si trovava in una situazione pazzesca, perché ora non avrebbe mai potuto lasciarla andare e quando Lily avrebbe scoperto la verità, lei non avrebbe più voluto che lui la tenesse con sé.

Quindici minuti dopo avevano entrambi fatto una doccia. Jacob controllò la finestra mentre Lily si vestiva in bagno. Uscì, con indosso i suoi stivali da cowboy, gli *shorts* bianchi e la camicetta di pizzo giallo che le aveva comprato lui. I capelli bagnati erano pettinati all'indietro, con un profumo al gelsomino. Personalmente, lui preferiva lo shampoo alla mela caramellata che aveva usato la prima volta a casa sua. La faceva addirittura sembrare da mordere, mentre ora aveva la fragranza della vulnerabilità femminile, e il suo istinto protettivo era già in overdrive. Soprattutto ora che lei era *sua*. Perché questa era la realtà, che lei lo sapesse o no.

Lei alzò le braccia e abbassò lo sguardo sulla camicetta. «Hai un debole per il giallo, o sbaglio?».

In realtà, non ce l'aveva, ma era come la luce del sole e lui pensò che ci fosse bisogno di un po' di questa luce nella vita di Lily.

«Sei bellissima». La abbracciò. Sembrava delicata e lui non aveva mai temuto tanto di fallire in una missione in vita sua.

«Grazie per i vestiti» mormorò contro il suo petto. «Voglio dire, grazie per essere uscito a prenderli per me».

Le baciò sulla fronte. «Non c'è di che». La allontanò per guardarla nei suoi occhi grandi e innocenti. «Come stai ora?».

Si morse l'interno della guancia per un po'. «Fisicamente, o emotivamente?».

«Entrambi».

«Non lo so» rispose senza esitazione. «In questo momento, sto ancora godendo della sensazione piacevole di quell'ultimo orgasmo che ho avuto». Le sue guance presero un bel rosa. «Allo stesso tempo, sono inorridita al pensiero di quello che è successo al centro commerciale, ma sto cercando di non pensarci. Almeno non ora. Tutto quello su cui mi devo concentrare adesso è andarcene in fretta lontano da qui».

Era più matura di quello che lui si aspettava. Vedendo che il padre, quella testa di cazzo, l'aveva tenuta nascosta dalla realtà per tutta la sua vita, pensava che lei sarebbe stata piena di rancore per il fatto di essere in fuga, invece gestiva la cosa senza problemi.

Jacob prese le loro borse. «Ho chiamato un taxi».

«E la macchina?».

«La lasciamo qui».

«Buona mossa». Si voltò verso la porta.

Lui le sorrise di nuovo. Parlava come se fosse un esperta nello schivare i criminali e la polizia.

Il taxi aspettava nel parcheggio. Jacob gettò le loro borse nel bagagliaio e fece entrare Lily.

«Alla stazione» disse al conducente.

«Dobbiamo prendere il treno?» Lily ha detto.

Jacob posò una mano sulla sua, ma non rispose, e lei non insistette.

Alla stazione, la guidò attraverso l'edificio verso il parcheggio sul retro. Stava molto attento.

«Non sono i treni la prima cosa che cercano?» chiese Lily.

«Esattamente».

«Allora perché siamo qui?».

Vide il camper. «Per mettere il tassista fuori pista».

«È per quello che non mi hai risposto in macchina?».

Si fermò a guardarla. «Mai fidarsi di nessuno, Lily». *Soprattutto di me.*

«Esatto. Non potevo dare informazioni importanti davanti al conducente».

Le chiavi erano sopra la ruota posteriore, sotto il paraurti, come concordato. Aprì il veicolo.

«Aspetta qui» le disse solo.

Ispezionò l'auto per identificare l'eventuale presenza di congegni o esplosivi. Soddisfatto che il camper fosse pulito, fece cenno a Lily di entrare.

Lei saltò sul sedile del passeggero e fissò la cintura di sicurezza. «Come hai fatto?».

«Aiuta il fatto di avere agganci».

«Una fortuna per me che tu lavori in un settore con questi tipi di agganci».

Lui la guardò in fretta, ma non c'era nessuna accusa nella sua voce. Non sospettava nulla.

«E la barca?» chiese.

Lui avviò il motore. «Ormai sarà probabilmente una trappola piena di esplosivi».

Il suo volto impallidì. «Mi vogliono morta» disse più a se stessa che a lui.

Jacob non rispose. Non aveva bisogno di confermarle che la sua condanna a morte era stata firmata. Attivò l'applicazione per smartphone che lo avrebbe avvertito in caso di posti di blocco o di auto della polizia, e prese la direzione verso nord.

Lily parlò di nuovo solo quando erano sulla strada aperta. «Mio padre è un uomo molto potente».

Sentì che gli doveva dire qualcosa che lui non sapeva. Jacob le diede solo un'occhiata. Si torceva le mani in grembo.

«È coinvolto in alcune cose criminali, qualcosa di davvero brutto». Sembrava che si vergognasse mentre lo diceva. «Quando l'ho scoperto, gli ho detto che lo odiavo».

«E lo odi?».

«Odio quello che ha fatto, quello che sta facendo» disse a bassa voce, «non lui». Guardò di nuovo Jacob. «Mi ha lasciato con le guardie, pensando che sarebbero state in grado di proteggermi dai suoi nemici, ma i suoi nemici sono potenti quanto lui. Forse anche di più».

Attese con pazienza che lei si sentisse pronta a vuotare il sacco. Lily gli stava dando la sua fiducia, e avrebbe dovuto essere contento, perché questo era il suo fine ultimo, invece si sentiva un pezzo di merda.

«Credi nella magia, Jacob?». Si grattò un po' di smalto dalle unghie.

Jacob inspirò a lungo e lentamente. Questa era una conversazione che non avrebbe voluto, perché avrebbe dovuto mentirle. «Magia in che senso?»

«Nel senso di arti proibite».

91

Non avrebbe dovuto sapere nulla di questo. Poche persone ne erano a conoscenza. Ammetterlo significherebbe far saltare la sua copertura, così le chiese: «Di cosa stai parlando?».

Si voltò verso di lui nel suo sedile. «Nel Medioevo, c'erano persone che potevano praticare un certo tipo di magia. Solo che non era davvero magia, era un mestiere. Erano nate con la capacità di manipolare gli elementi. Non i quattro che conosciamo oggi, ma sette – fuoco, aria, acqua, terra, essere umano, animale e spirito. La chiesa proibì la pratica di queste arti, perché minacciava il loro potere. Scatenarono il finimondo per liberare il mondo da queste persone, le bruciarono sul rogo, e il loro mestiere divenne noto come le Sette Arti Proibite».

Guardò dal finestrino. Dopo un po', si voltò di nuovo verso di lui. «Ti starai chiedendo perché ti sto dicendo questo».

«Sì».

«Recentemente ho scoperto che queste arti esistono ancora». La sua voce divenne più animata. «Ci sono persone in questo mondo di oggi, tutto intorno a noi, Jacob, che possono manipolare l'aria e il fuoco e l'acqua e le persone, gli animali, lo spirito. So che probabilmente pensi che io sia pazza, ma è la verità».

«Io non credo che tu sia pazza». Almeno questa era la verità.

I suoi occhi si illuminarono. «Davvero non lo credi?».

«Perché dovrei? Cose strane e meravigliose stanno accadendo ogni giorno». Come lei.

«L'ho visto» disse, seduta dritta, «con i miei occhi. C'era questo ragazzo a casa nostra e papà pensava che io fossi a letto, ma io ho sbirciato di nascosto al piano di sotto perché quest'uomo, Lupien, che era venuto a cena... mi affascinava... e ha fatto una dimostrazione proprio lì, nello studio di mio padre». Fece una pausa per creare l'effetto. «Ha dato fuoco alla sedia di papà. È un Firestarter, Jacob. Papà lo ha definito un *piromantico*».

Cazzo. Ha incontrato Lupien? Quel figlio di puttana, pericoloso e pazzo? Lupien l'ha *affascinata*? Non si poté trattenere dal chiederle: «E tu eri attratta da lui?».

Lo guardò di nuovo. «No. Mi spaventava».

Grazie a Dio.

«Suppongo che tu sappia perché Lupien era in casa nostra?» chiese lei.

«Per fare un lavoro per il tuo vecchio?».

«Si può dire così. Mio padre disse che aveva bisogno di persone come Lupien, che stava reclutando una squadra per contribuire a realizzare la sua missione e Lupien ha detto che sarebbe diventato ancora più potente rubando l'arte a qualcuno come lui, una donna in Francia».

Questa era una novità per lui. «Rubare la sua arte?».

«Lupien disse che l'unico modo per farlo era uccidere la persona, ma la sua anima doveva essere nera, o contorta o qualcosa di simile, perché si potesse trasferire il potere da un essere umano portatore a quello successivo». Un brivido corse attraverso il suo corpo. Rimase di nuovo in silenzio per un po'.

«Vuoi sapere qual è la *missione* di papà?» chiese alla fine, la sua voce con una punta di sarcasmo.

Jacob annuì.

«Essere l'uomo più potente del mondo». Fece una risata cinica. «Ma papà disse che non era più il Medioevo, che questa era l'età della tecnologia e della comunicazione, e che sarebbe subentrato poco a poco, fino a quando avrebbe controllato ogni azienda Internet, via satellite e telefono nel mondo».

Improvvisamente Jacob capì perché avrebbe voluto comprare la Torre Eiffel: era uno dei migliori edifici di trasmissione in tutto il mondo.

«All'inizio non riuscivo a capire perché lui volesse di più. Aveva già tutto ciò che un uomo potrebbe mai sognare. Ma poi ho capito: vuole essere Dio».

«È per questo che sei scappata, Lily?».

Lei scosse lentamente la testa. «Sono scappata perché ho dovuto. Ho scoperto che mio padre, l'uomo che amo e in cui credo, era un assassino a sangue freddo, che ha pagato delle persone per distruggere altre persone, solo così potrebbe decidere in che modo far girare il mondo. Ero sconvolta. Mi sono sentita tradita, ingannata. Non sapevo cosa fare, così mi sono rivolta all'unica altra persona che ho pensato avrebbe potuto aiutarmi, il mio fratellastro Adam. Gli ho raccontato quello che avevo visto e sentito e gli ho detto che dovevamo andare alla polizia».

La polizia? Jacob sussultò alla sua ingenuità. Lei non aveva idea di quanto fosse davvero potente suo padre. Quell'uomo praticamente possedeva le forze di polizia.

«Ma» il suo labbro tremò «Adam mi ha tradita. Lavora con papà, sai, e lui sapeva da sempre del suo progetto. Mi sono sentita come se avessi vissuto nella torre di una favola, in una realtà falsa. Mi sono sentita così stupida. Quando Adam riferì a mio padre del mio piano per denunciarlo, papà mi disse che la mia infedeltà lo aveva deluso. Non era arrabbiato. Mi ha solo abbracciato e mi ha detto che stava andando in Francia per comprare la Torre Eiffel, e mi ha chiesto cosa volevo da Parigi».

Jacob posò una mano sulla sua.

Una lacrima scese dagli occhi di Lily e colò sulla guancia. «Gli ho detto che sarei fuggita appena lui se ne fosse andato, lui si mise a ridere e mi disse che sarei stata per sempre la sua principessa». Si asciugò il viso con il dorso della mano. «Fece in modo che io non potessi correre da nessuna parte. Mise in servizio ancora più guardie del solito. Sapevo che era più per tenermi prigioniera che per proteggermi».

Anche se lui conosceva il resto della storia, le chiese: «Cosa è successo dopo?». Sentiva che lei aveva davvero bisogno di sfogarsi.

«Il nemico di papà, Sky Communications... sono venuti di notte. Ho riconosciuto le loro uniformi. Ho avuto la fortuna di essermi addormentata in soffitta». Aveva la pelle d'oca sulle braccia. «Hanno ucciso tutti, ma io sono riuscita a scappare».

«E poi sei finita su Green Market Square» disse dolcemente.

Lei tirò su col naso. «Poi mi hai trovata nel parco, e mi hai salvato la vita».

Tolse la mano. Avrebbe voluto essere un eroe per lei, lo avrebbe voluto davvero. Ma era il cattivo.

CAPITOLO OTTO

Il campeggio non era nel suo stile, ma Lily capì che era la soluzione migliore per loro. Aveva indovinato che Jacob si era assunto il compito di cucinare non perché voleva rendersi utile, ma perché il suo cibo era o bruciato come il carbone, o crudo. Si sdraiò sulla coperta che lui aveva steso per terra sull'erba della foresta e lo guardò mentre preparava la carne alla griglia. Invece di andare ad accamparsi in un terreno adibito a campeggio, Jacob aveva preferito una foresta abbastanza lontano dalla strada, in modo che il loro fuoco non potesse essere individuato. Il sole stava tramontando in un bagliore arancione.

Avevano guidato per tutto il giorno e Lily era stanca. Non avevano preso un percorso diretto verso il confine col Mozambico, perché Jacob disse che sarebbe stato più facile essere rintracciati. Andarono invece prima verso ovest, poi a nord. Si erano riforniti a Ermelo e ne avevano approfittato per comprare altri vestiti e articoli da bagno. Il piano era di entrare in Mozambico da Komatipoort. Dal Mozambico, il resto del percorso attraverso l'Africa sarebbe stato abbastanza sicuro fino al Kenya, ma da lì sarebbe diventato troppo pericoloso viaggiare in auto. Jacob stava organizzando in modo da trovare un volo charter, un Cessna, ora che aveva accesso ai suoi risparmi grazie allo smartphone. Un'applicazione software alterava le transazioni, in modo da non poter essere rintracciato, ma prelevare denaro da una banca o un bancomat avrebbe lasciato una traccia.

Ormai il denaro rubato era stato speso quasi tutto. Ben presto, avrebbero dovuto mettere le mani su altri soldi. Lei odiava l'idea che Jacob dovesse usare le proprie risorse o, peggio, rubare per causa sua. Ci teneva ad assicurargli che suo padre gli avrebbe restituito ogni centesimo che Jacob spendeva per accompagnarla a Parigi.

L'ultima città che avevano attraversato era Nelspruit. Là il clima non era tropicale come a Durban, ma era più caldo che a Città del Capo. Gli inverni erano secchi e il cielo azzurro. Nonostante le giornate calde, le notti erano ancora fredde, ancora di più nei boschi ombrosi. Lily si era cambiata e aveva indossato i suoi nuovi jeans e un maglione caldo.

Jacob ora portava la pistola su di lui costantemente, e il fucile automatico che aveva preso alla guardia era sempre a portata di mano. Girò la carne. Una deliziosa fragranza di grasso grigliato e di legna bruciata si diffuse nell'aria intorno. Lily se lo immaginava proprio così, sul prato di una casa, con un animale da compagnia, un cane, in giro nel cortile. E non doveva essere niente di eccezionale, solo un luogo dove poter vivere, dove poter davvero *vivere* bene, abbastanza da non preoccuparsi per i cuscini arruffati sul divano e dei giocattoli sul pavimento. Questo era tutto quello che desiderava. La possibilità di una vita normale. Con Jacob dentro. Sospirò.

Lui si voltò: «Sei stanca?».

Lei incrociò le mani sotto la testa e guardò le prime stelle che apparivano nel crepuscolo. «Un giorno avrò un cucciolo».

Lui ridacchiò. «Un cane? Cosa ti ha fatto pensare a questo?».

«Ne ho sempre voluto uno. A papà non piacciono gli animali».

«Quindi è un atto di sfida».

Lei si sedette e strinse le braccia intorno alle ginocchia. «No. È la ricerca di un po' di normalità».

Il suo sorriso svanì. Alla luce del fuoco, il suo sguardo mutò.

«Non ti piacciono i cani?» chiese lei.

«Mi piacciono molto». La sua voce era brusca.

«Allora qual è il problema?».

«Non c'è nessun problema».

«Jacob, non tenere il broncio. Non si addice a un uomo della tua età». La sua affermazione era un tentativo per scherzare, per alleggerire il suo improvviso cattivo umore.

«Stai sognando una felicità di periferia, Lily» disse, perdendo la calma. «Cosa vedi? Una staccionata bianca, l'altalena nel cortile, i bambini che corrono intorno?».

Lei sbatté le palpebre confusa. «Qualcosa del genere».

«Non esiste, tesoro» le disse con una voce fredda, «non per gente come noi».

Il suo cuore cominciò a battere con un dolore sordo. «Come noi?».

«Io sono una guardia del corpo. Ho messo la mia vita in prima linea per procurarmi da vivere. E tu... tu sei la figlia di tuo padre».

Aveva ragione. Certo! Cosa le dava il diritto di credere che la sua vita potrebbe essere *normale*? Suo padre era quello che era. L'onnipotente Godfrey. Avrebbe sempre avuto dei nemici, e la sua vita sarebbe stata sempre in pericolo. Era la figlia di un criminale, un mostro e lei gli stava correndo dietro per implorare la sua protezione. A pensarci bene, era patetico. Innanzitutto, stava rischiando la vita di Jacob per inseguire l'uomo da cui sarebbe dovuta fuggire. Perché non l'aveva visto così chiaramente prima? Forse perché era stata spaventata e persa, infreddolita e affamata. Ma ora lei non era più quella ragazza. E non voleva tornare a essere la persona ignorante che era prima.

Si alzò in piedi e andò verso la macchina, ma Jacob si precipitò verso di lei e posò la mano sul braccio.

«Non volevo ferire i tuoi sentimenti, ma io non sono tuo padre. Non ho intenzione di lasciare che tu viva in un sogno, perché farlo non è sicuro. Non è sicuro, e non è vero».

«Hai ragione» disse lei, con una voce brillante, anche se il suo cuore si stava spezzando. «Lo so». Ma una ragazza dovrebbe avere il diritto di sognare.

Si voltò di nuovo, ma Jacob non lasciò la presa.

«Ti avevo detto di non innamorarti di me, Lily».

«Sì, lo so». Deglutì a fatica per trattenere le lacrime. «Non lo farò».

I suoi occhi si ammorbidirono. «È per il tuo bene. Non voglio che tu soffra».

«Va bene». Capì. Lui non poteva amarla. Almeno era stato onesto. «Sono giovane, ma non sono stupida. Sono probabilmente un po' infatuata di te, mi hai salvato la vita per ben due volte, e sei il mio primo uomo, quindi penso di potermi permettere qualche debolezza».

Sì, era giovane e sì, non era stupida. Anche se non aveva alcuna esperienza con gli uomini, sapeva che quello che sentiva per Jacob era enorme. Era di quelle cose che una ragazza può sperimentare una sola volta nella vita. Non si faceva nessuna illusione. Jacob le aveva pregiudicato ogni possibilità con tutti gli altri uomini. Ma lei avrebbe sempre il suo ricordo di lui, e di quell'ora incredibile che avevano trascorso in una stanza di un motel a buon mercato. Poi la vita sarebbe andata avanti. Non avrebbe smesso di vivere solo perché non poteva averlo.

Sembrava che Jacob stesse riflettendo sulla sua risposta. I suoi occhi la scrutavano, le sue pupille si muovevano da un occhio all'altro. Aggrottò la fronte. Non gli piaceva la sua risposta. Ma non disse nulla. Le prese solo il viso, e la baciò a lungo e con calma.

Lily adorava il modo in cui la sua lingua la cercava e le sue labbra si posavano sulla sua bocca. Assaporò ogni dettaglio, imprimendo tutte le sensazioni nella sua mente e nel suo cuore.

Quando finalmente la lasciò andare, la sua espressione era dolce: «È così che dovresti essere baciata, per tutta la notte».

Lei sorrise, desiderando che lui la ricordasse in questo modo, non come la ragazza spaventata e affamata che aveva trovato nel parco.

Jacob si allontanò. «La carne è quasi pronta».

«Io preparo un'insalata». Lily salì nel camper prima di cambiare idea, e lo guardò mentre tornava al fuoco voltandole le spalle.

Afferrò in fretta la borsa che conteneva i suoi vestiti e i pochi prodotti da bagno che avevano comprato quel pomeriggio. Spalancò la dispensa e prese un paio di barrette energetiche e una bottiglia d'acqua. Nel cassetto c'era un coltello da lavoro, che fece scivolare in tasca. Lo smartphone stava sul tavolo con il caricabatterie. Esitò, poi lo prese chiedendo silenziosamente perdono. Jacob aveva ancora abbastanza soldi per comprarne un altro. un telefono avrebbe potuto rivelarsi utile.

Il suo cuore batteva all'impazzata mentre andava verso la parte anteriore del camper e recuperò il suo passaporto falso dal nascondiglio dove Jacob l'aveva lasciato. Aprì la portiera del passeggero, il più piano possibile, e saltò giù. Si allontanò in silenzio, guardando dietro di sé fino a quando non poté più vedere la luce del fuoco, poi cominciò a correre.

Raggiunse la strada pochi minuti dopo, già stanca per lo sforzo. Invece di camminare lungo la strada, si mantenne vicina agli alberi. Le lacrime scendevano lungo le sue guance a ogni passo che la allontanava di più da Jacob. Lui non la amava. E lei non aveva intenzione di tornare da suo padre. Era sola, ora. Si asciugò le lacrime e fece un respiro profondo. Era il momento di iniziare un nuovo futuro.

Era preoccupata che Jacob potesse tornare a cercarla, da un lato sperava che non lo facesse, ma sapeva bene quanto male le avrebbe fatto se lui non l'avesse fatto, così quando vide dei fari provenienti dal nord, si precipitò sulla strada e alzò il pollice, nella speranza che il conducente si fermasse.

Un grande camion rosso suonò il clacson, poi rallentò. Lei sospirò di sollievo quando il veicolo si fermò. L'autista aprì la porta. Lei si precipitò verso il lato del passeggero e salì.

«Ciao, signorina» la salutò un uomo grosso con i capelli rossi e tatuaggi sulle braccia. «Cosa stai facendo qui da sola in mezzo alla strada?».

Lily guardò l'uomo. Sembrava sorpreso, anche preoccupato. Non era un rischio che le piaceva correre, ma non aveva scelta. Non poteva sapere quando le sarebbe capitata un'altra occasione. Sentiva il coltello contro la sua coscia attraverso la tasca, e questo le diede un senso di sicurezza.

«Mi dà un passaggio, per favore?».

«Non ti lascio certo qui fuori da sola. Salta su».

Saltò dentro e chiuse la portiera. «Grazie».

«Dove stai andando?».

«Ovunque stia andando lei».

«Riconosco un problema quando lo vedo coi miei occhi, perciò non chiedo niente».

«Grazie» mormorò lei di nuovo.

«Macché. Non c'è problema. Ho una figlia della tua età. Hai un passaporto?».

Lei annuì.

«Bene. Passiamo la frontiera tra poco».

Dopo un viaggio di tre ore, l'uomo lasciò Lily in una stazione di servizio a Maputo. Non sapendo dove altro andare, entrò nel negozio e si sedette a un tavolino di plastica in un angolo di un fast food. Dovevano esserci 22-23 gradi fuori, ma c'erano almeno 5-6 gradi di più all'interno. Si tirò su le maniche della maglia. C'erano altri due clienti, ciascuno al proprio tavolo, un adolescente che indossava un berretto da calcio degli Os Mambas e un uomo, probabilmente arabo, con un tesserino della Croce Rossa sulla camicia. il ragazzo affondò i denti in un hamburger: lattuga, cetrioli e salsa schizzarono fuori dai lati.

Una cameriera che masticava una gomma si avvicinò a Lily. La sua pelle era liscia e nera come l'onice. «*Oi. O que você gostaria?*».

«Mi dispiace, ma non parlo portoghese» disse Lily.

«Cosa prendi, cara?» chiese la donna.

«Non ho ancora deciso». Non aveva soldi per ordinare nulla. Aveva bisogno solo di un posto per sedersi e pensare.

L'uomo con il distintivo della Croce Rossa alzò lo sguardo dalla sua bistecca. Aveva occhi neri, capelli svolazzanti, una pelle olivastra e la barba di un giorno.

«Non puoi stare qui se non mangi». La donna indicò un cartello sopra il banco di servizio che diceva "Se non mangi, non ti siedi". «Hot dog o patate fritte? È la cosa più economica che abbiamo».

«Solo un bicchiere d'acqua, per favore».

La donna sospirò e cominciò a battere il piede per terra. «Scusa, amore, ma devo chiederti di andartene».

Lily si guardò intorno. C'erano un sacco di tavoli liberi. Non stava portando via il posto a un cliente. «Ma...».

«Non sono io che stabilisco le regole».

L'uomo con il distintivo della Croce Rossa intervenne. «Le porti una bistecca e patatine fritte. E una birra».

La donna guardò Lily con un sopracciglio alzato. «Accetti la sua offerta?».

«Fai come ti dico, Mavis» disse lui. «E lascia in pace quella ragazza».

Con un colpo di spalla, Mavis si voltò e andò sul retro attraverso la porta a battente. L'uomo si pulì la bocca su un tovagliolo e si portò il caffè al tavolo di Lily. Sembrava più giovane di Jacob, poteva avere venticinque anni.

Indicò una sedia vuota. «Posso?».

Lily annuì. Non aveva accettato solo perché le stava offrendo la cena. Aveva già preso la sua decisione in un minuto. Tutto era collegato. Lo osservò mentre si sedeva. Aveva dei cerchi scuri sotto gli occhi e macchie di sudore sulle ascelle della camicia kaki.

Bevve un sorso del suo caffè. «Fai campeggio?».

Sarebbe stata una buona spiegazione, se non fosse così incredibile. Nessuna ragazza andrebbe in campeggio da sola attraverso il Mozambico.

«Sono in fuga» rispose.

La sua mano si fermò a metà strada tra il tavolo e la bocca. «Da cosa?».

«Da chi».

«Un padre?». Il suo sguardo scivolò al suo anulare nudo. «Un fidanzato? La legge?».

«È importante?».

Posò la tazza e si grattò il mento. «Non per me, almeno».

Indicò il distintivo. «Volontariato?».

«Aiuti internazionali. Sto partendo, ho portato donazioni di cibo per le vittime delle inondazioni».

Il testo sul suo tesserino era in francese, e Lily lo conosceva bene, grazie alla sua educazione scolastica privata. Sembrava quasi come un segno mandato da Dio.

«Dalla Francia?» chiese lei.

«Algeria».

«Oh».

La cameriera arrivò con il cibo e lo mise davanti a Lily.

«Sembri delusa» disse l'uomo, una volta che Mavis si fu allontanata.

«Io... Non so quello che mi aspettavo. Sicuramente non l'Algeria».

Il suo sguardo la misurò. «Stai cercando di raggiungere la Francia?».

«Fino a poche ore fa, pensavo di sì».

«E adesso?».

«Adesso non lo so».

Indicò il cibo. «Mangia. Si raffredda.» Dato che lei non reagiva, continuò, «senza alcun impegno. Ti sto solo offrendo un posto dove restare seduta per un paio d'ore, è tutto».

Lily prese coltello e forchetta e tagliò la carne.

La guardò mangiare per un po', poi disse: «Non puoi restare qui. Non dureresti un giorno».

Sollevò la testa. Suonava come quello che aveva detto Jacob quando l'aveva trovata nel parco. E non poteva pensarci. Non adesso. Era ancora troppo doloroso.

«Con che tipo di aereo voli?» gli chiese.

Sembrava sorpreso. «Transall C-160» disse lentamente. «Sono stati tolti dal mercato, ma credo che questo bambino dovrà durare ancora un anno o due prima che ci possiamo permettere di sostituirlo con l'Airbus A400M Atlas». Al suo silenzio, sorrise. «Troppo tecnico, eh?».

«Quello che volevo chiedere è se hai eventuali posti vuoti».

Fissò Lily a lungo e con uno sguardo duro. «È illegale. Potrei perdere la licenza».

«Solo se ti beccano».

Lui scosse la testa. «Sto tornando ad Algeri».

«È proprio di fronte a Marsiglia, al di là dell'oceano, giusto?». Prese un morso di carne troppo cotta.

Lui strinse gli occhi. «Sei una ragazza intelligente».

«Non proprio. Ho solo fatto attenzione al corso di geografia».

Non disse nulla.

Lily smise di masticare. Lei lo guardò con quello che sperava sembrasse una supplica. «Per favore. Non ho soldi e non ho un posto dove andare».

«Pensavo che non volessi più andare in Francia».

«Hai detto tu stesso che non posso stare qui. È troppo pericoloso. Attiro troppo l'attenzione».

«Non durerai molto neanche in Algeria».

«Ma l'Europa è più vicina dall'Algeria. Correrò il rischio».

«Mi dispiace che tu ti trovi in questa situazione, ma non posso farti lasciare il paese. Se sei una criminale...».

«Non lo sono. Te lo giuro. Ti sembra che io sia di qui? Io non sono nemmeno del Mozambico».

«Hai un accento sudafricano. Non posso permettermi di cacciarmi nei guai con il tuo governo».

«Il mio governo non sa nemmeno che io esisto. Portami solo lontano da qui, dove vai tu, poi mi arrangerò».

Si passò una mano tra i capelli. «Meglio che tu mangi in fretta, allora. Me ne vado tra dieci minuti».

Lily chiuse brevemente gli occhi. «Grazie. Grazie».

Le tese la mano. «Io sono Karim».

Lei gli strinse la mano tesa. «Lily».

«Mangia». Alzò il dito per chiamare Mavis, chiese il conto e pagò.

Lily inghiottì il cibo e la birra più veloce che poté.

«Il bagno è sul retro se hai bisogno prima di andare» Karim le disse appena lei finì.

Dopo essere passata alla toilette e essersi cambiata il maglione caldo per indossare la camicetta gialla più fresca, Lily lo seguì al parcheggio e salì sulla jeep di Karim. Guidarono per tre miglia fino a un aeroporto in cui era parcheggiato un aereo merci militare. In lontananza, Lily poteva vedere il cartello dell'Aeroporto Internazionale di Mavalane.

«Questo è il nostro mezzo» disse, entrando con l'auto in un hangar. «L'aviazione ce l'ha donato quando ha rinnovato la sua flotta».

Coprì la Jeep con un telo di protezione e la condusse all'aereo. Una volta dentro, le mostrò dove mettere la sua borsa e le disse di allacciare le cinture di sicurezza, mentre controllava gli strumenti.

Lily rivolse un pensiero rapido a Jacob. Sperava che fosse al sicuro. Si chiese dove sarebbe andato. Avrebbe cominciato una nuova vita a Città del Capo, ora che si era liberato di lei?

«Siediti e rilassati» disse Karim. «È un volo di quattordici ore». Accese alcuni pulsanti e le luci si accesero, seguite dal rumore del motore. «Cos'hai intenzione di fare quando arrivi ad Algeri?».

«Non lo so ancora».

«Penso di avere un modo per aiutarti».

Lei si raddrizzò. «Davvero?».

«Ho un amico nel settore dei trasporti. I suoi camion vanno spesso in Europa».

«E pensi che potrebbe aiutarmi?».

«Parlerò con lui». Sorrise. «Posso essere molto convincente».

«Grazie, Karim».

Lui si mise un paio di cuffie sulle orecchie e alzò il pollice, poi richiese l'autorizzazione della torre di controllo e poco dopo l'aereo stava già decollando, lasciandosi dietro il Sudafrica, sempre più lontano.

Karim la svegliò scuotendola. «Stiamo atterrando». Le porse una mela, una barretta di cioccolato e una bottiglia d'acqua.

«Grazie». Lily si strofinò gli occhi. Guardò dal finestrino e vide il mare sottostante.

«Ho pensato a tutto» le disse.

«Cosa?» chiese soffocando uno sbadiglio.

«Diremo che sei una giornalista che vuole scrivere una storia sul lavoro della Mezzaluna Rossa algerina in Mozambico»

«Va bene».

«Se te lo chiedono, sei qui solo per otto giorni. Dì loro che stai andando a cercare un hotel».

«D'accordo».

«Hai il passaporto con te?».

«Sì».

«Ma è falso?».

Guardò di scatto verso di lui. «Perché lo dici?».

«Perché hai detto che il tuo governo non sa che esisti». Lui sorrise e batté la testa. «Anch'io sono stato attento in classe. So come fare due più due».

Lily pensò che era meglio non rispondere.

Per fortuna, la sua entrata in Algeria non fu troppo problematica. Ci fu una controversia su un vaccino e una dose di febbre gialla che non aveva, ma Karim parlò a lungo in una lingua che poi le disse essere berbero, la loro lingua nazionale. Lei notò le banconote che lui passò con il proprio passaporto allo sportello. Dopo di che, fu un viaggio tranquillo.

L'auto di Karim era parcheggiata all'aeroporto. Lui la portò in un appartamento di un edificio bianco e blu vicino al mare. Spense il motore e si voltò verso di lei. «Questa è la casa del mio amico, Alì. È quello cui ti ho parlato».

«Quello con l'attività di trasporto?».

«Sì».

Karim raggiunse la porta, ma Lily gli mise la mano sul braccio. Non conosceva Karim o Alì, e Karim sembrava gentile, allora preferì cercare di ridurre al minimo i rischi.

«Non potrei venire a casa tua?» gli chiese.

«Non posso portarti a casa. Ho una moglie. Lei non capirebbe».

Sembrava che non avesse scelta. Stringendo forte la borsa, Lily scese dalla macchina e seguì Karim nell'edificio e su una rampa di scale che odorava di curcuma e curry. Karim bussò a una porta, che fu aperta immediatamente da un uomo con un grosso stomaco e un completo di lino bianco. Guardò prima Karim poi Lily, con sguardo indagatore.

«Alì». Karim abbracciò il suo amico e gli diede una pacca sulla schiena. «Possiamo entrare?».

Alì sembrò esitare, ma dopo un secondo si fece da parte e aprì del tutto la porta. «Certo».

«Lei è Lily» disse Karim, quando la porta si chiuse dietro di loro. «È sudafricana e ha bisogno del tuo aiuto».

Alì aveva un'espressione sconcertata. Disse qualcosa a Karim in arabo, Karim alzò le mani. Si voltò verso Lily. «Forse desideri rinfrescarti, sì? Il bagno è in fondo al corridoio».

In realtà, lei aveva un disperato bisogno del bagno, ma era anche a disagio per lo scambio a cui aveva assistito. Alì non sembrava contento. Decidendo che il richiamo della natura doveva essere ascoltato per primo, Lily si voltò senza dire una parola e se ne andò lungo il corridoio, sapendo di avere gli occhi dei due uomini su di lei. C'era una toilette alla turca e non c'era carta igienica. Quando sei a Roma, fai come i Romani... Dopo essersi lavata le mani e il viso, tornò al piccolo salotto e trovò gli uomini impegnati in un'accesa discussione. Si zittirono quando la videro.

«Se è un problema, io...».

«No, no». Karim si avvicinò a lei e mise le mani sulle spalle. «Non preoccuparti. È tutto in ordine. Parti stasera».

Provò un enorme sollievo. Non aveva molta voglia di passare la notte in casa di Alì e aveva temuto che fosse quello che le sarebbe toccato fare.

Karim si preparò ad andare e strinse il braccio di Alì. «Devo andare. Buona fortuna, Lily».

«Aspetta. Dammi i tuoi dati. Mi piacerebbe ripagarti per il volo e per il disturbo».

Lui scosse la testa. «Non c'è bisogno». Dopo un ultimo gesto di saluto con la mano, se ne andò.

Alì la guardò dall'alto in basso. Si tolse il fazzoletto dalla tasca e si asciugò la fronte. Poi prese un mazzo di chiavi da una ciotola di legno sul tavolo. «Andiamo».

Presero un taxi fino a un grande magazzino dove erano parcheggiati diversi camion. Alì andò in un ufficio dove prese delle carte, disse qualcosa a un uomo che Lily pensò fosse il responsabile del magazzino e la fece salire su un camion bianco.

Dopo aver guidato in silenzio per un po', lei gli chiese: «Dove stiamo andando?».

«A Marsiglia».

Il suo piano originale. Che ironia. «Perché?».

Alì si strinse nelle spalle. «È dove Karim mi ha detto di accompagnarti».

«Quanto tempo ci vuole per arrivare a Marsiglia?».

Alì la guardò di lato. «Venti ore. Prendiamo il traghetto, poi la strada».

«Grazie dell'aiuto».

Alì non rispose.

Il resto del percorso rimasero in silenzio. Fecero un paio di soste lungo la strada e cenarono a Barcellona verso le nove di sera. Lily prese in considerazione la possibilità di restare a Barcellona, ma non parlava spagnolo. Sarebbe stato più facile trovare un lavoro in Francia. Se non fosse stata così stressata, si sarebbe goduta il paesaggio, ma tutto quello a cui poteva pensare era solo raggiungere la Francia tutta intera.

Da Barcellona, l'uomo guidò dritto fino a Marsiglia senza ulteriori interruzioni. La città era vivace, quando arrivarono, anche se era l'una di notte. Passarono il porto e guidarono su una strada di ciottoli stretta fiancheggiata da edifici con appartamenti dalle persiane bianche e finestre sul tetto tipiche della Francia. Alì parcheggiò sulla strada.

«Siamo arrivati».

«Grazie. Apprezzo davvero molto il suo aiuto».

«Questa è la casa di mia cugina. Potresti stare qui questa notte».

«Me la caverò» disse sbrigativa Lily.

«Marsiglia è pericolosa» disse Alì. Tirò fuori il fazzoletto dalla tasca e si asciugò la fronte. «Soprattutto se non sai dove andare».

«Sopravviverò».

Andò verso la portiera, ma lui le afferrò il polso.

«Entra, almeno, e incontra Katia. Karim l'ha avvertita che stavamo arrivando. Dovrebbe già aver preparato un letto».

Lily guardò l'edificio. Tutto quello che voleva fare era andare via, ma Alì l'aveva aiutata e non voleva offenderlo rifiutando la sua ospitalità, anche se era l'uomo più scontroso e ambiguo che avesse mai incontrato.

Liberandole il braccio, gli disse: «Non voglio imporre».

Il suo sorriso sembrava forzato. «Ma sarebbe scortese non andare al piano di sopra e bere qualcosa. Conoscendo mia cugina, avrà già cucinato un pasto. Sali un attimo. Se non ti piace quello che vedi, sei libera di dormire per strada. A me che importa? Ma devo dire a Karim che ho onorato la mia promessa di portarti davanti alla porta di Katia. Lui non sarebbe contento che io ti lasciassi sola di notte. E chi lo sente poi!».

«Va bene» disse Lily, a malincuore.

Scesero dal camion e si diressero verso l'ingresso principale. Alì suonò un campanello e una voce femminile rispose, poi li fece entrare. Salirono due rampe di scale e si fermarono davanti a una porta rossa. Una donna di mezza età vestita in un due pezzi rosa con calze e tacchi neri aprì la porta. Considerando l'ora, il suo abbigliamento sorprese Lily. Chi poteva indossare un abito e delle calze a quell'ora di notte? Katia aveva dei capelli neri con una lucentezza opaca. Sembrava una tinta fatta male. I suoi occhi erano cerchiati con il kohl e le labbra dipinte di rosso.

Li invitò con un gesto gioviale e abbracciò Lily, ma non offrì ad Alì altro che un lieve cenno del capo. Il suo appartamento era un mix di lusso del vecchio mondo e decadimento. A giudicare dalle tende di velluto sbiadite, i tappeti persiani consumati e le sedie del salotto rinascimentale ormai sformate, una volta doveva aver avuto un sacco di soldi. Rimanere legata a quei declinanti segni di ricchezza era come aggrapparsi a un'illusione. Sembrava che la sua casa e tutto ciò che riguardava Katia fosse falso.

«Siediti, cara» disse a Lily, accompagnandola verso il divano. «Prendo qualcosa da bere. Ti piace il tè alla menta?».

«Sì. Grazie».

Nonostante la gentilezza di Katia, Lily non si sentiva la benvenuta. Non voleva rimanere. Sarebbe stata solo per una tazza di tè, per essere gentile, poi sarebbe andata per la sua strada.

Alì si voltò verso di lei mentre seguiva Katia in cucina. Lily posò la sua borsa sul posto di fianco al suo. Una molla del divano le si conficcò nel sedere e lei spostò il peso per trovare una posizione più comoda. Aveva male in tutto il corpo per il lungo viaggio in auto ed era stanca da morire. Le voci soffocate di Katia e Alì provenivano dalla cucina. Parlavano in francese. Le parole "chiudila dentro" catturarono la sua attenzione. La sua fatica evaporò all'istante, lasciando spazio all'allarme. Si alzò e andò in silenzio nel corridoio.

«E come farai?» chiese Alì, la sua voce la raggiunse dalla cucina. «Non puoi tenerla contro la sua volontà».

«Metterò un sonnifero nel suo tè. Quando si sveglierà, il broker sarà qui. Era molto interessato quando gli ho parlato di lei».

«Non siamo nel traffico di esseri umani. Non mi piace. Si può ritorcere contro di noi».

«Non succederà».

«Perché non chiedere solo un riscatto alla sua famiglia?».

«Nessuna famiglia può pagare quello che potremo ottenere mettendola sul mercato delle schiave del sesso».

«Non mi piace. E se qualcuno inizia a cercarla e la strada porta dritto a noi?».

«Nessuno la cercherà. Karim dice che il suo passaporto è falso».

«Ma le schiave del sesso devono essere addestrate. È un processo complicato che richiede molto tempo. Deve essere domata. Credimi, stiamo per metterci in qualcosa di troppo grande per noi da gestire. Se la vendiamo a qualcuno e si rivela una delusione, le nostre teste rotoleranno».

«Smettila di preoccuparti così tanto. Non c'è da stupirsi che tu sia un piccolo uomo fastidioso con le emorroidi. So di un acquirente che ama domarle personalmente. E gli piacciono giovani. Soprattutto quelle dalla pelle chiara con gli occhi azzurri. I suoi capelli sono un problema, però. Dovremo tingerli. Gli piacciono le bionde».

«Chi?».

«Il "Turco"».

«Il "Turco"? Sei fuori di testa, cazzo? Sai in che cosa ti stai cacciando?».

«Sì, in mezzo ai soldi». Lei ridacchiò. «Ecco fatto. È pronto. Prendi questo tè per lei. E assicurati che lo beva tutto. Aspetta. Fammi mescolare ancora un po'».

Lily aveva sentito abbastanza. Si precipitò nel salone e afferrò la borsa, poi andò di corsa verso la porta sulle gambe traballanti. Aprì e richiuse con calma, e corse al piano di sotto.

Fuggire fu quasi troppo facile. Continuava a guardare dietro di sé per vedere se Alì e Katia stavano inseguendola, ma nessuno uscì di corsa dall'edificio. Fortunatamente per lei, non aveva mai detto ad Alì e a Karim che parlava un francese perfetto. Il fatto che loro lo ignorassero l'aveva salvata.

A pochi isolati di distanza, si fermò per riflettere e dirsene quattro. Era stata troppo fiduciosa. Se Katia e Alì avessero deciso di legarla, o se le avessero puntato una pistola contro, lei sarebbe potuta finire come schiava sessuale di qualche turco. Un brivido le corse lungo la schiena.

Un gruppo di ragazzi rumorosi girò l'angolo. Lily chiese indicazioni per la stazione ferroviaria, poi si avviò. L'adrenalina ancora pompava attraverso il suo corpo. Solo alla stazione lo shock ebbe la meglio: vomitò in un cestino nel parcheggio buio finché non ci fu più nulla, se non la bile. Si sdraiò su una panchina, il suo corpo coperto di sudore freddo.

Quando si sentì più in forze, si mise a sedere e prese lo smartphone dalla tasca. Lo accese. Non c'erano messaggi, ma diverse chiamate perse, tutte da numeri diversi. Un pensiero folgorante la colpì: avrebbe potuto essere rintracciata attraverso il telefono? Senza pensarci un istante di più, Lily gettò il telefono a terra e lo pestò con il tacco. Questo scricchiolò sotto il peso del suo stivale. Mise i pezzi nella spazzatura, si sciacquò la bocca sotto una fontana ed entrò nell'edificio.

Lily stette in piedi sulla piattaforma, sentendosi perduta e sconfitta. Era arrivata fino a questo punto. Poteva farcela. In futuro, avrebbe dovuto fidarsi solo del proprio istinto. Basta Karim e Alì. Quando un treno arrivò, vi salì, senza preoccuparsi di non avere un biglietto, o del fatto che non sapeva dove stava andando.

Un controllore la svegliò un paio d'ore più tardi e la minacciò di consegnarla alla polizia, ma alla fine la gettò solo fuori dal treno ad Avignone. Da lì, chiese un passaggio a un contadino che condivise il suo panino con lei e la lasciò scendere otto ore più tardi a Saint-Malo, nel lontano nord. Si guardò intorno. Aveva bisogno di un posto per riposare. Era troppo stanca per continuare per quella sera. Domani avrebbe preso una strada, qualsiasi strada, e sarebbe andata dovunque questa l'avesse portata. Con il suo passaporto falso avrebbe trovato un lavoretto, meglio ancora se avesse potuto trovare qualcosa per cui essere pagata in nero, in modo da non lasciare alcuna traccia. Tutto quello che le serviva era una tranquilla cittadina isolata, poi avrebbe lavorato sodo per costruire quella casa con la staccionata bianca e il cucciolo che corre in giardino. Non le importava quello che aveva detto Jacob. Non era più la figlia di suo padre. Era Mary, una ragazza con una nuova vita.

Notata una piccola chiesa a poca distanza dalla strada, cominciò a camminare di nuovo nella direzione da cui era venuta. Ora era completamente buio, ma invece di spaventarla, questo la fece sentire al sicuro. Scomparire nel buio. Essere invisibile. Quella era un'oscurità in cui poteva perdersi per poche ore, in cui niente sembrava reale e la verità era solo un sogno.

Quando vide il cimitero, entrò dal cancello pedonale e seguì il percorso attraverso le lapidi. Con suo grande sollievo, la porta della chiesa era aperta, come lo erano molte di quelle di campagna. I suoi passi echeggiarono lungo la navata centrale. L'edificio era fresco all'interno – un sollievo dal calore estivo all'esterno – e aveva un odore strano, quasi come di gesso. Lily scelse una panchina nel mezzo della chiesa, da dove aveva una buona vista sia sulla porta principale sia su quella laterale, e si sdraiò con la testa sulla sua borsa.

Sebbene non ci fossero luci accese, la luna che brillava attraverso le vetrate colorate delle finestre illuminava l'interno. Fissò il soffitto a volta, ogni angolo era ornato con il volto e le ali di un angelo. Avrebbe desiderato restare lì per sempre, dormire ogni notte sotto i volti vigili degli angeli e i doccioni che custodivano il peltro. Poi un pensiero la colpì. Forse poteva.

Lily si svegliò in un sudore freddo. Era ancora lo stesso incubo, solo che questa volta Jacob le stava di fronte e le puntava la pistola contro, mentre l'uomo con l'alito fetido la teneva per i capelli. Fece un respiro mentre ancora tremava e combatté per non rivivere il sogno una volta risvegliatasi del tutto. Era già abbastanza brutto doverlo fare inconsciamente.

Il giorno cominciava a crescere. La schiena le faceva male e il suo corpo era rigido per aver dormito sulla panca dura. Il dolore tra le gambe le ricordava quello che aveva perduto. Pensò che Jacob si sarebbe svegliato nel letto nel camper, ma respinse l'immagine dalla sua mente. Si stirò e si alzò. In primo luogo andò alla ricerca di un bagno, che trovò nel seminterrato, dato che la porta era aperta. Poi tirò fuori il coltello e si inginocchiò davanti alle candele: nessuna era stata accesa. Considerando che era un paese tanto piccolo, forse nessun passante si fermava per accendere candele, e la gente del paese lo faceva solo quando assisteva alla messa della domenica. Cercò di ricordare che giorno era, e realizzò con un sussulto che non ne aveva idea.

Volgendo la sua attenzione a quello che stava facendo, spinse il coltello nella fessura del salvadanaio che conteneva le monete che i fedeli offrivano per le candele. Non fu difficile forzare la serratura. Queste scatole non sono state costruite per resistere a tentativi di furto. Il *timor di Dio* da solo era già un dispositivo anti-furto sufficiente in luoghi come questi. Recuperate le monete, volse lo sguardo verso la statua della Vergine Maria.

«Scusa» sussurrò.

Si mise le monete in tasca e ripulì l'interno e l'esterno della scatola con una T-shirt che prese dalla borsa: era una cosa che aveva visto fare in televisione, poi di nascosto tornò di nuovo in paese. Di fronte alla panetteria, scorse una bicicletta appoggiata a un lampione. Guardandosi intorno, prese la bicicletta e la spinse fuori dalla vista, poi vi salì rapidamente e si diresse verso la via principale. All'incrocio, Lily si fermò. C'erano quattro indicazioni per diversi paesi che non conosceva. Ne scelse uno e cominciò a pedalare.

A mezzogiorno si fermò all'ombra di un albero per mangiare una barretta energetica e riempire la bottiglia d'acqua da un rubinetto nelle vicinanze. In serata, arrivò in un piccolo villaggio con alcuni negozi intorno a una piazza centrale. Con le monete della chiesa, vide che aveva abbastanza soldi per comprare una porzione di torta salata al forno e la mangiò su una panchina che si affacciava alla fontana. Al calar della notte, trovò la chiesa di quel paese e fece la stessa cosa della sera prima.

La mattina seguente si lavò come meglio poté nel bagno della chiesa e si lavò i capelli con lo shampoo. Prima che il gallo cantasse una prima volta, aveva già derubato la chiesa e si preparava ad andare a farlo di nuovo nella successiva.

Le ci volle una settimana per attraversare una rete di strade di campagna che la portarono più a est, in un villaggio chiamato Huisnes-sur-Mer. Pedalando in paese, cercò per prima cosa la chiesa, dato che era quasi buio. Come in tutti gli altri paesini, anche questa aveva un cimitero che la circondava, ma era molto più grande. Spinse la sua bicicletta attraverso il cancello, le ruote e le scarpe scricchiolarono sulla ghiaia.

«Posso aiutarti?» una voce gridò.

Lily sobbalzò. Un uomo che indossava un abito nero e un colletto bianco lentamente si raddrizzò da dove era inginocchiato davanti a una tomba, con una pala e un innaffiatoio accanto.

«Mi dispiace. Non l'avevo vista».

Si spolverò la veste e la studiò. «Sei in visita a una tomba, o sei venuta per una confessione?».

Lily si riprese in fretta. «Nessuna delle due cose, temo. Sto cercando un lavoro».

«Ah». Le si avvicinò. Aveva occhi grigi intelligenti e sottili, e i capelli rossi. I suoi occhi brillavano. «E per caso vai a chiedere lavoro ai morti? O forse andavi a pregare, chiedendo a Dio di fartelo trovare».

Si guardò intorno e vide un cancello sul retro che dava accesso a una strada sterrata. «A dire il vero, stavo solo prendendo una scorciatoia».

«Ah» disse lui ancora una volta, seguendo la direzione dei suoi occhi. «Quella strada porta alla fattoria di Paul Moreau, e temo che non troverai né lavoro né rifugio».

Era stanca e il sedere le faceva male per essere stata in sella per tutto il giorno. «Non c'è una regola che dice che i sacerdoti devono dare un rifugio a qualcuno che bussa alla loro porta?».

Si mise le mani sui fianchi. «E dimmi, dove l'hai sentito?».

«*Il gobbo di Notre Dame*».

Alzò un sopracciglio. «Vuoi dire il vecchio film?».

«Il libro».

«Emh». Si grattò la testa. «Beh, funziona così solo nei libri e nei film, giovane ragazza».

Sospirò e alzò le spalle. «Valeva la pena di tentare». Girò la bicicletta.

«Dove andrai ora?».

«Al paese».

«C'è un hotel».

«Quanto costa a notte?».

«Sessanta euro, credo».

Fischiò. «Wow. In quel caso, proseguirò». Era stata una sfortuna che questa chiesa avesse un prete. Le altre sembravano deserte.

«Aspetta» le disse. «Che tipo di lavoro stai cercando?».

«Qualsiasi cosa».

«Potrei aver bisogno di un aiuto per fare le pulizie e occuparsi delle tombe». La guardò da sotto le sopracciglia rosse. «Ma è un lavoro piuttosto lugubre per una ragazza giovane e colta».

«Mi sembra che possa andare». Forse occuparsi dei morti era la sua penitenza per tutte le morti di cui era responsabile. «Lo accetto. Quanto mi paga?».

Si grattò il mento. «Un centinaio di euro a settimana. Ma include vitto e alloggio» aggiunse in fretta, «e le confessioni».

«Ci sto».

«Sei un membro della chiesa, bambina?».

«No. I miei genitori non ci sono mai andati».

«Beh, dovremo prima battezzarti, allora. Non mi è permesso di prendere un non credente». Si strinse nelle spalle come per scusarsi. «Questa è l'unica regola stabilita dai miei *sponsor*, temo». Alzò la mano al cielo. «Hanno pagato per il restauro».

«Non devo essere cattolica per essere battezzata?».

«A Dio non importerà». Tornò alla tomba e raccolse i suoi attrezzi. «Lascia che ti mostri l'alloggio». La condusse attraverso il cortile di una casa in pietra a due piani. «Questa è la parrocchia. E qui» aprì la porta di un piccolo appartamento che era costruito di fianco, «è il tuo alloggio».

«Grazie».

«Ti lascio a sistemarti. Vieni alle otto per la cena». Le tese la mano. «Sigilliamo l'accordo per il tuo nuovo lavoro con una stretta di mano. Io sono padre Brice».

«Mary Franklin».

«Congratulazioni, Mary. Sei il nostro nuovo custode del sagrato».

Lei annuì con gratitudine e osservò padre Brice entrare nella sua casa. Appoggiò la bicicletta contro il muro esterno, poi entrò in una piccola cucina con un tavolo di legno, due sedie e una stufa a gas. Pentole e padelle erano appese a ganci alle pareti e le stoviglie erano accatastate in una credenza che stava contro una parete. Passò un dito sul tavolo. Era coperto da uno spesso strato di polvere. Nessuno aveva vissuto qui da parecchio tempo.

La cucina si apriva su una piccola camera da letto e un bagno. Non c'era nient'altro nell'appartamento. Era perfetto. La camera aveva un letto singolo e un armadio. Il bagno era moderno con la doccia e il pavimento piastrellato. E sembrava rinnovato di recente, non come il resto del cottage in pietra che trasudava antichità. L'appartamento aveva bisogno di qualche ritocco. E lei non vedeva l'ora di occuparsene. Il lavoro fisico sarebbe stata una buona metafora per ricominciare da capo, con una lavagna pulita. Sarebbe stato anche utile per non pensare ai morti, e a Jacob.

CAPITOLO NOVE

Stupida, stupida! Jacob, infuriato, girava da una città all'altra come un pazzo. Non aveva mai permesso che le sue emozioni prendessero il sopravvento prima di ora mentre la cercava in ogni angolo. In una settimana era passato in tutte le città sulla strada principale a nord e a est, ma non c'era alcun segno di Lily. Rimase nella strada principale di Louis Trichardt, riflettendo sulle possibilità che aveva. Questa era la città più a nord prima di attraversare la frontiera e passare in Zimbabwe.

Dannazione. Lei non poteva competere con gli uomini che le stavano dietro. Davvero Jacob non riusciva a capire cosa fosse andato storto. Poco prima lei gli aveva dato il suo corpo e la sua fiducia, e l'attimo dopo, subito dopo quel commento sulla staccionata, era sparita. Se il suo capo avesse saputo che aveva perso la sua prigioniera, sarebbe stato fottuto. E senza nessuno che la proteggesse, non osava pensare a cosa sarebbe potuto accadere a Lily.

Aveva chiamato lo smartphone che lei aveva preso ad ogni cabina telefonica in cui si era imbattuto, ma il cellulare era sempre spento. Il suo hacker, che stava cercando di rintracciare il chip, non riusciva a dare una posizione. Tutto quello che poteva dire era che il telefonino era stato distrutto. Non aiutava il fatto che ogni città da qui a Musina aveva esaurito le schede telefoniche. Che diavolo c'era che non andava in questa regione? Aveva bisogno di mettere le mani su altri soldi, e su un cellulare. Per prima cosa, gli serviva un computer. Aveva solo un'ora prima che il collegamento di cui aveva bisogno per l'accesso non fosse più valido. Quello era il tempo massimo che il suo hacker poteva garantirgli. Dopo di che, il rischio di un virus virtuale che li avrebbe fatti scoprire sarebbe stato troppo grande.

Vide un negozio di souvenir. Era un piccolo negozio non affollato. Attraversò la strada ed entrò. La donna piegata sopra un computer dietro il bancone doveva avere circa trentacinque anni.

«Ehi» disse Jacob, esibendo il suo miglior sorriso.

Lei non alzò lo sguardo subito. Finì quello che stava leggendo sul portatile, poi si rivolse a lui con un'espressione annoiata che si trasformò non appena lo vide.

«Cosa posso fare per lei?».

«Ho bisogno di una scheda prepagata per un cellulare. Dove posso comprarne una?».

Lei scosse la testa. «Esaurite. Sciopero dei trasporti. Non ne troverà per miglia».

Questo è quello che tutti continuavano a dirgli. «Grazie. E sto cercando un souvenir per mia madre».

Lei si alzò in piedi e spinse i suoi seni verso di lui: esattamente la reazione che aveva sperato. «Cosa le piace?».

«Stavo pensando... questo». Sollevò una cornice con il nome della città da uno scaffale accanto a lui. «Con una foto di me. Che ne pensa?». Fece sembrare che nulla contasse più della sua opinione. «Penso che sia un'ottima idea» tubò la donna. «Sua madre ne sarà entusiasta».

I suoi occhi erano tutti su di lui e lui non lo sopportava. Gli unici occhi che poteva tollerare adesso erano quelli di Lily.

«Lo pensa davvero?».

Lei annuì con entusiasmo e prese la cornice dalle sue mani. «Lo impacchetto?».

«Sì, grazie». Si appoggiò con i gomiti sul bancone mentre lei avvolgeva la brutta cornice. Prese di mira il cellulare. «Posso chiederle un grosso favore?».

La donna alzò gli occhi velocemente, con molte aspettative nel suo sguardo. «Certo. Spari».

«Ho lasciato il mio cellulare giù al fiume dove stavo pescando. Potrebbe scattarmi una foto qui fuori» sottolineò guardando fuori, «lì, vicino alla fontana?».

«Cosa, con questo?». Prese il cellulare e lo sollevò in aria.

Lui sorrise nuovamente. «Gliela pago».

«Certo». Aprì la cassa. «Sono cinquanta rand».

Le porse una banconota e inclinò la testa indicando la porta. «Andiamo?».

Ondeggiò da dietro il bancone sui tacchi alti e uscì dal negozio davanti a lui. «Dove? Qui?». Si fermò in un luogo ombreggiato.

La luce non era buona per una foto, ma a lui non importava un bel niente, così si mise in posa, appoggiato alla fontana con le caviglie incrociate. «Scatti».

Lei insistette per scattare cinque foto prima di tornare al negozio.

«Vuole che gliele mandi per email?» chiese lei.

«Il fatto è che non avrò accesso a Internet per un po', e speravo di spedire il regalo a mia madre oggi. Sarebbe così gentile da stamparmele?».

«Sì, potrei, ma non credo che saranno di buona qualità. Non ho la carta per fotografie».

«È il pensiero che conta, giusto?».

«Giusto». Stava già collegando il telefono al computer portatile.

Jacob si appoggiò al banco, e mise una mano sulla sua. «Aspetti». Sembrava che lei stesse per svenire. «Non posso farle fare anche questo lavoro sporco, no?».

«Cosa?» sbatté le ciglia.

Lui tolse la mano e girò intorno al bancone. «Lei ha altro da fare. Me ne intendo di computer. Lasci fare a me».

«Oh, non è necessario» balbettò. «Non mi dispiace». Ma si spostò.

«Faccio io. Non sarebbe molto da gentiluomini». Aprì l'icona dell'applicazione software, fece un paio di manipolazioni rapide, e inviò la prima delle cinque foto alla stampante. «Ha delle forbici?».

«Faccio io» disse lei, troppo ansiosa, prendendo con una mano il foglio dalla stampante mentre aprì un cassetto con l'altra e tirò fuori un paio di forbici.

«È gentile. Riuscire a farla entrare in quella cornice sarebbe una sfida per me».

Lei fece un sorriso che le arrivava alle orecchie, mentre rimosse il supporto dalla cornice.

«Senta…» Jacob le sfiorò i capelli. Il suo petto si alzò e lei inspirò senza far rumore. «Le dispiace se controllo rapidamente le mie mail?».

«Faccia pure». Si spostò alla fine del bancone per lasciarlo fare. «Prenda la mia sedia».

«Grazie».

Fece come gli aveva detto. Mentre lei metteva la foto di carta nella cornice, registrò il sito che il suo hacker gli aveva dato.

«Oh, c'è una lunga mail da mia madre. Le dispiace se la stampo? Ci vorrebbe troppo tempo per leggerla».

«Faccia pure».

Stampò le pagine di cui aveva bisogno, si disconnesse dal sito e cancellò la cronologia del browser. Dopo di che cancellò le sue foto dal programma software e dal disco rigido, oltre che dal cellulare della donna. Non si sa mai che qualcuno fosse venuto da queste parti a fare domande. E non si sa mai fino a che punto l'immagine potrebbe viaggiare nel cyber spazio.

«Tutto fatto» disse la donna mostrando la cornice per ottenere la sua approvazione.

«Perfetto». Lui la afferrò per la vita e la baciò sulla guancia.

Lei arrossì tutta mentre gli porse il pacco.

«Dico a mia madre che lei la saluta». Ammiccò, e la lasciò lì a bocca aperta a guardarlo.

Fuori si mise a studiare il foglio che aveva stampato. Era un elenco dei numeri di targa dei veicoli che avevano viaggiato sulla strada vicino al campeggio dov'erano stati lui e Lily il giorno in cui lei aveva preso il volo, per gentile concessione di un satellite del governo che il suo di hacker aveva piratato. Era un salto nel buio, ma era tutto quello che aveva. Per la prima volta cominciò a pensare che Lily non si stava dirigendo a Parigi, ma da qualche altra parte.

Tornò a Hazyview, borseggiò un turista, perché era a corto di soldi. Comprò un cellulare, ma ancora non riusciva a trovare una carta prepagata. Pensò di stipulare un contratto, ma avrebbe lasciato una traccia troppo tangibile. Andò all'ufficio turistico dove avevano dei computer e una connessione Wi-Fi. Dopo aver pagato per un intervallo di tempo breve, si sedette dietro una delle scrivanie e studiò la stampa.

Una persona in media può coprire a piedi quattro miglia in un'ora. Iniziò cercando una mappa della zona e disegnò un raggio di quattro miglia intorno al campeggio. Poi ingrandì le strade entro tale raggio. Riempì un elenco dei nomi delle strade, che confrontò con la sua stampa. Nell'ora dopo la scomparsa di Lily, dodici automobili e cinque camion erano passati sulle strade che aveva elencato. Ebbe accesso a un software speciale tramite un segnale sicuro e digitò il numero di targa di ogni camion. Tranne uno, erano tutti diretti a sud. Successivamente, usò un virus che il suo hacker aveva lanciato per accedere alle registrazioni satellitari. Digitò la posizione specifica geografica, la data e l'ora nel campo di ricerca. Questo gli permise di individuare e ingrandire ulteriormente le foto di ciascuno dei cinque camion. Non si preoccupò di ingrandire le immagini dei singoli passeggeri. Li passò in rassegna rapidamente, finché giunse a uno con due passeggeri. I camionisti avevano spesso dei co-piloti, così non si fece comunque tante illusioni. Il suo dito cominciò a tremare solo quando vide i capelli lunghi, il piccolo volto, e una piccola mano che copriva una bocca che conosceva molto bene.

Jacob si guardò intorno e ampliò la foto, affinando i pixel fino a quando ottenne una chiara immagine. Era la sua Lily. Stava guardando dal finestrino, mordendosi le unghie, con un cipiglio sulla sua bella fronte.

Si disconnesse, ripulì la traccia informatica e chiuse l'applicazione. Sembrava che fosse diretta in Mozambico.

Rintracciò il camion in una stazione di servizio a Maputo. La cameriera, Mavis, non vide l'ora di dirgli che Lily se ne era andata con un pilota della Croce Rossa. A Mavis non era mai piaciuto molto l'algerino. Non fu difficile rintracciare il pilota. L'uomo negò di aver portato Lily ad Algeri, solo fino a quando si trovò il naso e le dita rotti. Dopo di che, disse a Jacob che Lily aveva fatto perdere le sue tracce a Marsiglia.

La prima cosa che fece fu ottenere che il suo hacker prendesse le immagini dei treni che avevano lasciato Marsiglia in tutte le destinazioni a partire dalla data in cui quel figlio di puttana algerino l'aveva consegnata al cugino. Ci volle molto tempo, ma alla fine l'immagine di Lily saltò fuori. Era scesa ad Avignone. Da lì, era più difficile trovarla. La buona notizia era che anche Sky Communications avrebbe avuto molte difficoltà a localizzarla. Ma Jacob aveva accesso a informazioni che nessun altro aveva: sapeva che Lily stava viaggiando come Mary Franklin.

Per due settimane non si presentò niente sotto quel falso nome. Lui sborsò una grande quantità di denaro per ottenere le informazioni e inviò una foto e la descrizione alla sua rete mondiale di informatori. Quando stava per dichiararsi sconfitto, ebbe un colpo di fortuna. Un'allerta di un motore di ricerca catturò il nome nel registro francese dei battesimi cattolici. Secondo la cronaca, Mary Franklin era stata battezzata a Notre Dame de Saint-Michel la settimana prima. Quindi cominciò a richiedere informazioni su qualsiasi cosa di nuovo o interessante in quella zona, e trovò un articolo di giornale sulle rapine delle chiese. Partendo per la Normandia, sperò che si trattasse della sua Lily. Doveva fare in modo di raggiungerla prima di chiunque altro.

CAPITOLO DIECI

Occuparsi delle tombe non era così male come Lily aveva immaginato. C'era qualcosa di terapeutico nello strappare via le erbacce, rastrellare e annaffiare i fiori. Il cimitero trasudava una serena bellezza. In questa parte del paese, c'era sempre una brezza che le nuvole portavano dal mare. Le zone di ombra giocavano costantemente sopra il cimitero come una giostrina sulla culla di un neonato. Avevano un piacevole effetto calmante. Le foglie nuove su un enorme ciliegio all'angolo erano di un verde brillante grazie ai raggi che penetravano sulla chiesa di pietra. Padre Brice chiamava quel ventaglio di raggi solari luce angelica.

I terreni di mais di Paul Moreau, che delimitavano i confini della chiesa, erano alti e verdi, le loro foglie ruvide frusciavano nel vento morbido. Lily poteva stare in quel campo sotto l'albero per ore, ascoltando il suono. A volte studiava i nomi sulle tombe e immaginava la vita che quelle persone avevano vissuto. L'estate era calda, ma mai troppo afosa. Lily amava riposarsi appoggiandosi al muro della chiesa quando era stato scaldato dal sole, sentendo il calore che le bruciava la pelle anche se l'aria che soffiava dal mare le faceva sentire freddo alle dita dei piedi. Quando era china sopra le tombe, poteva sentire il calore intrappolato nel granito salire dalla roccia per riscaldare il suo viso mentre sorrideva ai morti.

Oltre a lavorare in giardino, Lily si occupava anche della pulizia della chiesa. In principio era stato difficile. Non essendo abituata a lavorare, si stancava rapidamente. Inoltre, non le era d'aiuto il fatto che non sapeva come pulire un gabinetto. Ma padre Brice era un maestro paziente e, dopo un paio di settimane nella sua nuova routine, Lily era diventata più forte e più resistente.

Per quanto fosse gentile, padre Brice era un recluso per natura e adempiva solo ai doveri "sociali" strettamente necessari. Il loro stile di vita appartato le andava benissimo. Lei aveva capito da tempo di essere un caso di carità personale di padre Brice: non era stata assunta dalla chiesa, o dal comune. Il denaro che padre Brice le dava in cambio della sua attività proveniva dalle sue tasche. Lei accettò con gratitudine, senza che nessuno di loro ne parlasse. Significava anche che lui la pagava in contanti, cosa che permetteva di non lasciare tracce.

Era seduta contro il muro, con le gambe distese al sole dopo la giornata di lavoro, quando padre Brice passò con un cesto.

«Oh» si fermò accanto a lei, «ciao, Mary».

Lei ancora si sorprendeva ogni volta che la chiamava con quel nome.

«Stavo andando a raccogliere delle ciliegie» le disse. «Ti va di unirti a me?».

«No, grazie».

«Ok. Ma non aspettarti niente dalla mia torta di ciliegie».

Lei strizzò gli occhi su di lui. «Come il pollo e il grano?».

«Cosa, il pollo e il grano?».

«Sai, la storia del pollo che ha piantato un chicco di grano. Nessuno degli altri animali voleva aiutarlo e, alla fine, questo non ha condiviso con nessuno il pane che aveva fatto dalla farina».

Fece schioccare la lingua. «Mi diverti con le tue storie»

«E tu mi diverti con il tuo atteggiamento. Gesù non condivise il pane e i pesci?».

Lui rise di cuore. «Insegnò anche ai pescatori come pescare, invece di dare loro solo il pesce».

Lei si alzò in piedi. «Dammi quel cesto».

Camminarono insieme verso l'albero.

«Ho una comunione e un battesimo domenica. Mi piacerebbe che tu cuocessi un paio di torte, per il tè dopo».

Padre Brice eseguiva ogni cerimonia religiosa dai battesimi ai funerali nel distretto.

«Come mai sei l'unico sacerdote per miglia?».

«Costa troppo denaro per potersi permettere di averne uno per ogni cappella e ogni chiesa, di questi tempi».

«È per questo che tutte quelle più piccole sono senza preti?».

«Sì. Io ho la sede qui, presso la più grande, ma mi prendo cura dei bisogni religiosi della regione». I suoi occhi si posarono su di lei. «Allora dimmi, Mary, hai visitato tutte queste chiese minori?».

«Sì».

«Mmh. Sei una donna molto religiosa, o era forse per un interesse turistico?».

«Io non sono religiosa».

«Lo so». Sollevò un sopracciglio. «Sai, tutte queste chiese sono state derubate».

Lily non vacillò. «Oh, davvero?».

«Sembra che il ladro abbia risparmiato solo noi». Lui le regalò un sorriso luminoso. «Devi essere un portafortuna, inviata da Dio».

Questa volta Lily si fermò. Fissò di nuovo il vecchio, quando si fermò sotto l'albero. «Più una maledizione, che una fortuna».

Lui si girò, osservando i rami superiori. «Tutto dipende da come la si guarda. Quando io ti guardo, non vedo una maledizione, Mary». Abbassò la testa e le sorrise. «E io dovrei saperlo. Sono un uomo di Dio, dopo tutto, un esperto nel campo del bene e del male».

Lily si avvicinò a lui lentamente. Se questo era il suo modo di offrirle la sua assoluzione, lei l'avrebbe accettata a braccia aperte. Gli restituì il cesto e si arrampicò su un ramo.

«Grazie» disse a bassa voce.

Indicò da qualche parte sopra la sua testa. «Lassù sono mature».

Alzò lo sguardo verso l'alto ramo e sospirò. Ogni assoluzione veniva con una qualche forma di pagamento, pensò.

Lily entrò in cucina indossando un prendisole blu. Era uno di quelli che le aveva comprato Jacob a Ermelo, poco prima che lei scappasse via. Non appena avesse potuto permetterselo, avrebbe cambiato tutti i suoi vestiti. Non aveva bisogno di ricordi dolorosi.

Si mise le cuffie e accese il suo iPod, per il quale aveva speso un sacco di soldi. La musica la calmava tanto quanto il lavoro manuale. Scelse una canzone allegra e alzò il volume al massimo.

Aveva i capelli bagnati per la doccia e i piedi nudi. Era un piacere semplice ma grande quella sensazione di pulito. Non c'era niente che le piacesse quanto lavarsi i capelli e il corpo dopo una lunga giornata di lavoro, lasciando che l'acqua calda alleviasse il dolore dei suoi muscoli.

Lavorare era bello. Era contenta di aver avuto l'opportunità di farlo. Se fosse rimasta in casa di suo padre, non avrebbe mai avuto bisogno di lavorare, di guadagnare il proprio denaro. Non avrebbe imparato a sopravvivere, o a sentirsi forte.

La finestra era aperta e lasciava entrare il profumo del gelsomino e della lavanda con il vento leggero. Lily si sentiva contenta. Il dolore per Jacob era sempre lì, ma aveva fatto pace con il dolore, che sarebbe sempre stato parte di lei. Era felice per quanto poteva esserlo in quella sua nuova vita.

Aprì la porta del frigorifero e guardò cosa ci fosse. Mentre le sue abilità di giardinaggio erano aumentate nettamente, la cucina era ancora il suo punto debole. Lily decise di cuocere una braciola di maiale che era piuttosto semplice da friggere. Quando si girò per portare la carne al fornello, la porta d'ingresso venne sfondata con un botto violento.

Per un secondo si bloccò in stato di shock quando un uomo con un'uniforme da combattimento nera oscurò la luce. Rimase sullo stipite della porta, le braccia dritte scostate dai fianchi, le gambe divaricate, e la guardava attraverso le fessure dei suoi occhi.

Lily lasciò cadere la carne sul tavolo, si tolse le cuffie dalle orecchie e si appoggiò alla stufa. In quel momento si rese conto del suo errore fatale: non aveva nessun'arma con sé. La sua mano si mosse rapidamente di lato e frugò nel cassetto dei coltelli, mentre l'uomo, delle dimensioni di un tronco d'albero, mosse il suo primo passo nella casa. Aveva una pistola al suo fianco e un fucile sopra la spalla, ma non prese né l'una né l'altro mentre avanzava verso di lei. Lily trattenne un grido. Pregò che padre Brice non sentisse niente, che non venisse a cercarla, o sarebbe morto come lei. La sua mano tremava quando afferrò la maniglia del cassetto e, invece di aprirlo, lo tirò del tutto fuori dai cardini. Cadde a terra con uno schianto. L'uomo rise piano. Lily gli tolse gli occhi di dosso per un attimo per esaminare il contenuto del cassetto ai suoi piedi. Si chinò e afferrò il coltello delle verdure. Era più piccolo di quello da carne, ma più affilato. Prima che si potesse rialzare, sentì un dolore acuto sul capo.

L'uomo l'aveva afferrata per i capelli e la stava sollevando in alto. Lei raggiunse il suo braccio con una mano e con le unghie lo graffiò senza riuscire a ferirlo attraverso il tessuto, poi tentò di accoltellarlo con l'altra. L'unica cosa che riuscì a colpire fu l'aria. Il gigante la teneva a distanza, ridendo per tutto il tempo. I suoi sforzi erano inutili. Smise di lottare.

«Tutto qui?» le disse. «Rinunci già. Quanto sei piccola e debole. Debole, ma carina. Mi divertirò un po' con te».

Lily fece dei respiri profondi, veloci, cercando di pensare nonostante la paura. L'inganno era la sua arma migliore. Lasciargli credere che era come una bambina, debole e innocua.

Lui le afferrò il polso e la strinse fino a quando lei lasciò cadere il coltello. Gemette per il dolore, e saltò di lato per evitare la punta acuminata della lama diretta sul suo piede.

Il suo aggressore inclinò la testa e premette il naso contro la sua tempia. Le sue narici si aprivano mentre inspirava. «Vuoi giocare, ragazzina?».

Lei rabbrividì.

«Questo è quello che pensavo» le disse. «Non ti preoccupare, mi piace quando tenti di difenderti». Senza lasciarla andare, abbassò il fucile dalla spalla e lo appoggiò contro il bancone. La afferrò per le spalle e la spinse in avanti, facendole sbattere la pancia contro il tavolo. Il colpo le tolse il respiro e per un momento non riuscì a respirare. Lui la costrinse a chinarsi fino a quando il legno le sfiorò la guancia. Lily cercava di graffiarlo, spingendo le braccia dietro la schiena. Con una risatina le afferrò i polsi e li appoggiò sul tavolo. Lei gli diede un calcio negli stinchi con i piedi nudi, ma si sentiva solo il cuoio dei suoi stivali che erano allacciati sopra i pantaloni.

«Così, brava» sibilò contro il suo orecchio. «Combatti. Mi eccita».

«C-cosa vuoi?».

«Lo saprai tra un minuto».

Le lasciò andare i polsi, tenendola giù con una mano stretta intorno al collo. Lily rabbrividì al suono della sua fibbia. Oh Dio, stava per violentarla, o picchiarla, o entrambi, per poi ucciderla. I suoi occhi guizzarono intorno, alla ricerca di un'arma. L'unica cosa a portata di mano era il piatto con la braciola di maiale. Mentre l'uomo stava slacciandosi i pantaloni con una mano tenendole il collo con l'altra, le lasciò le braccia libere. Questa era la sua unica possibilità. Le sue uniche armi erano la sottovalutazione del suo aggressore e una braciola di maiale. Se non fosse una situazione di vita o di morte, sarebbe stato esilarante. Una risata isterica le sfuggì prima che potesse impedirselo.

Lui le prese una ciocca di capelli e le sbatté la testa sul tavolo. «Cosa c'è di così fottutamente divertente?».

La sua mano raggiunse la braciola, le sue dita tagliarono la carne fredda e umida attorno all'osso a forma di T.

«C'è questo!». Alzò il braccio e sferrò la punta acuminata dell'osso più forte che poteva sulla mano che la teneva prigioniera.

L'uomo gridò bestemmiando. Quando la sua presa si allentò un attimo, lei lo colpì di nuovo. Con l'altra mano, sbatté il piatto sul tavolo. Si ruppe in mille pezzi. Afferrò un frammento e cercò di raggiungere alla cieca il collo o il volto dietro la schiena, mettendo tutta la sua forza nel colpo. Questa volta, il suono che lui emise fu agghiacciante. La lasciò andare. Lily si voltò sotto di lui: ora lo aveva di fronte. Il sangue colava da una ferita al collo e dal dorso della mano. Lei puntò su di lui ancora una volta con il frammento del piatto, ma lui si chinò di lato e lo mancò.

Lily lottava come un animale. L'uomo le strappò la carne e il frammento rotto del piatto dalle mani, gettandoli a terra. Lei cercò di aggirarlo, ma lui la prese per le braccia, la sollevò e la gettò in aria. La schiena di Lily ricadde sul tavolo, l'aria uscì dai polmoni. Le sue gambe penzolavano dal bordo. Sollevò le ginocchia e calciò, puntando verso l'inguine, ma l'uomo schivò il suo assalto con facilità, facendo cadere il fucile dietro di lui sul pavimento.

Si toccò il collo e controllò il sangue con il palmo della mano, incredulità e rabbia crescenti nei suoi occhi dalle palpebre pesanti. «Mi hai ferito. Cazzo, mi hai tagliato!». La raggiunse, e le mise le mani intorno al collo. «Puttana». Cominciò a stringere, soffocandola. «Sai cosa ti faccio? Adesso ti chiavo, poi ti uccido, e poi mi scopo il tuo cadavere».

Aveva bisogno d'aria. Bruciava. Tentò di graffiarlo alle mani, alle braccia, sul volto, ma nessuno dei suoi tentativi ebbe effetto su di lui. Inclinò la testa all'indietro, lottando per trovare un po' d'aria. Il suo sguardo si fissò sul lampadario che pendeva sopra di loro. Ondeggiava dolcemente nella brezza, impassibile, mentre Lily combatteva per un po' d'aria. Il lampadario era di porcellana a forma svasata con una lampadina appesa a un filo elettrico. Lei alzò le braccia e riuscì ad afferrarne i bordi. Con le sue ultime forze, lo tirò giù. I fili erano vecchi, si spezzarono facilmente e il lampadario si staccò dal soffitto. La porcellana colpì il suo aggressore sulla nuca. La lampadina esplose. Frammenti di vetro gli tagliarono il cuoio capelluto.

La sua schiena si inarcò e il suo corpo sobbalzò mentre lanciò un grido di dolore. Alzò le mani alla testa. Lily riempì d'aria i polmoni, sentendosi soffocare per l'ondata di ossigeno che il suo corpo bramava.

«In nome di Dio...?» una voce gridò dalla porta.

No! L'aggressore si rialzò in tutta la sua altezza. Prese la pistola che teneva nella fondina sul fianco. Lily gridò per mettere in guardia padre Brice, ma nessun suono uscì dalla sua gola secca. Cercò di mettersi a sedere, ma lo stomaco le doleva, e il suo corpo privato d'aria tremava invece di collaborare. Si costrinse a rotolare dalla tavola, cadendo duramente sul pavimento. Poi, in ginocchio, cercò di raggiungere in fretta il fucile, singhiozzando, mentre guardava verso il prete.

«No!» gracchiò Lily.

Il soldato caricò la pistola.

Gli occhi di padre Brice si spalancarono.

L'uomo sogghignò.

Sparò un colpo.

Il prete cadde in ginocchio, le mani incrociate sul petto come un cadavere in una bara. *No, no, no, no, ti prego Dio, no.* Il suo corpo si piegò in avanti, a faccia in giù.

Le dita di Lily strinsero il fucile; si gettò a terra e si girò, era a metà sdraiata sulla schiena e puntava il fucile contro l'uomo che aveva sparato al solo amico che avesse al mondo. Era scossa e piena di odio e rabbia. Voleva che soffrisse, che morisse lentamente.

«Lily!» un'altra voce gridò.

Tutto dentro di lei si gelò.

Jacob.

Premette il grilletto. Due colpi echeggiarono nella stanza. Il corpo del soldato volò all'indietro contro il frigo, uno schizzo di sangue macchiò la porta bianca. Non poteva dire se fosse stata lei o Jacob a sparare il colpo mortale. Rimase a bocca aperta come un pesce fuor d'acqua, lottando ancora per aspirare aria. Si voltò, poi la testa cadde all'indietro in agonia.

Jacob si trovava accanto a padre Brice sul pavimento, con le braccia e le gambe divaricate. Lei gli corse vicino e si inginocchiò.

«Jacob...».

Lui gemette. Alzò le mani e le avvicinò al viso di Lily. «Sei ferita, piccola?».

«Io sto bene» rispose, mentre i singhiozzi scuotevano il suo corpo.

Jacob la attirò sul suo petto. «Shhh, buona, piccola. Ti ho trovata. Ti ho trovata».

Si staccò da lui per mettersi a sedere. C'era una macchia di sangue sul suo giubbotto, appena sotto la spalla. Lei strisciò nella stanza, alla ricerca di qualcosa e alla fine riuscì ad alzarsi in piedi e corse in bagno per prendere un asciugamano. Quando tornò, Jacob era seduto con le spalle appoggiate contro il muro. Fece una smorfia quando lei gli sfilò la giacca dalla spalla e premette l'asciugamano sulla ferita.

«Ahh ...» trasalì.

«Ce la fai a tenerlo?».

Lui prese l'asciugamano dalle sue mani e annuì. Lily si avvicinò a padre Brice.

Jacob scosse la testa. «Ho già controllato. È morto».

Costringendosi a non cedere al dolore – almeno per ora – Lily passò all'azione. Erano un po' fuori dal villaggio, quindi probabilmente nessuno aveva sentito gli spari, a meno che qualcuno non fosse passato per caso di là, ma non ci sarebbe voluto molto prima che venissero scoperti. Era venerdì. Le persone che lavoravano in città sarebbero tornate alle loro case di campagna per il fine settimana, passando dalla parrocchia a lasciare alcuni prodotti di base. Andò in camera da letto, afferrò uno zaino, cacciò dentro i suoi vestiti, i soldi che aveva messo da parte e il suo passaporto falso. Si mise le scarpe da ginnastica senza calzini. Quindi tornò in cucina e mise le armi del soldato e il revolver di Jacob nel suo zaino.

Si fermò quando vide il volto di Jacob. Era terribilmente pallido. «Dammi le chiavi».

«Nei miei... pantaloni» disse con un gemito.

Gliele sfilò dalla tasca. «Dai. Dobbiamo andare».

«Che brava ragazza».

«Sta' zitto. Risparmia le forze».

Lo aiutò ad alzarsi e si mise il braccio sopra la spalla. Era pesante, ed era difficile aiutarlo ad attraversare il cortile. Si fermò fuori e si guardò intorno. Non c'era nessun veicolo, solo una moto con una borsa da viaggio legata dietro.

«Dov'è la tua macchina?» chiese lei.

Indicò la moto.

«Oh, merda».

Se il soldato era venuto in auto, l'aveva parcheggiata a distanza di sicurezza, lontano dalla casa e, in ogni caso, aveva imparato da Jacob che molto probabilmente era già stata rintracciata. Si gettò lo zaino sulle spalle e fissò la cinghia sotto il braccio.

«Dovrai tenermelo tu» disse lei mentre aiutava Jacob a sedersi sul sedile posteriore. C'era solo un casco.

Quando cercò di metterlo a Jacob, lui scosse la testa. «Mettilo tu».

Legò il casco, salì sulla moto e cominciò a cercare l'accensione.

«Hai mai guidato una moto come questa?» Jacob chiese da dietro.

«No».

«È quello che temevo. È qui». Indicò la fessura per la chiave.

«Sarà un corso accelerato. Tieniti forte».

Lily partì con uno scatto, all'inizio temette che avrebbe ucciso entrambi prima di poter arrivare al sicuro da qualche parte, ma fu facile prenderci la mano con le marce. Al semaforo frenò troppo bruscamente, scaraventando quasi tutti e due dalla moto. Jacob gemette forte.

«Scusa».

Tornò il verde e lei partì di nuovo, troppo in fretta.

Non aveva alcun piano e nessuna idea di dove andare. Improvvisamente, ebbe una folgorazione.

«Dove stiamo andando?» Jacob gridò sopra il rumore del motore.

«Allo zoo».

CAPITOLO UNDICI

Davvero Lily era riuscita ad arrivare fino allo zoo? Jacob non poteva crederci. Fece una smorfia dietro a lei per il dolore che gli immobilizzava il braccio. Aveva dovuto tenersi stretto con una mano al sedile posteriore della moto mentre lei guidava come un Angelo dell'Inferno, frenando troppo bruscamente, spedendo il suo corpo contro la sua schiena sottile e rischiando di cadere più di una volta.

Il fatto era che lui stava davvero per svenire. Conosceva quella sensazione fin troppo bene. Non era la prima volta che si era beccato una pallottola. Ma non poteva crollare ora. Doveva proteggerla.

Lei saltò giù dalla moto e lo aiutò a rimettersi in piedi, prendendo la borsa di Jacob, che era legata dietro. Lui cercò di non appoggiarsi troppo su di lei. Le persone che stavano uscendo li guardarono con sguardi curiosi. Non era bene. Troppi testimoni.

Lui si fermò. «Dobbiamo andarcene».

«Zitto e cammina». Osò perfino dargli una piccola spinta.

«Che cosa stai facendo, Lily? Stai cercando di farci uccidere?».

«Sto cercando di impedire che tu muoia».

Un vigilante con un'uniforme dello zoo si avvicinò mentre cominciavano a salire le scale per l'ingresso.

«Mi dispiace ma stiamo chiudendo. Siete pregati di dirigervi all'uscita». Le sue parole rallentarono e il suo sguardo si fissò sulla macchia rossa sulla spalla di Jacob. «Cosa sta succedendo qui?».

«Presto» disse Lily. «Mi aiuti. Lo prenda. È pesante. E ci accompagni a un telefono».

Il vigilante impallidì, ma fece come gli era stato detto. Prese il posto di Lily nel sostenere Jacob e si voltò verso l'edificio con gli uffici. «Per di qua».

Jacob trascinava i piedi, grugnendo, troppo debole e troppo dolorante per discutere. Tutta la sua energia era concentrata nel cercare di non svenire.

La guardia passò una carta nel lettore davanti alle doppia porta a vetri della palazzina degli uffici. La donna che era seduta dietro al banco della reception alzò gli occhi quando entrarono. I suoi occhi si spalancarono.

«Serve un medico» disse Lily.

La donna balzò in piedi. «Non abbiamo un medico».

Un cipiglio apparve sulla fronte di Lily. «Un veterinario, la persona che si prende cura degli animali, chiunque».

La donna guardò la guardia, che sembrava sconcertata quanto lei.

«Pensavo che aveste bisogno di un telefono» disse la guardia.

La donna alzò un ricevitore. «Chiamo un'ambulanza».

Lily sospirò, quindi lasciò cadere le loro borse sul pavimento. Aprì la sua e prese il dannato revolver, puntandolo contro il guardiano.

Jacob alzò le mani. «Lily…».

Ma la sua richiesta cadde nel vuoto. «Mani in alto» disse, e i due dipendenti dello zoo sollevarono lentamente le mani.

Questo era male. Li stava cacciando in un pasticcio ancora più grande.

Lily puntò la pistola verso il corridoio. «Quante altre persone ci sono nell'edificio?».

«Tre». La donna sbatté le palpebre. «Quattro» aggiunse rapidamente.

«Chi sono?».

«Sandy, Ewan…».

«Non i loro nomi» tagliò corto Lily «il loro ruolo».

«Uh... il responsabile dei rettili, un guardiano dello zoo, il veterinario che fa tirocinio e una persona delle pulizie».

«Quindi ci deve essere una sorta di ambulatorio, o una stanza, dove si sparano o si dosano i medicinali agli animali» chiese Lily.

Sparare i medicinali? Cazzo, stava scherzando. Jacob avrebbe riso se non avesse sofferto come un cane.

«Sì» rispose la donna. «C'è una sala per le consultazioni».

«Allora andiamo».

Il guardiano andò per primo, seguito dalla donna. Trovarono i quattro membri del personale menzionati in una piccola sala riunioni attorno a un tavolo nel mezzo di una discussione.

«In piedi» disse Lily, agitando la pistola.

Le persone, traumatizzate, fecero come era stato ordinato loro.

«Chi è il veterinario?».

Un giovane uomo pallido con i capelli ribelli e ricci alzò la mano esitante. «Non sono ancora un veterinario. Sono solo al quinto anno».

«Vieni nell'ambulatorio».

Gli ostaggi si mossero in fretta tutti lungo il corridoio stretto, Lily e Jacob dietro. Si assicurò che il guardiano fosse davanti a lei.

«Non fate mosse azzardate» disse, spingendo la canna della pistola contro la schiena dell'uomo.

Che fegato! Quando è venuta tutta questa determinazione a Lily? L'ammirazione di Jacob crebbe di un paio di tacche.

Entrarono in una stanza con una barella in acciaio inox e due gabbie di grandi dimensioni: vi si poteva stare in piedi. Un ruggito forte squarciò l'aria attraverso la stanza. Jacob si fermò. C'era un leone in una delle gabbie.

Lily premette di nuovo la pistola contro la guardia. «Le chiavi».

«Cosa?» disse l'uomo, quasi soffocando.

«Apri la gabbia vuota».

«Ehi» disse uno degli altri dipendenti, «non puoi farlo».

«Non dirmi quello che posso o non posso fare». La voce di Lily era calma, ma decisa.

L'uomo chiuse subito la bocca.

La guardia stava armeggiando con un portachiavi, con le mani che gli tremavano. Fece cadere le chiavi due volte prima di riuscire ad aprire la gabbia.

«Tutti voi, dentro» disse Lily. Si voltò verso il giovane dai capelli ricci. «Tranne te».

Jacob rise, ma la risata si trasformò in un colpo di tosse doloroso. Lily li stava chiudendo nella gabbia dei leoni vuota. Prese le chiavi dalle mani del guardiano e quando furono tutti dietro le sbarre, tranne l'aspirante veterinario, chiuse la porta a chiave. Tutti tranne uno si spostarono all'indietro. Quell'uno invece afferrò le sbarre e sbirciò attraverso, ma non disse nulla.

«Mettilo sul tavolo operatorio» disse Lily.

Lo studente si grattò la testa. «Uhm, non è un tavolo operatorio».

Jacob balbettò di nuovo mentre un'altra risata minacciava la sua salute mentale. Cazzo, Lily era impagabile.

Lei strinse gli occhi, facendo assolutamente del suo meglio per sembrare cattiva e lui lo apprezzò molto. In realtà, gli sembrava così bella in quel momento, che Jacob non poté fare a meno di amarla.

«Come ti chiami?» chiese all'uomo.

«Christian».

«Ascolta, Christian, non c'è bisogno che entriamo in un dibattito sui termini medici. Quest'uomo ha bisogno di aiuto. Ora fai quello che devi».

Christian divenne ancora più pallido di prima. «Io... Non posso farlo. Non sono un medico. Non sono nemmeno un veterinario».

Gli mise la pistola sul naso. «È meglio che impari in fretta».

Christian si rivolse a Jacob, che si sosteneva con un braccio sulla barella. «Va bene... Ce la fa a stendersi qui?».

Lily si avvicinò a Jacob e, tenendo d'occhio Christian, lo aiutò a togliersi la camicia. Sudava come un pezzo di carne che grigliava sul fuoco. Il foro del proiettile bruciava come se si stesse arrostendo. Quindi lo aiutarono a stendersi sulla barella.

Christian si piegò su di lui. «La ferita ha bisogno di punti di sutura».

Certo che ne aveva bisogno. Jacob sospirò. Il proiettile aveva colpito sotto l'osso della spalla, sfiorando la carne vicino all'ascella.

«Dovrai controllare che non ci sia rimasto niente» disse Jacob a denti stretti.

Christian prese un camice bianco e si strofinò le mani. Lily accarezzò la fronte di Jacob mentre il futuro veterinario indossò dei guanti di gomma e preparò un'iniezione.

«Cos'è quello?» chiese Lily.

«Anestetico locale».

«No» Jacob grugnì. Non si fidava di nessuno. «Non ne ho bisogno».

Christian lo guardò a bocca aperta. «Stai scherzando, vero?».

«Faglielo» disse Lily a Christian. «Ne ha bisogno».

Jacob chiuse gli occhi. La donna stava prendendo le decisioni al suo posto ora. L'ago punse la pelle vicino alla ferita. La carne diventò insensibile in pochi secondi, durante i quali Christian prese del disinfettante, un ago, filo, pinze e tamponi.

Lily distolse lo sguardo mentre Christian ripuliva la ferita, controllando che non vi fossero frammenti di metallo rimasti dal proiettile o capillari rotti, ma insistitette perché lui la aggiornasse secondo per secondo, continuando a fare domande a Christian del tipo: «Che cosa stai facendo adesso?» e «Perché stai facendo questo?».

«Non ha perso troppo sangue, penso» disse Christian.

Alla fine, quando Jacob fu cucito e medicato, Christian sembrava molto più soddisfatto di se stesso rispetto a come si era sentito all'inizio dell'intervento improvvisato.

«Sarai un buon veterinario» gli disse Jacob con un sorriso.

Il colore era tornato sulle guance di Christian. «Avrai bisogno di antibiotici».

«Dagliene un po'» disse Lily.

Christian aprì un armadietto e prese una bottiglia che consegnò a Lily. «Una di queste, tre volte al giorno».

Lei sorrise. «Grazie, dottore. C'è una chiave di riserva per la gabbia?». Indicò al punto in cui erano imprigionati i dipendenti silenziosi.

«Hai tu la sola» rispose Christian.

«Bene». Lily si avvicinò alla gabbia. «Voglio i vostri portafogli e i cellulari.» Si voltò verso la guardia. «Tu, dammi la scheda per la porta davanti».

Presto le furono passati attraverso le sbarre portafogli e telefoni, così come la carta di accesso. Lasciò cadere i portafogli sul bancone. «Tira fuori i soldi» ordinò a Christian.

Jacob la osservava dal punto in cui era ancora steso. Era una piccola sfacciata carina e coraggiosa.

Le proteste riempirono la stanza quando Lily gettò i telefoni a terra e li schiacciò sotto il suo tallone. Prese le banconote che Christian aveva raccolto e se le mise nel reggiseno.

«Prendi un coltello» disse a Christian.

Lui la guardò di nuovo allarmato. «Perché?».

«Devo tagliare tutti i fili del telefono».

Lily si mosse per la stanza, controllando i telefoni mentre Christian tagliava. Scomparvero per un po' e, più passava il tempo, più Jacob si sentiva agitato, fino a quando finalmente apparvero di nuovo.

«Jacob, dovrai sederti su quella sedia. Dobbiamo sbarazzarci del tuo sangue».

Lo aveva chiamato. Notò appena che Christian lo aveva spostato in una sedia in un angolo. Lily fece disinfettare a Christian tutta l'area prima di prendere un accendino dall'uomo delle pulizie che fumava, quindi bruciò nella bacinella di metallo i vestiti di Jacob, nonché gli abiti di Christian e le attrezzature che aveva usato.

«Non voglio lasciare tracce di DNA in giro» disse a Jacob girandosi verso di lui.

Merda, ha guardato troppi film. Non le disse che le loro impronte digitali erano dovunque, né che probabilmente c'erano telecamere di sicurezza in ogni angolo che avevano già inviato la registrazione a un server centrale. Era troppo perché Lily riuscisse a ripulire tutto. Non c'era motivo di stressarla ancora di più.

«Chi blocca i cancelli di notte?» chiese Lily.

«Io» rispose il guardiano.

«Allora sono ancora aperti?».

I suoi occhi andarono al portachiavi che lei teneva in mano. «Hai tu le chiavi».

Lily si avvicinò alla gabbia del leone. La belva camminava su e giù nello spazio ristretto. Aveva una zampa fasciata. Si fermò e mostrò i canini quando Lily si avvicinò. Lei alzò il braccio e buttò le chiavi in fondo alla gabbia.

Christian la fissò in stato di shock. «Che diavolo...?».

«Quando riuscirai a prendere le chiavi» accennò ai suoi prigionieri sbalorditi, «saranno liberi di uscire».

«Cazzo!» urlò Christian. «Dovrò sedarlo».

Lily si voltò verso il leone. «Mi dispiace, ma Jacob ti è molto grato».

«Aiutalo fino alla porta» disse a Christian.

Il dolore era calato ora, grazie all'anestetico, ma Jacob deglutì bile, cercando di non vomitare. In pochi minuti erano non sulla moto, ma su un furgone dello zoo, le borse di Jacob e di Lily gettate sul sedile posteriore. Jacob lottò per non svenire. Non voleva cedere. Lily aveva bisogno di lui. Era molto tesa e si sporgeva molto sul volante mentre guidava.

«Sai guidare?» le chiese con un sorriso beffardo.

Lei lo guardò, ma rivolse la sua attenzione di nuovo alla strada rapidamente. «Non ho la patente. Non ho mai trovato il tempo. Ma papà mi ha fatto prendere lezioni di guida quando ho compiuto diciotto anni».

«Quindi» gemette mentre si spostò sul sedile, «questa è la prima volta che stai sulla strada senza istruttore».

Lei gli diede un'occhiata veloce. «L'istruttore ce l'ho».

Non per molto tempo. Si sentiva svenire sempre di più. «Appoggiati al sedile. Ti farai venire un crampo in quel modo» le suggerì.

Lei scosse la testa. «Non riesco a vedere oltre il volante, e i miei piedi non raggiungono la frizione o i freni».

La sua testa arrivava appena sopra il cruscotto. Quella stessa sensazione di protezione che aveva sempre sentito per lei lo consumava di nuovo, ma questa volta era ancora più forte.

«Sposta il sedile in avanti» le disse.

Lei aggrottò la fronte. «Quel dannato coso è bloccato».

«Dove stiamo andando?».

Per un po', lei si morse il labbro in silenzio. Alla fine disse: «Non lo so» con tensione nella sua voce.

Accidenti, questo era troppo sulle sue spalle. Lui non poteva lasciarle decidere tutto da sola.

«Saranno alla ricerca del furgone. È facile da individuare». C'era un cazzo di grossa scimmia dipinta sul lato.

«Lo so» disse lei, sciogliendo le spalle rigide.

Jacob le toccò e le massaggiò il collo, era rigido come un bastone, ma gli tornò un forte dolore al braccio e dovette abbassare la mano.

Stava cercando di pensare, lottando per non cedere al buio, e il suo ultimo pensiero fu che stava perdendo la battaglia.

Quando si svegliò, era sdraiato sul sedile del passeggero del furgone, con lo schienale abbassato fino in fondo. Una coperta lo avvolgeva. Lily era piegata sul volante, le labbra imbronciate rivolte verso di lui, mentre la plastica le marcava la guancia. Nella mano che giaceva accanto a lei sul sedile stringeva la pistola. Aveva gli occhi chiusi. Era buio fuori. Jacob cercò di mettersi a sedere per vedere attraverso il finestrino e trasalì per il dolore. Nel momento in cui si mosse, Lily si alzò di scatto e rimase a bocca aperta. Si guardò intorno freneticamente.

«Va tutto bene» le disse.

«Sei sveglio».

Sembrava così sollevata, lui si sentiva in colpa per essere svenuto. I capelli di Lily erano in disordine e, alla luce della luna, lui vide le lacrime che brillavano nei suoi occhi, ma che non versò.

Non desiderava altro che prenderla tra le braccia e calmarla, ma erano ancora nel dannato furgone dello zoo. Era solo una questione di tempo, minuti forse, prima che la polizia e i mercenari li rintracciassero. Doveva capire quanto tempo avevano.

«Quanto tempo sono rimasto svenuto?».

«Un paio d'ore».

Cazzo, troppo.

«Andiamo». Lily toccò la maniglia della porta.

«Dove stai andando?».

«Là dentro».

"Dentro dove?" avrebbe voluto chiedere, ma Lily era già fuori dal furgone e stava venendo dalla sua parte.

Aprì la portiera e sbirciò dentro. «Tieniti a me».

Ci volle un bello sforzo per lei per aiutarlo a uscire dal furgone. Lui guardò con attenzione l'ambiente circostante. Erano in mezzo ai boschi.

«Dove siamo?».

«Vicino a Parigi».

Parigi era a miglia di distanza. «Hai guidato per due ore?».

«Quasi. Ho cercato di arrivare il più lontano possibile».

Lo condusse lungo un sentiero e quando lui alzò gli occhi vide una capanna di legno. «Che cos'è questa?».

«Uno chalet di caccia».

Lo aiutò a salire i gradini verso la porta, ma lui la trattenne. «Dobbiamo controllarla, prima».

«Già fatto, mentre eri svenuto».

Lily continuava a sorprenderlo. Entrarono e lei accese una lanterna prima di aiutarlo a mettersi sul divano.

«Non c'è elettricità» disse, «e non c'è campo».

Male. Erano tagliati fuori dal mondo, senza possibilità di monitorare quello che stava accadendo al di fuori, e chi stava venendo a cercarli.

Le loro borse erano sul tappeto ai piedi del divano. Una scorta di legna era già stata preparata nel camino. Lily giocherellava con una scatola di fiammiferi che aveva preso dalla mensola del caminetto. Era una serata calda. Non avevano bisogno del fuoco.

«Cosa fai?» le chiese.

Lo guardò girandosi verso di lui. «Tu hai freddo».

Si toccò la fronte con la mano sudata. La sua pelle era fredda al tatto.

Lily si avvicinò al divano e prese qualcosa dalla borsa. Quando si girò verso di lui, teneva il fucile dell'assassino. Lo appoggiò contro il divano su cui era seduto.

«Vado a cercare un po' di provviste».

Voleva fare che cosa? Cercò di mettersi a sedere. «Tu non vai da nessuna parte». Suonò più rude di qullo che intendeva. «È pericoloso».

«Tornerò prima che tu te ne accorga».

Ci volle tutta la forza che aveva dentro per alzarsi in piedi e afferrarle il braccio mentre camminava davanti a lui. Si fermò e gli prese il viso tra le mani, guardandolo con dolcezza. Quel gesto di tenerezza lo colse di sorpresa.

«Per favore» gli disse, «i tuoi punti si strapperanno. Non muoverti in modo così aggressivo. Risparmia le tue forze».

Aggressivo? La lasciò andare lei e abbassò la mano. Non aveva alcuna intenzione di trattarla in modo aggressivo.

«Lily...».

Lei si mise in punta di piedi e lo baciò. «Non farai neanche in tempo a sentire la mia mancanza».

Questo lo sorprese. Dopo il modo in cui se ne era andata, si aspettava rabbia, non baci. Ricadde sul divano, non aveva la forza di discutere. Le fiamme cominciarono a lambire la legna nel camino, ma lui aveva ancora più freddo di prima, quando la minuscola silhouette di Lily scomparve attraverso la porta.

Era solo un'ora più tardi, ma sembrava un secolo quando la porta finalmente si aprì. Jacob sospirò di sollievo.

«Oddio, Lily, stavo morendo dalla preoccupazione».

«Mi dispiace» mormorò. «Sono dovuta andare a una stazione di servizio aperta 24 ore al giorno». Lasciò cadere un sacchetto sul bancone di legno e cominciò a tirare fuori tutto.

La osservò muoversi, come un uomo affamato. Non riusciva a credere di averla quasi persa. Pensò a come avrebbe squartato l'uomo che aveva tentanto di violentarla, se Lily non gli avesse sparato. La nuova Lily era ancora un mistero per lui. Era stata forte quando erano stati attaccati a Durban, ma ora era molto più di questo. Era una combattente.

Aprì una scatola di cartone e versò il contenuto in una pentola. Quando gli passò accanto per andare a prendere i fiammiferi, la voglia di tirarla giù sul divano con lui era forte, ma sapeva che Lily faceva quello che doveva fare. Accese il fornello e poco dopo il profumo di un brodo di pollo riempì l'aria. Versò due tazze e gliene portò una. Per un po', rimasero davanti al fuoco seduti in silenzio l'uno vicino all'altra.

Lily guardò la tazza. «Vuoi che ti aiuti? Ti imbocco».

Sorrise a questo. Per poco non accettò, solo per vederla portargli il cucchiaio alla bocca, per sapere che le importava abbastanza di lui per farlo, ma non aveva fame.

Scosse la testa. «Ho ancora la nausea».

«Devi metterti in forze. Mangia».

A quel punto lei si alzò e controllò la serratura della porta prima di tornare al suo posto. «Ho controllato le finestre. Sono sigillate».

«Il furgone...».

«Non preoccuparti. Nessuno mi ha visto tornare qui. La strada era deserta. Ho parcheggiato più lontano, più in fondo nel bosco».

Le tracce potrebbero ancora essere rintracciate, ma Jacob non glielo disse. Stava facendo del suo meglio. Per il momento, non c'era altro che potesse fare, in ogni caso.

Le sfiorò una ciocca di capelli dietro l'orecchio. «Come hai trovato questo posto?».

«Un piano di riserva». Quando lui aggrottò la fronte, continuò. «Avevo controllato dei posti non troppo lontani dalla chiesa, nel caso in cui avessi dovuto fuggire e nascondermi per un po', e avevo visto un annuncio sul giornale per l'affitto di questo chalet di caccia».

«L'hai affittato mentre ero svenuto?».

«Nessuno ti ha visto. Ho parcheggiato in un vicolo buio e sono andata a casa della proprietaria in paese per pagare un deposito e prendere la chiave. Ti ho chiuso nel furgone. E ho dovuto dirle che siamo in luna di miele, perché in un primo momento ha detto che era tardi e che dovevo tornare domani mattina».

«Luna di miele, eh?».

Lei teneva lo sguardo fisso sulle sue mani.

«Bene, sono contento che tu sia una donna così intraprendente».

Lei lo guardò, il viso preoccupato. «Come hai fatto a trovarmi?».

Ah. Ecco quello di cui non avrebbe voluto parlare. Non era certo se fosse preoccupata perché non aveva voluto che la trovasse o perché aveva pensato di non essere rintracciabile.

«Ho chiesto in giro» disse.

La sua espressione era incredula. «Tutto qui? Hai chiesto in giro?».

«Il nome Mary Franklin è uscito fuori nei registri dei battesimi cattolici francesi».

Si coprì il volto con le mani. «Pensavo di essere così intelligente, e ho lasciato che lo uccidesse». Un singhiozzo rotto uscì dalla sua gola.

Jacob la attirò contro la sua spalla buona, accarezzandole la testa con la mano. «Sei stata brava. Fin troppo intelligente. E non è stata colpa tua».

«Come puoi anche solo dirlo? Se non fossi andata là, lui sarebbe ancora vivo». Un altro singhiozzo la scosse, poi un altro ancora, fino a quando le lacrime non smettevano più di scorrere. «Ho ucciso un uomo, Jacob. L'ho ucciso, e il peggio è che non mi dispiace». Jacob le accarezzò i capelli mentre piangeva, dandole l'unico conforto che poteva mentre lei era in lutto per l'amico che aveva perso. Quando i suoi singhiozzi si calmarono, la sua camicia era bagnata. La spinse via gentilmente e le passò il pollice sopra le guance bagnate.

«Mi dispiace» le disse. «Mi dispiace per quello che è successo».

Stava ancora piangendo, ma in silenzio ora. «Ti sei preso un proiettile per me. Avresti potuto rimanere ucciso anche tu. Non capisci il motivo per cui me ne sono andata?». Si coprì di nuovo la faccia. «Perché sei tornato?». La sua voce era pura agonia. «Perché, Jacob? Perché hai deciso di tornare?».

Per un attimo poté solo guardarla senza parlare. Se ne era andata per proteggere *lui*? Era per questo che l'aveva lasciato? Appoggiò la testa all'indietro e chiuse gli occhi, mordendosi il pugno. Era scappata e aveva rischiato la vita perché pensava che lui sarebbe stato al sicuro? Inspirò profondamente e lentamente. Quando riaprì gli occhi, lei lo stava studiando.

«Perché sei tornato?» sussurrò, e lui gemette dentro di sé, perché c'era speranza negli occhi di Lily.

Cosa doveva dirle adesso? Non era il tipo d'uomo che lei meritava. Cercò la verità nella sua anima. Dio sapeva, lei di certo aveva bisogno di un uomo migliore, ma lui non poteva lasciarla andare. Alla fine, lei lo avrebbe odiato. Ma era sua ormai, in amore o odio. Finalmente, dopo un lungo momento, le disse: «Per tenerti in vita fino a quando arriverai a Parigi. E perché tu sei mia».

Il suo viso si illuminò all'ultima frase, e fu come un coltello piantato nel suo cuore. Lei non aveva idea di quanto lui dicesse letteralmente sul serio. Lui aveva *pagato* per la sua vita. Nel suo mondo, lui la *possedeva*.

Lei posò di nuovo la testa sul suo petto. «Sono innamorata di te, Jacob. È per questo che me ne sono andata. Perché non riuscivo a sopportare che potesse succederti qualcosa per colpa mia. E perché mi hai detto che non devo amarti».

Lui chiuse gli occhi e sentì che il dolore si diffondeva dal suo cuore al resto del corpo, gli stringeva la gola, era difficile da digerire. Lei era innamorata di lui. Cazzo. Le stava troppo a cuore per non prepararla a quello che doveva venire.

Le disse con voce dura: «Lily». Lei sollevò la testa, la preoccupazione lampeggiava in quegli occhi azzurri inebrianti. «Ci sarà un giorno in cui tu non mi amerai più. E anche se i tuoi sentimenti si rivolgeranno a disprezzo e disgusto, non potrò mai lasciarti andare. Ricordati come ti senti ora, cerca di trattenere questa sensazione, quel giorno».

Avrebbe dato tutto quello che possedeva per non vedere lo sguardo che vide sul suo viso. La sua bella bocca all'ingiù, le labbra tremanti. «Perché dici questo? Non vuoi che io ti ami?».

«Non merito il tuo amore, tesoro».

«Ma tu hai detto…».

«Ho detto che mi appartieni».

Lei scosse la testa, già nella negazione della verità. «Non capisco. Qual è la differenza?».

La differenza era che lui non l'avrebbe lasciata andare, che lei lo amasse o lo odiasse. Se ne era reso conto in quelle lunghe settimane in cui l'aveva cercata. Lei era sua, dalla cima di quella testa intelligente fino alla punta delle dita dei suoi piedi delicati. Il suo sguardo la percorreva.

Era passato troppo tempo. Aveva aspettato questo momento per settimane, senza sapere se sarebbe stato troppo tardi. E aveva rischiato che fosse dannatamente tardi.

Le prese il viso fra le mani e la baciò forte. Lei non se lo aspettava e non lo trattenne, i suoi denti morsero dolcemente il labbro e Lily ricambiò il suo bacio. Lui le aprì le labbra con le sue, cercando di entrare con la lingua, poi le scopò la bocca come se scopasse la sua dolce fica stretta. Succhiò il respiro da lei come se lui avesse bisogno dell'aria che lei respirava per sopravvivere, fino a quando lei si lasciò andare completamente nelle sue mani. Allora fu lui a dirigerla, mentre lei gli si diede tutta, sottomettendosi come lui aveva bisogno che lei facesse, e solo allora si staccò dalla sua bocca.

Lei ansimava, i suoi bei seni si muovevano su e giù. Lui non riusciva a distogliere lo sguardo da loro.

«Spogliati» le disse. Cazzo, le sue parole suonavano più come un ringhio. Ammorbidì la sua voce. «Spogliati per me, Lily»

«Jacob, sei ferito. I punti...».

Le sue mani erano già sulla fibbia. «Allora dovrai cavalcarmi tu».

Lei arrossì a quel pensiero, una bella tonalità di rosso colorò le sue pallide guance ancora bagnate dalle lacrime. Lui voleva spazzare via le lacrime dal suo cuore, farle dimenticare quelle cose orribili che le erano capitate, farle dimenticare le ultime ore della sua esistenza. Guardò i suoi occhi che si spalancavano mentre lui tirò fuori il suo cazzo. Era così duro, le sue palle così tese e contratte gli dolevano.

«Vuoi che ti aiuti?» le chiese, assicurandosi dell'intenzione che voleva mettere nella sua voce.

Lei si sentì tornare in vita, mentre afferrava l'orlo del vestito e se lo sfilava da sopra la testa. Il tempo di togliersi le scarpe, lui aveva già messo un preservativo. Si fermò davanti a lui in biancheria intima rosa, quella che lui le aveva comprato, quella che aveva indossato dopo aver preso la verginità. I suoi seni erano sodi e rotondi, i fianchi piccoli.

«Ti depili ancora la tua fica?» chiese.

Lei strinse le mani insieme. Era ancora timida con lui. «Sì».

«Fammi vedere».

Lei si sfilò la biancheria intima, spostandola coi piedi. I suoi occhi percorsero il suo corpo nudo. Era dannatamente bella.

«Vieni qui» le disse. Lei non esitò a passare tra le sue gambe. Faceva troppo male sollevarla, così le disse: «Sul divano».

Lei si mise sopra di lui a cavalcioni e si sedette a baciarlo, ma lui afferrò i suoi glutei e spinse la sua fica nuda fino a dove lui voleva – sulla sua bocca. Dopo la prima volta, aveva giurato a se stesso che, se mai avesse avuto la possibilità di nuovo, sarebbe stato gentile, e lento, ma non aveva fatto i conti con la profondità del suo bisogno di possederla, del desiderio per la sua coraggiosa piccola criminale. La desiderava da morire. Voleva divorare ogni centimetro di lei. Si chinò in avanti e annusò il profumo così femminile del suo sesso, la chimica della sua pelle così unica che faceva sì che Lily odorasse di mela caramellata e gelsomino morbido e di puro desiderio tutto mescolato insieme.

Aprì la bocca e la morse dolcemente. Lei gridò, spingendo i fianchi in avanti, esortandolo a prenderla più forte. Lui tirò fuori la lingua per assaggiarla. Grondava miele per lui e lui ne era avido. La leccò, la leccò dall'alto verso il basso e di nuovo verso l'alto. Lily gemeva e i sussulti morbidi del suo corpo lo facevano impazzire mentre lui la scopava con la lingua. Infilava la sua lingua dentro di lei con colpetti diretti e profondi, e sentì le sue proteste quando la tirò fuori per succhiarle il clitoride. Dovette afferrarle i fianchi per tenerla ferma, perché si tirava indietro per l'intensità delle sue carezze, e questo era per lui un'indicazione per farlo ancora più forte.

Ci vollero pochi secondi perché gli venisse in bocca. Non la lasciò quando l'orgasmo rilasciò i suoi muscoli. Le sue labbra succhiarono fino all'ultimo brivido che corse sul suo corpo. La sua testa ricadde all'indietro mentre chiamava il nome di Jacob, il suo corpo rilassato, ma lui non aveva ancora finito con lei, tutt'altro. Tenendole una mano su un fianco, usò l'altra per darsi da fare con il suo sesso gonfio. Lei cercò di allontanarsi e Jacob provava un dolore enorme a tenerla ferma mentre il suo dito scivolava dentro di lei. La spalla gli pompava ondate di dolore.

La schiena di Lily si inarcò quando lui cominciò a muoversi. Chiuse gli occhi e si morse il labbro. L'espressione di tensione crebbe di nuovo sul suo viso mentre la accarezzava dolcemente, accendendo il suo desiderio. Le sue labbra si schiusero, si teneva i seni con le mani pallide. Le sue unghie avevano uno smalto blu scuro, un profondo contrasto con il candore della sua pelle.

Quella vista così eccitante gli fece venire voglia di seppellire il suo membro tutto dentro di lei. «Cazzo, Lily, piccola».

Spinse di più e lei gemette più forte.

«Di più» lo implorò, prendendo il respiro. «Più forte».

Stava per godere prima ancora che lui le entrasse dentro. Nulla lo eccitava quanto Lily mentre lo supplicava, dicendogli senza mezzi termini quello che voleva che lui le facesse.

Le mise allora due dita dentro e si mosse più velocemente. Era bagnata e scivolosa, la sua fica calda avvolgeva le sue dita mentre lui pompava dentro e fuori.

«Ah... Ah!».

«Non ancora» le disse con voce animalesca. «Voglio che tu goda con il mio cazzo dentro di te, mi senti?».

Tirò fuori le dita e la spinse verso il basso fino a quando il suo uccello cominciò a spingere per entrare.

«Portami al tuo ritmo, Lily. Non voglio farti male, piccola».

Lei si mosse più in basso e prese dentro la cappella, ansimò. Lui fece di tutto per non godere subito. Pareva che lei piangesse piano e lui capì che sentiva anche dolore oltre al piacere, perché il suo viso era arricciato e gli occhi spalancati andavano in tutte le direzioni.

«Così, brava. Guardami».

Lily si sporse in avanti, puntando le braccia sullo schienale del divano invece che sulla sua spalla, e spinse ancora un po'. Il respiro di Jacob era pesante, cercava di fare piano e non sbatterla forte quanto avrebbe voluto. Le mise le mani sui seni. Erano caldi e sodi sotto le sue dita. Lily si muoveva dolorosamente piano, facendolo entrare dentro di lei, scivolando fuori di qualche centimetro, prendendolo ogni volta un po' di più. Lui ora era quasi tutto dentro, fino alle palle, sudava e tremava, le mani ora stringevano il tessuto del divano accanto a lui.

«Tesoro» le disse a denti stretti, «muoviti ora, piccola. Non riesco a trattenermi più a lungo. Voglio godere insieme a te».

Lei sollevò i fianchi, lo fece scivolare fuori quasi tutto, prima di spingere di nuovo verso il basso lentamente. Lui strinse la mascella mentre ripeteva il suo mantra per trattenersi. Guardò in basso dove erano uniti i loro corpi. La stava aprendo sempre più , la sua bella fica dalle labbra sottili e rosa intorno alla sua asta.

«Fa male?» le chiese.

Lei scosse la testa. «Ah, Jacob, è bellissimo».

Lei si mosse, prima su poi giù di nuovo, più veloce e più forte ora, i suoi seni rimbalzavano dolcemente. Lui voleva toccarli, ma quella vista era troppo bella, Lily con il suo corpo inarcò la schiena, la testa alzata verso il soffitto, le labbra socchiuse in estasi. Si sporse in avanti, le prese un capezzolo in bocca e succhiò.

Lei gridò e la lasciò subito andare.

«Non ti piace?».

«Oh Dio, Jacob, è ancora più profondo quando fai così».

«Vuoi che faccia più forte?».

«Sì. Fallo».

Si piegò in avanti, penetrandola più profondamente, e prese l'altro capezzolo in bocca, mordendolo delicatamente questa volta. Il suo grido riempì la stanza. Non riusciva più a fermarsi. Si muoveva al suo ritmo venendole incontro a ogni spinta, spingendo al massimo mentre lei scendeva su di lui. Si ritirò un po' indietro per muovere la mano tra i loro corpi e trovò il suo clitoride. Lo strofinò forte e un secondo dopo lei si contrasse intorno a lui in un lamento silenzioso, la fica succhiava il suo cazzo e le sue cosce lo stringevano contro le sue gambe. Dio, quanto era bella mentre godeva. Era tutto quello che voleva vedere prima di lasciarsi andare, e venne così forte che sentì un dolore come uno strappo e immediatamente un mal di testa profondo. Pensò quasi che gli si fosse rotta una vena nell'occhio.

Entrambi erano distrutti. Lily ricadde su di lui, appoggiando le braccia sullo schienale del divano, i suoi seni sul suo viso mentre lui giaceva appoggiato all'indietro, senza più un pizzico di energia. Alzò le braccia pesanti intorno alla sua, accarezzandole la pelle liscia come seta. Tracciò ogni costola con le dita. Dei brividi corsero sul suo corpo mentre sentiva la pelle d'oca.

Baciò prima un capezzolo, poi l'altro, quindi alzò la testa per baciarle il collo. Avrebbe voluto che quel momento non finisse mai, avrebbe desiderato non lasciarla andare, e in quell'atto fisico vide la verità come mai prima: non l'avrebbe lasciata andare.

«È così che tu mi appartieni» le disse in un orecchio. «Questa è la differenza».

Lei si immobilizzò. Trattenne il respiro per qualche secondo. Si appoggiò allo schienale e lui sentì una grande e inspiegabile

145

soddisfazione vedendo che i loro corpi erano ancora uniti, l'uno dentro l'altra.

Sembrava come se lei stesse per dire qualcosa, invece gli rivolse solo un sorriso triste, che non gli piacque, poi si staccò da lui e ruppe il contatto e il suo cazzo ormai moscio scivolò fuori dalla sua fica stretta.

«Ho bisogno di una doccia» disse lei voltandosi e uscendo dalla stanza, con la testa alta e le spalle dritte.

CAPITOLO DODICI

Solo quando fu sotto la doccia, Lily pianse. Questa volta, non era solo per padre Brice, ma anche per Jacob. Pensò, per un momento terribile, che lui stesse per morire. Era stato così difficile lasciarlo. E ora avrebbe dovuto fare tutto da capo. Lui continuava a dirle che non doveva innamorarsi di lui, e lei non era stupida. Se Jacob non voleva il suo amore, era perché non si fidava di se stesso. Non era capace di ricambiarla. Ma lei non era così sciocca da pensare che avrebbe potuto cambiarlo. Se c'era una cosa che aveva imparato da suo padre, era che un leopardo non può cambiare le sue macchie. Lei era innamorata di Jacob. Non poteva farne a meno. Ma poteva scegliere chi avrebbe amato. Ovviamente, non era Jacob. Lui aveva già scelto per lei quando le aveva detto che voleva il suo corpo, ma non il suo cuore. Il modo più semplice per affrontare la cosa sarebbe stato andarsene, di nuovo, ora. Ma Jacob le aveva salvato la vita per la terza volta, e lei ora gli doveva un favore: sarebbe rimasta con lui, almeno finché non fosse stato di nuovo bene.

Uscì dalla doccia e si avvolse un asciugamano intorno. Quando alzò lo sguardo, Jacob era appoggiato allo stipite della porta.

Sobbalzò. «Mi hai spaventata».

«Scusa».

Aspettò che le dicesse perché era lì e non steso sul divano, ma lui la fissava solo senza parlare.

«Va tutto bene?» chiese lei. «Ti senti male?».

«Puoi dirlo». Fece una smorfia.

Lei si toccò la bocca. «Non ho pensato di chiedere al veterinario di darti degli antidolorifici. Che stupida!».

«Tu non sei stupida. Se li avessi voluti, glieli avrei chiesti io».

«Dovresti rimanere sdraiato. Perché non ti metti a letto?».

«Lo sai che se stiamo qui ci troveranno».

«Lo so. Saremo andati via prima di allora».

Lui sollevò un sopracciglio, all'improvviso sembrava divertito. «Prima lo zoo, poi una cabina di caccia. Che cos'hai in programma dopo?».

«Non lo so ancora, ma ci sto pensando».

«Ho promesso di portarti a Parigi ed è quello che farò».

Lei distolse lo sguardo. «Io non voglio più andare a Parigi».

«Cosa?». La parola echeggiò nell'aria.

«Ho detto che non andrò a Parigi. Stavo solo andando a trovare mio padre, perché credevo che potesse proteggermi meglio, ma quando hai detto che sono figlia di mio padre, ho capito una cosa. Mi sono resa conto che, anche se lo amo, non voglio essere sua figlia. Tornare da lui significherebbe tornare alla mia vecchia vita. Non ho più la scusa di ignorare chi sia quell'uomo. Non posso fingere che non esistano i crimini compiuti da mio padre. Finché potrà, lui farà di tutto per controllarmi. Mi rinchiuderebbe nella mia torre da favola proprio come prima e si aspetterebbe che io chiudessi un occhio sul suo lavoro sporco. Non voglio essere quella persona».

«Non pensi che tuo padre ti stia cercando, in questo preciso momento? Tu stessa hai detto che tuo padre è potente. Alla fine, ti troverà. È meglio che lo troviamo prima noi».

«E poi, cosa?».

«Poi ci penseremo».

«Tu credi davvero che mi lascerebbe andare?».

«Non avrà scelta. Sei con me ora, Lily».

Per un attimo si lasciò andare alla sua fantasia irragionevole. «Perché non possiamo solo scappare? Possiamo ricominciare, costruirci un nuovo futuro, un posto che nessuno – incluso mio padre – possa conoscere». Forse Jacob avrebbe potuto anche imparare ad amarla.

«Non ci sono steccati per persone come noi. Non importa dove tu vada, sarà lui a cercare di trovarti. E alla fine, piccola, lo farà. Nessuno può scappare per sempre».

Si strinse l'asciugamano, come se volesse disperatamente aggrapparsi al mondo che conosceva prima che Lupien entrasse nella loro casa, prima che suo padre cadesse dal piedistallo su cui lei lo aveva posto. Jacob aveva ragione. Di nuovo. Doveva affrontare il padre e rivendicare la sua libertà. Dopo avrebbe chiesto a Jacob di liberarla. Se lui non poteva amarla, non la meritava. E se lui non la obbligava, beh, era una donna ormai. Era già scappata una volta. Lo avrebbe fatto di nuovo.

Jacob ondeggiò. Afferrò lo stipite della porta per tenersi in equilibrio.

Lily si precipitò al suo fianco. «Vieni a letto».

Gli prese il braccio e lo condusse nella stanza. Lo spogliò con cura e lo fece sdraiare sul letto. Dopo averlo lavato con una spugna, lo coprì con il lenzuolo e si rannicchiò accanto a lui, la pistola sul comodino a portata di mano.

Lui le accarezzava un braccio, tracciando un disegno sulla sua pelle. «Andiamo a Parigi, Lily» disse a bassa voce. «Non c'è altro modo».

Lei chiuse gli occhi e fece un respiro tremante. Alla fine disse: «Non finché non ti sarai rimesso in forze».

«Mi affretterò allora».

«Prenditi il tempo che occorre». Perché Lily aveva la sensazione che da oggi in poi il tempo era tutto quello che potevano avere.

Ci volle una settimana perché Jacob riprendesse le forze. La ferita gli doleva ancora, ancora sussultava quando Lily lo toccava, ma era più sopportabile. Quella mattina lei lavò i piatti dopo la prima colazione, consapevole dello sguardo di Jacob su di lei mentre si muoveva tra il lavandino e la tavola.

Le afferrò il polso quando passò davanti a lui e la guardò negli occhi. «Già ti voglio di nuovo».

Durante quella settimana avevano fatto l'amore solo due volte dopo la prima, dal momento che Jacob aveva detto che si sarebbe sentita dolorante se l'avessero fatto di più. Dopo quella prima sessione esplosiva sul divano, era stato lento e dolce e l'aveva costretta a guardarlo negli occhi mentre riversava la sua anima dentro di lei con lunghe spinte pazienti.

«Anch'io, ma devo procurarmi del cibo, pagare e rinnovare il nostro contratto di locazione per un paio di giorni prima che la proprietaria ci cacci fuori».

«Vado io».

«Tu non stai ancora abbastanza bene. Non puoi guidare fino al paese da solo».

«Posso trovare un'altra auto. Quel furgone è un grande rischio, Lily».

«Posso parcheggiare alla stazione e andare con il bus. Non ti preoccupare. Non lo vedrà nessuno. Ha funzionato l'ultima volta».

«L'ultima volta è stato di notte, al buio. Adesso è pieno giorno».

«Bene. Insegnami a rubare una macchina e ce la farò anche questa volta».

Lui scosse la testa. «Tu sei davvero speciale».

Lei sorrise. «Sto imparando dal migliore».

Prima che avesse il tempo di discutere oltre, afferrò i soldi, se li mise in tasca e si diresse verso la porta.

La padrona di casa aveva una strana espressione sul viso, quando aprì la porta. «Che coincidenza. Stavo per passare allo chalet. Sono stati qui alcuni uomini a chiedere di lei. Se ne sono andati solo un paio di minuti fa».

Lily sentì freddo. Il mondo si capovolse, ma mantenne stoicamente un'espressione compassata. «Davvero? Di me?».

«Avevano un sacco da dire su una coppia che ha derubato lo zoo e bloccato i dipendenti in una gabbia dei leoni».

Lily finse una risata. «Mi sembra terribile!».

«Mi ha anche mostrato una foto presa dalla telecamera di sicurezza». Studiò i capelli di Lily. «Ho detto agli uomini che non ho potuto vedere molto perché era notte e la luce era fioca». Si aggiustò gli occhiali. «Ma ora devo dire che le assomiglia un sacco».

Dannazione! Lei non aveva notato le telecamere. «Non sono mai stata allo zoo. Io e mio marito stiamo facendo questo viaggio per la nostra luna di miele, come le ho detto, e non usciamo molto» sorrise timidamente, «sa cosa voglio dire». Prese i soldi dalla tasca e porse il denaro alla donna. «Se fossi una criminale, non sarei tornata a pagare».

Se avesse saputo che la polizia era stata bussare alla porta della padrona di casa con una foto che la ritraeva, non sarebbe venuta proprio. Non c'era motivo di tenere lo chalet più a lungo, ora.

La donna prese i soldi senza sembrare convinta. «Suppongo che sia così. Gli uomini si sono presentati come poliziotti. Investigatori privati. Ho dato loro indicazioni per lo chalet. Saranno quasi arrivati ormai».

«Va bene, grazie» disse Lily allegramente. Forse non erano poliziotti, ma gli uomini di Sky Communications, o i complici dell'uomo che ha ucciso padre Brice. «Beh, meglio che vada ad avvertire mio marito che i poliziotti sono sulla strada. Non vorrei che si prendesse paura».

«Sì, vada» rispose la donna a Lily.

Una volta dietro l'angolo, cominciò a correre. Non sarebbe mai arrivata da Jacob in tempo. Continuava a guardare indietro, ma nessuno la inseguiva. Invece di correre di nuovo alla stazione del bus, prese un taxi. Diede delle indicazioni rapide e chiese al conducente di fare in fretta.

A poche miglia dallo chalet, gli chiese di accostare. Lui la guardò confuso, ma quando vide la pistola che stava puntando verso di lui, fece come gli era stato detto.

«Fuori dalla macchina» ordinò Lily.

«Questo taxi ha un dispositivo per essere rintracciato, signora. Non ha senso rubarlo».

Ma ci sarebbe voluta almeno un'ora al conducente per tornare a piedi al villaggio, a meno che non avesse la fortuna di trovare qualcuno che gli desse un passaggio. Con un'ora di vantaggio, lei e Jacob avrebbero potuto rubare un'altra macchina ed essere lontani quando i veri poliziotti fossero arrivati alla capanna.

«Fuori».

Lui scese, con le mani alzate.

«Dov'è il tuo telefono?» chiese lei.

«Nella mia tasca».

«Tiralo fuori. Lentamente».

L'uomo prese il suo smartphone.

«Lascialo a terra».

Quando lui fece come le aveva ordinato, Lily lo schiacciò sotto il suo stivale da cowboy.

«Ehi! Perché l'hai fatto?» chiese l'uomo.

«Inizia a camminare».

L'uomo si voltò e cominciò a camminare, bestemmiando.

Lily si mise alla guida e partì sparata cercando di arrivare in tempo da Jacob. A circa un miglio dallo chalet, vide una figura in lontananza a piedi sul lato della strada. Rallentò continuando ad avvicinarsi e riconobbe i jeans e la maglietta di Jacob. Il fucile era nelle sue mani.

«Oh, grazie a Dio».

Si avvicinò a lui, spalancando la portiera del passeggero ancora prima che l'auto si fermasse. Jacob si sedette prima che lei ripartisse.

«Cazzo, Lily». Si passò le mani tra i capelli. «Stavo venendo a cercarti. Ci hanno trovati».

«Lo so. La padrona di casa mi ha detto degli uomini. Pensi che siano della polizia?».

«No di certo. Non sono venuti con mandati di perquisizione o di arresto. Sono venuti con le armi, pronti a combattere contro un'armata».

«Sky Communications?».

«Non lo so. Non erano in divisa e non ero abbastanza vicino per controllare se avessero tatuaggi».

«Chi era l'uomo che ha ucciso padre Brice? Non era di Sky Communications».

Tutto quello che Jacob rispose fu: «No, non lo era».

«Sono tornata più veloce che ho potuto». Lo guardò. Non sembrava che avesse combattuto. «Come hai fatto a scappare?».

«Li ho sentiti arrivare».

«Li hai sentiti? Hanno fatto rumore?».

«Avevano i cani».

La sua bocca si aprì. «Questo significa che potrebbero averti fiutato in pochi secondi».

«Già». Le sorrise. «Pare che tu mi abbia salvato appena in tempo».

«Non è divertente».

«No. Ma che tu abbia rubato un taxi lo è».

Le sue dita si strinsero sul volante. «Ho lasciato il povero autista sul ciglio della strada».

«Piccola, sei impagabile».

«Odio fare questo, sai. Odio rubare e truffare e combattere».

I suoi occhi si ammorbidirono. «Lo so. Sto solo cercando di alleggerire una situazione incasinata».

«Grazie». Sospirò. «Grazie per averci provato».

«Adesso dove andiamo??». Lui la guardò con un'espressione divertita.

«Come diavolo faccio a saperlo?».

«Non vedo l'ora di sapere cos'hai in serbo per noi ora».

«Dacci un taglio, Jacob. La situazione è seria».

«Esattamente». Le accarezzò il collo. «Se vuoi sopravvivere, devi mantenere la calma, capito? Se sei tesa, e il tuo cervello non funziona, pensa a qualcosa di divertente».

«Sul serio? Funziona con te?».

«Ogni volta».

«Va bene. Non abbiamo bagagli, giusto?».

«No. Non c'era tempo per prepararli. Sembra che dobbiamo ricominciare da zero. Ma ho i nostri passaporti falsi» sollevò il fucile. «E l'arma».

«Buona idea».

Videro un ipermercato. D'impulso, Lily entrò nel parcheggio. «Il taxi è monitorato. Quanto velocemente si può rubare una macchina?».

Jacob fece solo un sorriso malizioso.

Meno di un minuto più tardi, erano alla guida di una Audi di color giallo lungo la strada. Il cartello indicava Versailles. Dopo un breve tragitto in auto, apparve all'orizzonte un grande edificio con la facciata illuminata con luci bianche e gialle.

«Guarda» disse Lily, «è giallo, il tuo colore preferito».

Jacob studiò l'edificio. «È un casinò» disse con evidente sorpresa quando Lily imboccò l'uscita.

«Benvenuto nel nostro prossimo nascondiglio».

«No no no no. Ci sono telecamere di sicurezza ovunque».

«Solo nelle sale da gioco».

«Come fai a saperlo?».

«Guardo la televisione».

«Questo non è un film».

«Neanche quello lo era. Era un reality show».

Lily parcheggiò l'auto sul retro del casinò, dove c'erano un sacco di automobili. Verificato che nessuno guardasse, chiuse il fucile nel bagagliaio e si nascose la pistola sotto la maglietta.

Diede la mano a Jacob. «Siamo solo una coppia in vacanza, questo è tutto». Lo stava dicendo più a se stessa che a lui.

All'interno dell'hotel, la speranza di Lily diminuì quando vide la telecamera in un angolo del soffitto. Girando le spalle e abbassando la testa, chiese alla reception una camera per la notte, e pagò in contanti.

«Era una somma esorbitante» Jacob disse una volta che furono fuori portata d'orecchio.

«Siamo a corto di contanti. Abbiamo bisogno di più soldi». Lily attirò Jacob alla boutique, al piano dell'ingresso. Prima che lui potesse orientarsi, lei gli stava già mostrando un abito nero di paillettes. «Che ne dici di questo, caro? Ti piace?» Agitò le sopracciglia.

Una commessa immediatamente si avvicinò a loro. «Vuole provarlo?».

«Sono sicura che la misura sarà perfetta. Lo prendo».

«Sono mille euro» disse la signora.

«Lo prende» disse Jacob, con voce dura.

«Meraviglioso». Sembrava più sarcastico che estatico. La donna prese il vestito e andò verso la cassa.

«Lo metta sulla nostra camera» disse Lily, porgendole la chiave della camera. «Questa sera vinceremo alla grande».

«Se lo dice lei. Mi limiterò a registrare la carta di credito per sicurezza».

«Oh, non ci fidiamo delle carte di credito. Paghiamo solo in contanti». Lily prese cinquecento euro dalla tasca posteriore. Era tutto quello che restava loro, tutto quello che aveva messo da parte e rubato dallo zoo. «Sarà sufficiente un deposito in contanti del cinquanta per cento? Pagheremo il resto con la nostra camera alla partenza». Spostò il peso su un anca. «A meno che non sia un problema per voi? Possiamo chiamare il gestore dell'albergo per risolverlo. Siamo buoni clienti».

«Non sarà necessario» disse la donna. «Il cliente ha sempre ragione». Prese i soldi dalla mano di Lily e scrisse una ricevuta di deposito. Mise la ricevuta con l'abito in un sacchetto e lo porse a Lily. «Divertitevi».

«Grazie. È quello che intendiamo fare».

Lily stava tremando appena un po' quando uscirono dalla boutique.

«Cosa stai facendo?» Jacob sibilò in un orecchio.

Premette il pulsante per chiamare l'ascensore. «Voglio farmi bella».

«Per che cosa?».

«Tra poco usciamo».

Quando uscirono al loro piano, Jacob sussultò e si toccò la spalla.

Lily appoggiò la mano sul braccio. «C'è qualcosa che non va?».

«No, niente».

«Non mi sembra che vada tutto bene».

Quando entrarono nella stanza, Lily chiuse a chiave la porta dietro di loro e fece sedere Jacob sul letto. Gli sbottonò la camicia e tolse la garza che copriva la ferita. La pelle era infiammata e del pus giallo fuoriusciva da uno dei punti di sutura. Lily trattenne il respiro.

Jacob fissò la cicatrice. «Merda».

«Si è infettato». Si coprì la bocca con la mano. «Devi andare in un ospedale».

«No. Nessun ospedale. O saremo morti prima ancora che mi abbiano medicato».

«Morirai se non facciamo medicare questa ferita come si deve».

Si rifiutava di lasciare che Jacob si prendesse un proiettile al posto suo e che sopravvivesse, solo per vederlo morire per un'infezione. Gli antibiotici dello zoo non funzionavano. Avevano bisogno di una prescrizione di un vero medico.

«Mio padre ha medici privati che viaggiano con lui. È sempre stato ossessionato da questo. Credo che, nel caso gli succeda qualcosa, non possa andare in un ospedale pubblico. Abbiamo bisogno di trovarlo al più presto».

«Abbiamo bisogno di soldi. Hai appena speso tutto».

«Sto andando a prenderne un po'».

«Come?».

«Andiamo al bar».

La fissò per un po', poi il suo viso si trasformò in una smorfia lenta. «No. Non te lo permetto».

«Non ti sto chiedendo il permesso. Sto andando al piano di sotto per chiedere del disinfettante. Devono avere una sorta di kit di pronto soccorso. Poi mi metterò le scarpe e mi farò il trucco. Tornerò prima che tu te ne accorga».

CAPITOLO TREDICI

Non importa quanto Lily obiettò, Jacob rifiutò di rimanere in camera. Non voleva lasciarla andare al bar da sola. Anche se non era così sicuro che vedere di persona quello che lei aveva in mente fosse buono per la sua salute mentale.

Mentre lui stava seduto a un tavolo d'angolo del casino, Lily si fece strada verso il bar. I suoi glutei appena coperti ondeggiavano sui tacchi, facendo girare molte teste. Lui ebbe una stretta al petto. L'abito nero le lasciava la schiena nuda. Si era raccolta i capelli in riccioli disordinati. Le morbide curve dei suoi seni erano appena visibili dai lati dove il tessuto era drappeggiato. Sapeva quello che gli uomini pensavano fissando lo sguardo sulla sua scollatura, perché lui pensava la stessa cosa.

Non aveva l'aspetto di una ragazza ingenua. Sembrava una donna – una donna molto desiderabile. Si diresse senza esitazione verso un posto accanto a un uomo attraente con i capelli grigi. Era vestito con un abito di buon taglio, di quelli costosi. Appena si sedette, l'attenzione dell'uomo si rivolse a lei. Disse qualcosa a cui lei sorrise. Subito dopo, quella cazzo di mano dell'uomo era sulla schiena di Lily. Sulla sua schiena nuda. Spostò la sua attenzione solo il tempo di dire qualcosa al barista prima che i suoi occhi tornassero di nuovo su Lily, o meglio sui suoi seni.

Jacob strinse i denti. Si spezzò quasi le nocche mentre guardava il pollice di quel coglione che la accarezzava lungo la schiena, fino alle fossette sopra le natiche. Lo stronzo si chinò su di lei e spostò un ricciolo che si era sciolto dalla spalla di Lily. Premette le labbra contro il suo orecchio e le sussurrò qualcosa. Anche da lontano Jacob poté vedere il brivido che corse lungo il corpo di Lily. Lei girò la testa verso l'uomo e appoggiò il mento sulla sua spalla. Mossa sbagliata. Gli stava dando accesso alla sua bocca, un invito verbale che un figlio di puttana come quello non avrebbe ignorato.

L'uomo le diede un bacio sulla spalla, poi puntò dritto sulla preda. Il cacciatore di Lily le prese il viso fra le mani e la baciò in modo dolce ma profondo. Jacob strinse la mano a pugno e sentì la tensione nella ferita. Pochi secondi dopo si stavano ancora baciando, le mani di Lily intrecciate intorno al collo dell'uomo. Il cameriere arrivò con i loro drink, mettendoli sul banco, ma né Lily né la sua conquista sembravano essersene accorti. Una sensazione di buio e freddo serpeggiò attraverso le sue viscere. A Jacob ci volle tutto l'autocontrollo di cui era capace per non alzarsi e sbattere per terra quella testa di cazzo. Lily finalmente si ritrasse, con le labbra gonfie e le guance rosse. Lo stupido sembrava compiaciuto mentre si accarezzava il labbro inferiore con un dito. Le porse uno dei cocktail mentre bevve un sorso del proprio.

L'uomo si alzò in piedi, attirando Lily a sé. Andarono verso la pista da ballo. Un sapore amaro crebbe in gola a Jacob mentre guardava il suo rivale stringere Lily al petto, contro il suo inguine, le sue grandi mani sui glutei di lei. Oscillavano insieme con la musica e Jacob immaginò il cazzo di quell'uomo che diventava duro quando le cosce di Lily si strusciavano contro di lui.

Una cameriera si avvicinò per prendere la sua ordinazione e Jacob fece qualcosa che non aveva mai fatto prima: ordinò un doppio scotch. Ne aveva bisogno se voleva passare la notte. Lily si alzò in punta di piedi, mise le mani dietro il collo dell'uomo e lo attirò verso di lei. Lui porse l'orecchio. Gli disse qualcosa a cui lui sorrise. Lasciò che lei gli togliesse la giacca e la tenne aperta per lei. Lily fece un passo e la indossò, spingendo le braccia nelle maniche. Era più di quello che Jacob poteva accettare: vederla negli abiti di un altro uomo... La giacca le arrivava alle ginocchia. L'approvazione sul volto dell'uomo era chiara. Guardò Lily come un uomo fa quando reclama qualcosa.

Il bacio... la giacca... stava passando i limiti.

La cameriera tornò con il suo drink e il conto.

Jacob mandò giù tutto d'un fiato e indicò Lily e l'uomo. «Mettilo sul loro conto».

Con questo, si alzò e se ne andò. Doveva farlo, se fosse rimasto avrebbe strappato la gola a quell'uomo. Tornò nella loro stanza, fece una doccia e andò a sedersi fuori sul balcone, guardando fuori nella notte.

Passò un'ora. Due. Era nervoso e irrequieto come mai prima. Non avrebbe dovuto lasciarla sola. Sarebbe dovuto rimanere. E se l'uomo l'aveva trascinata nella sua stanza e la stava scopando proprio in questo momento? E se a Lily era piaciuto così tanto da non voler più tornare da Jacob? Scenari infiniti giocavano nella sua mente, l'uno peggio dell'altro. Proprio quando non ce la faceva più e si era alzato in piedi per andare a cercare Lily, la porta si aprì.

Lily si trovava davanti alla porta, con i capelli arruffati e la pelle arrossata. Un grande sorriso apparve sul suo viso. Chiuse la porta con un calcio, mise la mano sotto il vestito nelle sue mutandine e tirò fuori una pila di banconote.

«Guarda cos'ho». Agitò in aria il denaro davanti a Jacob e lo posò sulla scrivania. «Sono più di due mila euro. Dobbiamo andare».

Cercò di passare oltre a lui, ma Jacob le afferrò il polso. «Che cosa hai dovuto fare per quei soldi, Lily?».

I suoi occhi si riempirono di sorpresa. «Cosa vuoi dire?».

«Sei andata a letto con lui?». Faceva male anche porre la domanda.

«Ovviamente no».

«Lui te li *ha dati* così?».

«Glieli ho rubati».

I suoi occhi si strinsero. «Come?».

«Gli ho detto che avevo freddo, così mi ha dato la sua giacca. Il suo portafogli era in tasca. Non è stato difficile prendergli il Bancomat. Ci ho messo un po' prima di ottenere il suo pin. Quattro cocktail, insomma. Poi ho fatto finta di andare in bagno, così sono corsa al bancomat e ho prelevato il denaro. Ho rimesso la carta nel suo portafogli. Gli ci vorrà un po' per capire che manca del denaro dal suo conto. Mi sa che abbiamo fino a domani». Indicò il suo braccio perché lui la lasciasse, ma lui lo tenne stretto. «Ho fatto quello che mi hai insegnato tu, Jacob. Nient'altro. Ora lasciami andare. Ho bevuto molto e ho bisogno del bagno».

«Mossa sbagliata. Se sei ubriaca, diventi un bersaglio facile, facile da sfruttare».

«Ti sembro ubriaca?».

Si accigliò. «Cosa hai bevuto?».

«Un cocktail e tre succhi d'arancia. Contento?».

Lui rifletté per un po'. «Ti è piaciuto?».

«Piaciuto cosa?».

158

«Baciarlo. Lasciare che lui ti toccasse».

«Jacob, cos'hai che non va?».

«Rispondi alla domanda, Lily».

Sospirò. «No. Non mi è piaciuto».

«Ma era bravo?».

«Jacob...».

«Rispondimi».

«Sì, Jacob, baciava molto bene».

Voleva la verità e si sentiva peggio a sentirla. Che cosa si aspettava? Quell'uomo era un playboy professionista. Eppure, lui avrebbe preferito sapere che lo stupido baciava male.

«Ho fatto quello che dovevo fare per sopravvivere» gli disse, «per tirarci fuori da qui. E non ho voglia di analizzare la cosa. Mi hai insegnato tu anche questo».

Questa volta non la fermò quando tirò via il braccio per liberarsi e andare verso il bagno, sbattendo la porta dietro di sé. Lei aveva ragione. Era il suo insegnante. Le aveva anche dato una dimostrazione in piena regola. Sentì lo sciacquone e il rubinetto aperto.

Pochi minuti dopo Lily tornò. Si mosse in modo impertinente nella sua direzione. «Sei pronto? Preferisco che ci muoviamo al più presto».

Jacob si sentiva come una bomba a orologeria. Non poteva allontanare dalla sua mente le immagini di Lily con quell'uomo. L'intensità con cui questo lo colpì lo sorprese. Questi sentimenti erano i più forti che avesse mai avuto per una donna.

Lily cominciò a mettere le cose del bagno nella sua borsa. «Mi hai sentito? Ho detto, andiamo».

«Tra un minuto» disse, camminando lentamente verso dove lei si trovava, di fronte al letto.

Lei si voltò con un cipiglio, senza dubbio aveva qualche sfacciata osservazione sulla punta della lingua, ma Jacob non le diede la possibilità di pronunciarla. La sua bocca fu sulla sua prima che potesse prendere un altro respiro, le sue labbra la pretendevano avidamente. Era sua. La sua donna. Il suo respiro sapeva di dentifricio alla menta. Bene. Era contento che lei si fosse lavata i denti dopo aver baciato un altro uomo. Mise le sue mani dietro di lei, stringendola così forte a sé che la schiena le si arcuò. Lily era tesa, ma dopo un attimo il suo corpo si rilassò tra le sue braccia e si modellò al suo tocco.

I suoi sensi furono inondati del suo odore. Sapeva di mela caramellata e profumava di gelsomino. I piccoli dischi rigidi delle paillettes sul suo vestito gli segnarono le mani quando lui allargò le dita sulle natiche di Lily e la sollevò appoggiandola sul suo membro. Lei aprì le gambe e gliele mise intorno alla vita per tenersi a lui e rimase a bocca aperta quando lui inclinò le anche in avanti per toccarle il clitoride. Bloccò le caviglie dietro la schiena mentre lui la baciava con vigore, cancellando il tocco di un altro uomo che aveva messo la lingua nella bocca della sua Lily. C'era un solo modo per scacciare i pensieri omicidi che lo rodevano. Doveva riprendersi ogni centimetro del suo corpo toccandola tutta.

Senza smettere di baciarla, la distese sul letto. Una mano le abbassò le spalline del vestito, rivelando il suo seno perfetto, mentre l'altra abbassò l'abito fino ai fianchi.

Lily girò la testa di lato, allontanandosi dalle sue labbra. Il suo respiro era affannoso. «Jacob, la spalla»

«Al diavolo la mia spalla». Guardò verso il perizoma nero che non copriva nulla, se non un piccolo triangolo sopra il suo sesso. Era dannatamente sexi, ma non serviva ora. Glielo strappò e lo gettò di lato. La sua attenzione tornò ai suoi seni. Mise la mano sopra le curve morbide. «Ti ha toccato qui?». Pregava che dicesse di no, anche se conosceva la risposta.

Lei lo fissò con gli occhi grandi. «Non farlo, Jacob».

Lei non capiva: lui *doveva* farlo. «Ha messo la mano sotto il tuo vestito?».

«No. Ha cercato di farlo, ma io non gliel'ho permesso».

Le prese il sesso. «E *sul* tuo vestito? Ha messo la sua mano fino qui?».

«No».

Le accarezzò con un dito la sua fica. Era umida e calda, ricoperta di miele dolce. «Ti ha fatto bagnare? Questo è per lui?».

Fece un piccolo sospiro esasperato. «Neanche un po'. Questo sei tu che me lo provochi, Jacob».

Si sentì sollevato, ma ancora non era sufficiente. Le infilò un dito dentro, nel suo canale stretto. I suoi muscoli si contrassero intorno a lui. Piegò il dito e le accarezzò un punto che la lasciò senza fiato. La sua fica divenne ancora più umida intorno al suo dito. Col pollice le toccò il clitoride. Lo premette disegnando cerchi lenti. Ci vollero solo pochi minuti perché raggiungesse l'orgasmo. Gli venne intorno alla mano, sentì la soffice morsa dei suoi muscoli interni che si contraevano mentre le sue gambe tremavano e lei gemeva. Era maledettamente bella quando godeva, con gli occhi inondati di passione, il blu più intenso e lo sguardo leggermente perso nel suo mondo, con la testa gettata all'indietro e le labbra socchiuse.

Tirò via la mano e si slacciò i jeans con una fretta febbrile. Non si preoccupò nemmeno di abbassarli. Tutto quello che gli serviva era liberare il suo cazzo eccitato. Lily si trovava sotto di lui, ancora in preda alle ultime scosse di assestamento del suo orgasmo. La sua pelle era bianca contro il nero del vestito abbassato in disordine intorno alla vita. Le punte rosa dei suoi seni burrosi erano contratte in un bottoncino duro e tutto il suo sesso umido scintillava.

Jacob strinse forte il collo di Lily con una mano: sentiva la vena giugulare che pompava sotto il suo palmo. Con un colpo entrò fino in fondo dentro di lei. Lily gridò. La parte superiore del suo corpo si arcuò. I suoi occhi si spalancarono. Lui tirò fuori il suo uccello e lo spinse di nuovo fino in fondo. Questa volta le labbra si schiusero con un gemito. Jacob si mosse con forza e velocità, riprendendosi ciò che era suo.

«Il tuo corpo è mio» le disse a denti stretti, già sentendo le palle che si contraevano. Si trattenne dal venire come se da ciò dipendesse la sua vita. «Dillo».

«È tuo» gli disse, la sua voce un sussurro incrinato.

«Nessuno tranne me può scopare questa fica».

Sentì un formicolio alla base della sua schiena. Stava per venire. Jacob uscì fuori da lei. Una strana sensazione di delusione per non poter sparare il suo seme nel suo corpo lo prese. Si mise in ginocchio accanto a Lily e si toccò da solo. Si lasciò andare all'ondata potente che partì dalla sua spina dorsale. Godette. L'esplosione gli strappò i testicoli fino all'inguine e svuotò la sua mente. Venne intensamente sui bei seni di Lily. C'era una sorta di perversa soddisfazione in questo atto, un senso di sollievo, vedendo il segno che lasciava sul suo corpo, anche se non lo aveva fatto venendo dentro di lei.

Si accasciò su di lei, respirando a fatica. Gli ci vollero alcuni istanti per riprendersi abbastanza da spostarsi di lato. Non era venuta una seconda volta, ma non l'aveva fatto apposta.

Lui la guardò. Con il suo abito messo in quel modo e il suo sperma che colava di lato sui suoi seni, appariva vulnerabile. Era un disastro stupefacente. Si crogiolava sapendo che era lui che lo aveva provocato. Lui e nessun altro.

Si rimise in piedi e la prese tra le sue braccia.

Lei appoggiò la testa sul suo petto e chiuse gli occhi. «Cosa fai?».

«Adesso facciamo una doccia». Le baciò la fronte.

Toccava a lui ripulire questo casino che aveva combinato. Avrebbe voluto che anche l'altro casino nel quale si trovavano potesse essere ripulito via semplicemente facendo una doccia.

CAPITOLO QUATTORDICI

La stazione ferroviaria di Versailles era tranquilla. Questo preoccupò Lily. Era più facile essere individuati. Ma la ferita di Jacob la preoccupava di più. Prima poteva farlo vedere dal medico di suo padre, meglio era. Avevano abbandonato l'Audi rubata al casino e avevano preso una Honda che Jacob aveva messo in moto collegando i fili sotto al volante, poi l'avevano lasciata nel parcheggio.

Osservò da vicino Jacob. Il sudore luccicava sulla sua fronte. Aveva la febbre. L'infezione stava peggiorando.

Comprò una bottiglia d'acqua da un venditore ambulante e lo aiutò a bere un sorso. «Ci siamo quasi». Lo prese a braccetto e lo accompagnò alla biglietteria, guardando con la coda dell'occhio mentre camminavano.

«È una cattiva idea. Guarderanno le stazioni» disse Jacob, ma sembrava fisicamente troppo debole per resistere.

«Tieni duro, Jacob. Siamo solo a trenta minuti dal trovare aiuto».

«Sto bene». Si asciugò il sudore dalla fronte.

Anche se aveva cercato di avere un tono brillante, non riuscì a nascondere il dolore nella sua voce. Quella bravata dello zoo era stata una mossa poco intelligente. Se Jacob non si fosse ripreso da questo infortunio, Lily non se lo sarebbe mai perdonato.

Al banco delle prenotazioni, Lily comprò due biglietti per Parigi. Spostò il peso delle loro borse da viaggio sulla spalla. Invece di aspettare sulla piattaforma, aveva accompagnato Jacob alla caffetteria e preso un tavolo sul retro da dove potevano osservare i passeggeri. Non notando nessuno di sospetto, Lily gli diede un biglietto cinque minuti prima che il loro treno arrivasse.

«Io vado per prima» disse. «Tu aspetta un paio di minuti e se succede qualcosa, scappa, capito?».

Lui si mise a sedere dritto, spalancando gli occhi in allarme. «Assolutamente no, cazzo. Io...».

«Jacob». Posò una mano sulla sua. «Questo è l'unico modo». Lo baciò dolcemente, prese le valigie e se ne andò, senza lasciargli la possibilità di protestare ulteriormente.

Il cuore di Lily batteva all'impazzata mentre si faceva strada attraverso la piattaforma. Scrutò la linea dei passeggeri in attesa. C'erano una coppia di anziani, una famiglia con bambini piccoli e un gruppo di escursionisti. I suoi occhi si posarono su un uomo d'affari con una tuta e una valigetta. Camminò davanti a lui lentamente, ma non sollevò gli occhi.

Quando il treno raggiunse la stazione, i nervi di Lily erano a pezzi. Salì e trovò il suo posto, poi rimase in allerta. Attese con impazienza finché non vide il volto di Jacob apparire sulla porta. Chiuse gli occhi per un breve istante e poi lo seguì con lo sguardo fino a che non si sedette accanto a lei.

«Grazie a Dio» disse piano.

La baciò sulla guancia e le prese la mano prima di appoggiare la testa all'indietro e chiudere gli occhi.

«Andrà tutto bene ora, Jacob».

Lui non rispose.

Durante il breve tragitto Jacob era silenzioso. Lei trovò degli antidolorifici nel vagone ristorante e gliene diede due, ma rimase pallido e mogio. Come arrivarono a Parigi, Lily cedette alla paura che sarebbero stati individuati e catturati. Tutto il suo corpo tremava, ma non mostrò la propria agitazione. Era importante mantenere la calma per amore di Jacob. Dopo essere scesi dal treno, si recarono al banco delle prenotazioni dei taxi e ne chiesero uno.

«Per dove, signora?» chiese l'uomo dietro il bancone.

«Per la città. Vogliamo un hotel vicino alla Torre Eiffel».

«Solo un momento, per favore». Sollevò un ricevitore e parlò in francese. Pochi secondi dopo, l'uomo indicò loro una via d'uscita. «Il taxi numero cinque. Per di là».

«Grazie». Lily prese la mano di Jacob e lo condusse verso la porta. Il palmo della mano era viscido. Sudava copiosamente. Mentre si trovavano sul marciapiede, in attesa, Lily lo abbracciò. «È quasi finita».

Lui ancora non disse nulla.

Si alzò in punta di piedi e lo baciò sulla guancia. «Per favore, Jacob» gli sussurrò in un orecchio. «Resisti ancora un po'. Fallo per me».

La verità era che non aveva idea di come individuare suo padre o quanto tempo ci sarebbe voluto. Non aveva nessun piano. Tutto quello che poteva fare, era cercare di scoprire da chi si poteva acquistare la Torre Eiffel. Il governo francese? Il comune?

Jacob si allontanò da lei e fece un passo indietro. «Lily, io ...».

In quel momento il taxi si fermò e l'autista scese. Lily guardò Jacob, in attesa che finisse quello che stava dicendo. Il suo sguardo passò al conducente e tornò su di lei.

L'autista aveva aperto la portiera posteriore e guardò fisso verso Jacob quando vide che non si muoveva. «C'è un problema, signore?» chiese in inglese.

Jacob scosse la testa. «No. Non c'è nessun problema».

Lily verificò con attenzione la strada in entrambe le direzioni prima di entrare nell'auto; Jacob la seguì. Quando il conducente si mise al volante, lei disse: «Cerchiamo un hotel vicino alla Torre Eiffel, niente di troppo costoso».

Il conducente la fissò nello specchietto retrovisore. «Conosco il posto che fa per voi, *madame*».

«Meraviglioso. Grazie».

La bocca di Jacob era tirata in una linea dura. Voleva chiedergli se era tutto a posto, ma, ricordando la sua lezione di non parlare di fronte ai tassisti, si mantenne calma e guardò dal finestrino il paesaggio. Tutto quello che provava era l'ansia a mano a mano che il tempo passava.

Dopo quaranta minuti di auto nel traffico di punta, si fermarono di fronte a un edificio alto e stretto con finestre chiuse. Non c'era alcun cartello.

«È questo?» Lily guardò Jacob per misurare la sua reazione.

Il conducente non rispose. Era già fuori dalla macchina e stava aprendo la porta. Si chinò per prenderle la mano, ma la voce gelida di Jacob lo fermò.

«Ci penso io».

Il conducente si fermò e si strinse nelle spalle, un sorriso freddo sul volto. «Come vuole».

Lily alzò gli occhi. «Credo di poter fare da sola».

Si fidava del giudizio di Jacob, così, quando lui seguì il conducente, fece lo stesso. Alzò lo sguardo. L'edificio sembrava un grosso palazzo con appartamenti piuttosto che un hotel. L'uomo premette un pulsante sul citofono.

Una voce maschile rispose con un saluto francese e quando l'autista disse il suo nome, la porta di legno si aprì.

«Seguitemi».

L'autista li condusse su per una scala stretta al quarto piano. L'interno era elegante con un tappeto rosso sulle scale e il corrimano bordato d'oro. Degli specchi decorati erano appesi alle pareti del pianerottolo dove uscirono. La loro guida bussò a una porta bianca.

Lily esitò sul gradino. «Dove siamo?».

«È una guesthouse, *madame*. A pochi passi dalla Torre Eiffel e il prezzo è un affare. Non era questo quello che chiedeva?».

«Suppongo di sì». Tentò di rubare un altro sguardo a Jacob che la fissava con uno sguardo tirato, gli occhi offuscati e la mascella serrata.

A Lily non piaceva quell'autista. Aveva un modo di fare borioso, o forse stava solo confermando la reputazione di maleducati dei francesi. Lei sarebbe andata volentieri altrove, in un vero albergo, ma diede uno sguardo a Jacob e decise che era meglio non essere schizzinosi in questo momento. Lui stava in piedi a malapena, sembrava stesse per svenire.

La porta si aprì e il conducente fece un piccolo inchino. «Ho portato gli ospiti, *monsieur*».

Un uomo con un vestito di lino color crema si fece da parte educatamente e li accolse. Lily fece un primo cauto passo nel *foyer* e si sentì meglio quando si guardò intorno. L'ingresso si apriva su un grande salone con numerosi tavolini e sedie. Poteva effettivamente apparire come un salotto o una sala da pranzo di una pensione.

«Di qua, prego» disse l'uomo anziano, mostrando loro il salone. Chiuse la porta dietro di loro, chiuse a chiave e infilò la chiave in tasca. Quando Lily lo guardò con curiosità, alzò un sopracciglio. «Non si può essere mai troppo prudenti, di questi tempi». Le fece cenno che poteva passare per prima. «Prego».

«Dobbiamo parlare del prezzo» disse Lily, senza muoversi.

«Lo faremo». Il suo sorriso le ricordava un gatto che gioca con un topo. «Si sieda».

Lily guardò di nuovo Jacob, che era più pallido che mai. Gli prese la mano e lo condusse attraverso la porta, ma quando la oltrepassò, si fermò di colpo. Nella poltrona di fronte a loro sedeva un uomo attraente con capelli scuri e una voglia rossa sulla guancia. Indossava un completo bianco fresco, con gilet e cravatta abbinati. In mano, posato a terra, teneva un bastone straordinario con un'enorme pietra lucida.

«Miss Reid. Benvenuta. L'aspettavo con impazienza. Il mio nome è Cain Jones».

Lily prese un respiro. Era una trappola. Raggiunse la cerniera della borsa che conteneva la pistola, ma l'uomo che li aveva accompagnati alla porta le strappò entrambe le borse. Tentò di combattere. Si voltò verso Jacob, ma lui non si muoveva. La guardò appena con uno sguardo tirato e le mani strette a pugno lungo i fianchi. Perché non faceva qualcosa?

«Jacob...» disse Cain con voce strascicata.

Non appena chiamò il suo nome, Jacob indietreggiò. Non mosse gli occhi da quelli di Lily mentre l'uomo continuava a parlare.

«Grazie per avermi consegnato il mio pacchetto sano e salvo».

La verità lentamente si insediò nel suo stomaco dove bruciò come una fetta di inferno, e scivolò su a lambire le sue viscere con fiamme di agonia e vergogna, vergogna per essere stata così stupida da fidarsi di Jacob e innamorarsi di lui. Lui aveva giocato con lei per tutto il tempo, l'aveva manipolata e condotta esattamente dove voleva, qui, nella tana del nemico. Poi le venne in mente che Jacob *era* il nemico: per tutto il tempo lei era stata in fuga col nemico.

Mentre continuava a fissare Jacob, realizzando dentro di lei ogni orribile e dolorosa verità, qualcosa che somigliava al rimpianto balenò nei suoi occhi.

Lui le si avvicinò. «So cosa stai pensando, Lily».

Lei fece un passo indietro. «Tu non sai quello che penso». Non riusciva a credere di essersi aperta con lui, di aver condiviso la sua esperienza più intima con questo traditore e di avergli permesso di toccarla. «Tu non sai niente di me».

«Lo sai che non è vero» le disse a bassa voce. «So quello che conta».

La sua risata era vuota. «E cosa sarebbe? Che sei un bugiardo traditore?».

«Che tu mi ami».

Le parole erano come un coltello nella sua anima, che si torceva e si rigirava dentro. Faceva male come niente che avesse mai provato prima, nemmeno quando aveva scoperto quello che il padre faceva per vivere, o che Adam l'aveva tradita. La sua paura della fame e di essere inseguita non erano niente in confronto a questo.

Le lacrime bruciavano dietro ai suoi occhi, ma lei le scacciò. Jacob non valeva una sola delle sue lacrime. «Credo che dimostri solo quanto io sia stata ingenua. Congratulazioni. Hai fatto un buon lavoro». Rise di nuovo. «Sei riuscito a ingannarmi».

Cain parlò di nuovo. «Signorina Reid, prima di giudicare Jacob troppo duramente, ci sono alcune altre verità da prendere in considerazione».

Jacob si voltò di scatto. «No. Non farlo. La distruggerai».

Cain alzò la testa verso l'uomo che stava sulla porta, uno spettatore silenzioso. «Pierre, Jacob ha bisogno di un medico. Chiama Eve. Dille di cancellare i suoi programmi».

«Sì, *monsieur*». L'uomo fece un cenno rigido e scomparve.

«È tempo che Miss Reid e io abbiamo un colloquio in privato» disse Cain, alzandosi in piedi.

«Per favore» Jacob si mise in mezzo, «lasciaci un momento da soli».

«Vedendo la piega che hanno preso gli eventi, suppongo che ti debba almeno questo». Cain andò alla porta e la chiuse dietro di sé.

Lily ebbe l'impulso di sferrare un pugno sulla mascella di Jacob, ma riconobbe la sua fantasia per quello che era, uno sforzo mentale per sfogarsi. Dare un pugno a Jacob non avrebbe cambiato nulla.

«Colpiscimi» le disse, «e facciamola finita, così possiamo andare avanti e parlare».

Il fatto che lui la conosceva così bene, che poteva praticamente prevedere i suoi pensieri, rendeva tutto ancora più doloroso.

Lei incrociò le braccia. «Non abbiamo nulla da dirci».

«Non volevo farti del male, te lo giuro. Non te lo potevo dire. È per questo che ti avevo avvertita, era questo il motivo per cui ti ho chiesto di non innamorarti di me».

«Hai ragione». Gli rivolse uno sguardo tagliente. «Non avrei dovuto innamorarmi di te. Il tradimento di un amico è già abbastanza grave. Il tradimento di un amante è decisamente meschino».

«Sto cercando di salvarti la vita».

«Da cosa?» sputò. «Tu sei l'unico da cui ho bisogno di essere salvata».

La mascella si strinse. «È molto improbabile, Lily. Non sono io quello di cui ti devi preoccupare».

«E chi sarebbe?».

C'era agitazione nei suoi occhi, come se stesse combattendo una battaglia interiore. Alla fine le disse: «Tuo padre».

CAPITOLO QUINDICI

«Mio padre?». I begli occhi azzurri di Lily erano spalancati, umidi per le lacrime che tratteneva.

La voglia di calmarla era più grande di sapere che aveva bisogno di tempo per accettare la verità. Jacob cercò di prenderle la mano, ma lei si allontanò da lui, come se il suo tocco avesse potuto bruciarla. Questo lo ferì, ma dannazione, non è che non se lo aspettasse o meritasse.

«Sono stato pagato da Cain per trovare tuo padre. Tu eri un mezzo per raggiungere un fine. Speravo che mi avresti portato da lui». Era difficile ammetterlo, ma lui scavò ancora di più. «So che in questo momento mi odi, ma se non fosse stato per me saresti già morta, uccisa da Sky o dagli assassini di tuo padre. Ho negoziato per la tua vita. Se dai a Cain quello che vuole, sarà lui a proteggerti. Io non posso farlo da solo, non contro l'intero esercito di tuo padre».

Lo shock sul viso di Lily gli confermò quanto profondo era stato per lei il suo inganno.

«Il parco... quando mi hai trovata...». C'era una supplica nella sua espressione perché lui negasse. «Non è stato un caso, vero?».

«No» disse piano.

«Era tutto previsto». La sua voce mostrava incredulità, come se sperasse ancora che lui avrebbe negato. «Il tuo appartamento, la telefonata a Kyle... Oh, mio Dio. Anche Kyle era una trappola». Le sue labbra si aprivano e si chiudevano alle nuove verità che le scorrevano davanti agli occhi. «Per quanto tempo mi hai seguita prima che mi avvicinassi a quel parco?».

«Un paio di giorni» rispose evasivamente.

«Mi hai vista soffrire. Mi hai lasciata soffrire apposta per sfiancare la mia determinazione, non è vero? Hai fatto in modo che scegliessi di seguirti di mia spontanea volontà quando mi hai *trovata*. Bastardo».

«Non sapevo che mi sarei innamorato di te, Lily».

«Innamorato di me?». Lily rise piano. «Tu non mi amavi quando hai finto di aiutarmi nel parco. Qual era il piano?» Un tremore corse sul suo corpo. «Dovevi uccidermi?».

«Non ho intenzione di mentirti. Allora, quando ti ho portata a casa mia, non avevo idea di cosa avrei fatto di te dopo che tu fossi servita al mio scopo. Ma sapevo già allora che non ti avrei mai fatto del male».

Alzò il palmo della mano. «L'attacco nel tuo appartamento, è stato messo in scena anche quello, per spaventarmi, per far sì che io ti seguissi?».

«No, quello era vero».

«Chi…? Era Sky Communications?». Si morse il labbro e distolse lo sguardo da lui.

«Non lo so. Tuo padre ha molti nemici, Lily. Cain non è l'unico».

«Se quello che dici è vero, perché non me l'hai detto?».

«Se ti avessi detto la verità, non saresti venuta di tua spontanea volontà. Questo era l'unico modo per salvarti. Credimi, se ci fosse stato un altro modo, l'avrei scelto».

«Salvarmi da cosa?».

Jacob chiuse gli occhi di sfuggita. Quello che doveva dirle l'avrebbe distrutta e lei era stata tradita da abbastanza persone che amava. Compreso lui.

«Non da cosa, Lily, da chi».

La sua risata isterica trasformato. «Da te?».

«Da tuo padre».

«Mio padre può essere un criminale, ma lui non mi ha mai fatto del male».

«Ha messo una taglia sulla tua testa, Lily. L'uomo che hai ucciso in Francia, chi pensi che lo abbia mandato?».

Lei batté le palpebre un paio di volte. Il suo bel viso impallidì. Barcollò. Jacob balzò in avanti, ma lei allungò una mano per fermarlo e afferrò la sedia per mantenere l'equilibrio.

«Non ti credo» sussurrò.

Il dolore che provava Lily lo feriva più di qualsiasi proiettile avesse mai preso. Se avesse potuto portare quel peso al posto suo, l'avrebbe fatto.

«Tesoro, mi dispiace».

Lei alzò gli occhi, le lunghe ciglia umide per le lacrime. «Non chiamarmi tesoro. Posso anche essere stata abbastanza sciocca da crederti una volta, ma ora so che hai mentito su tutto». Scosse la testa e fece un passo lontano da lui. «Questo è solo un altro dei tuoi giochi malati per manipolarmi».

«Questo non è un gioco, Lily. Se vuoi vivere, devi collaborare con Cain».

«Niente di quello che abbiamo condiviso era reale». La sua voce era fredda e distante, ma lui poté vedere il fuoco nei suoi occhi, e il suo amore trasformato in odio. «Quanto ti paga Cain?».

«Lily…».

«Quanto vale la mia vita per te?».

«Smettila. Lily, ti prego».

«Mi hai usata. Cain, chiunque egli sia, vuole mio padre e tu mi hai usata per portarti a lui. Scommetto che pensavi che io sapessi dove si trova. Ti sei fatto sparare di proposito, Jacob, in modo che io mi sentissi responsabile e ti avrei portato dal medico di mio padre? Era la tua assicurazione per riuscire a portare a termine il tuo lavoro, per essere pagato?».

«Non mi sono fatto sparare di proposito. Quello non era un inganno. Neanche quello di aver bisogno di un medico».

«Ma è servito al tuo scopo».

Abbassò la testa. «Sì, è servito».

«Chi è Cain?».

«Sta cercando di fermare quello che tuo padre si è proposto di fare».

«E tu vuoi farmi credere che stai combattendo per una giusta causa?».

«Sarebbe un buon inizio, sì».

«Gli uomini che hanno ucciso tutte quelle persone a casa mia, la mia tata, il nostro autista... Sky Communications... sono loro le persone di Cain?».

«No. Sky è ancora là fuori, ci guarda. Quegli uomini sono stati inviati per prendersi il riscatto. Questo avrebbe lasciato tuo padre vulnerabile ed esposto. Ti avrebbero torturata, Lily, fino a quando tu non avessi parlato. Fino a quando non avessi detto loro quello che sapevi. E allora ti avrebbero utilizzata per arrivare al tuo padre. Lui non poteva permetterlo. Ecco perché gli assassini sono venuti».

«Tu non sei una guardia del corpo, vero?».

«Un po' più di questo».

«Allora perché dirmi tutto, ora? Perché non solo andartene senza guardarti indietro? Avresti potuto intascare il denaro e saresti molto lontano da qui, ormai».

«Perché ci tengo a te e mi preoccupo per te, Lily».

«Non credo a niente di tutto quello che stai dicendo. Sei un bugiardo e un imbroglione».

Il suo petto era stretto dal dolore. Non poteva negarlo, quindi, non lo fece. «Ma tu ci tieni a me. Ammettilo. Lascia che ti aiuti. Lascia che Cain ci aiuti. So che mi vuoi ancora».

«No».

«Puoi combatterlo quanto vuoi, ma è così».

Lei non confermò la sua dichiarazione con nessuna risposta. Dato che il loro silenzio continuava, Lily raddrizzò le piccole spalle e sollevò il mento. Quelle gocce che brillavano nei suoi occhi di zaffiro finalmente scivolarono via. La rabbia lasciò il posto alla delusione. Abbassò lo sguardo su di lui, nonostante la sua statura, come si potrebbe guardare dall'alto in basso la sporcizia della terra. Alla fine, si allontanò da lui e si diresse verso la porta.

Faceva male da morire. Soffrivano entrambi. Ma lui se lo meritava. Lei no.

Girò la maniglia e quando capì che era chiusa a chiave, sbatté sulla porta. «Abbiamo finito qui».

«Lily, per favore». Si precipitò in avanti e la prese per le spalle.

Lei si dimenò per stargli lontana, il viso rivolto di lato, come se non potesse tollerare la sua vista. «Non ti azzardare a toccarmi».

Anche imprigionata con il suo nemico di fronte, Lily si mostrò forte, lottando contro di lui. Il bastardo possessivo che era in lui avrebbe voluto afferrarla e tenerla fino a quando lei non avesse capito, ma l'uomo migliore che stava cercando di essere sapeva che lei aveva bisogno di spazio e di tempo per elaborare tutto.

Quando la porta si aprì e Cain rientrò, Lily lo affrontò con le spalle squadrate e una schiena dritta. «Cosa vuole da me?».

«Un'informazione» disse Cain.

«Mi lasci indovinare». La sua voce era tagliente. «A proposito di mio padre?».

«Ha indovinato. Poi mi porterà da lui».

«Bene» disse Lily con dolcezza, «può andarsene all'inferno».

Cain inarcò un sopracciglio. «Sono curioso. Perché lo protegge? Jacob non le ha detto che ha firmato la sua condanna a morte?».

«Io non vi credo. Siete dei bugiardi. Mio padre mi ha lasciato con le guardie perché mi proteggessero. Se mi avesse voluto morta, li avrebbe semplicemente incaricati di uccidermi».

Jacob non sapeva più come fare perché lei vedesse la verità. «Ha mandato gli assassini dopo l'attacco a casa tua, Lily, realizzando quale rischio tu fossi per lui. Giuro su Dio, non ti mentirei mai sulla tua famiglia».

«Lei lo ama» disse Cain con un tono curioso non rivolgendosi a nessuno in particolare. «Lily, se sa che quello che sta facendo è sbagliato, perché non ci dà le informazioni che ci servono per fermarlo?».

«Fermarlo significa che voi dovete piantargli un proiettile in testa, vero?».

«Sì» rispose Cain, senza perdere un attimo.

«Io non sono d'accordo con quello che lui sta facendo, ma questo non significa che lo voglio morto. È ancora mio padre, l'uomo che mi ha cresciuta, che si è preso cura di me tutto da solo dopo la morte di mia madre, e sì, non m'importa di quello che ha fatto, o di quello che sta facendo, io gli voglio bene e non sarò io la causa di un proiettile in testa. Quindi, ora non potete fare altro che uccidermi. Procedete pure».

Jacob si tese alle sue parole. Nessuno doveva torcere un solo capello a Lily. «Lily, sarà più facile se collabori».

Si girò verso di lui e sibilò: «Non hai il diritto di dirmi cosa devo fare. Hai perso il diritto di dire la tua sulla mia vita e le mie scelte».

Jacob sentì il freddo stabilirsi dentro di sé, non a causa delle sue parole, ma a causa di quello che Cain poteva farle, se lei non gli avesse dato quello che voleva. Non doveva essere difficile. Ma Jacob non aveva fatto i conti con la forte lealtà di Lily, un senso del dovere mal riposto che quel pezzo di merda di suo padre non meritava.

«Hai detto che volevi andare alla polizia» Jacob le ricordò gentilmente.

«Sì. Volevo che smettesse di fare quello che stava facendo. Non l'ho mai voluto morto».

«Suo padre non può essere fermato dalla legge o dalla polizia» disse Cain. «È troppo potente. Lei non capisce l'enormità della situazione» continuò Cain, «ma capirà». Guardò sopra la spalla di Lily alla porta. «Pierre».

A Jacob non piaceva l'insinuazione nelle parole di Cain. Si mosse verso di lei velocemente, afferrandola per le braccia e trascinandola lungo il corridoio. Un forte colpo al collo lo fermò. Involontariamente, lasciò andare Lily per toccarsi il punto dove bruciava in cima alla colonna vertebrale. La sala iniziò a girare. Inciampò e sporse un braccio per proteggersi mentre cadeva contro il muro.

«Cos'hai fatto?» chiese a Cain. «La amo. Se le farai del male, ti darò la caccia e ti ucciderò».

Cain ridacchiò. «Un giovane amore. La trovo la cosa più affascinante del mondo».

Jacob svenne. Cercò di rimanere cosciente, combattendo l'oscurità che arrivava. I grandi occhi pieni di lacrime di Lily furono l'ultima cosa che vide.

CAPITOLO SEDICI

«Che cosa gli ha fatto?» chiese Lily a Pierre mentre trascinava il corpo inerte di Jacob lungo il corridoio.

«Starà bene tra poco. Eve sarà qui presto per curargli la ferita». Cain indicò un vassoio di liquori e prese in mano una caraffa. «Vino?».

Lei scosse la testa, cercando di riflettere su tutto quello che era stato detto negli ultimi minuti.

«Caffè? Acqua? Qualcos'altro?».

«No. Perché non sono ancora morta?».

Cain ignorò la domanda. Tornò al divano e si sedette. «Per favore, si sieda».

Lily sollevò il mento. «Preferisco stare in piedi».

Mettendo le mani sulle ginocchia, Cain la guardò attentamente. «Avrei mille modi per spezzarla, ma preferisco non farlo. Mi piace Jacob. È un buon soldato. Non voglio fare del male alla giovane donna che ama».

«Lui non mi ama, o non mi avrebbe ingannata».

Cain sospirò. «Il primo amore. Così presuntuoso. Si pensa che l'altro, se ci ama, debba agire in un certo modo, e se non soddisfa le nostre aspettative se ne deduce che non può essere amore».

«L'inganno non è amore».

«La definizione di Jacob di amore può essere diversa. Lui può non averglielo dimostrato nel modo in cui voleva lei, ma le sue azioni non sono meno grandi di qualsiasi delle sue aspettative prestabilite».

«L'atto di vendermi a qualcuno?».

Sorrise lentamente. «Al contrario. Lui non l'ha venduta. Lui l'ha comprata».

Improvvisamente, Lily dovette sedersi. Si lasciò cadere sulla sedia più vicina a lei. «Che cosa vuole dire, mi ha comprata?».

«Non gliel'ha detto? Ha pagato agli assassini di suo padre il doppio del prezzo pagato da suo padre. Ora, lui la possiede. La sua vita appartiene a lui. Chiunque osa toccarla, avrà la sua vendetta. E diventerà la preda sua e dei suoi alleati. Ecco come funziona nel nostro business. A causa di Jacob, o grazie a lui, signorina Reid, ora io sono il suo protettore».

«Ma lei è mio nemico».

Lui inclinò la testa. «Tutto dipende da come si guarda la cosa».

«Cosa spera di ottenere?».

«Salvare il mondo. So che lei è al corrente delle Sette Arti Proibite e di ciò che suo padre intende fare, perché Jacob me l'ha già detto. Il mio lavoro è quello di fermare Godfrey». Il suo sguardo divenne freddo, il calore evaporò del tutto dai suoi occhi. «E io farò tutto il possibile». Si sporse in avanti. «Ora, è pronta a collaborare?».

Lily non ne voleva sapere di cooperare. Non credeva alle parole di Cain. Non si fidava di nessuno, se non di se stessa. Si era fidata di Jacob e guarda cosa aveva ottenuto. Fissò Cain, il suo silenzio fu la sua risposta.

Lui sospirò, e c'era vero rammarico in quel suono. «E sia». Si alzò in piedi di nuovo, questa volta più lentamente, come se il compito fosse pesante, e fece un cenno a Pierre, che rientrò in silenzio dietro Lily.

Quando Pierre la prese per un braccio e la trascinò in fondo al corridoio, lei tentò di ribellarsi con tutte le sue forze. Non si sarebbe arresa senza combattere. Ma il vecchio era sorprendentemente forte. I suoi pugni e le unghie non sortirono alcun effetto su di lui mentre la spinse in una stanza buia senza luce. Per un attimo lei perse l'equilibrio, disorientata e, prima che potesse orientarsi, un oggetto duro e freddo le sbatté contro i polsi. Strattonò le braccia. Del metallo risuonò. Era incatenata a un muro. Il panico si impossessò di lei.

«Aspetta!». Si precipitò verso il piccolo frammento di luce che brillava attraverso la fessura della porta, le catene tintinnarono per lo sforzo, ma Pierre se ne andò e le chiuse la porta in faccia.

Si lasciò scivolare a terra. Un singhiozzo si liberò, poi un altro. Stavano per torturarla. Non aveva considerato una morte lenta. Un colpo in testa, forse. O che le tagliassero la gola. Si tirò le ginocchia fino al mento e avvolse le braccia incatenate intorno alle gambe. In questo momento, desiderava suo padre come mai prima. Nascose la testa tra le ginocchia e pianse.

Ore, minuti o un giorno potevano essere trascorsi. Lily era appisolata sul pavimento freddo. Si svegliò sentendo che qualcuno armeggiava con la porta. Una chiave girò. Aveva sete, fame e un disperato bisogno del bagno. I suoi polsi bruciavano dove il metallo le aveva irritato la pelle.

La luce del sole che passò attraverso la porta all'improvviso la accecò, e la lampada che era stata accesa e puntata sul suo viso lo fece ancora di più. Batté le palpebre più volte e alzò le braccia per proteggersi gli occhi dal bagliore doloroso. Dei passi echeggiarono sul cemento. Si fermarono a poca distanza da lei.

«È pronta a parlare?» chiese la voce di Cain. «Un pasto caldo la aspetta».

«Se ne vada».

Lui sospirò. Senza aggiungere altro, si voltò e la sagoma scura del suo corpo scomparve attraverso la porta. Lei si sentì sollevata, ma allo stesso tempo ansiosa. La porta non si chiuse dietro di lui come aveva previsto. Invece, Pierre entrò e le tolse una manetta.

«Può usare il bagno» le disse burbero, girando i riflettori verso l'angolo per mostrarle una latrina e un piccolo lavabo che lei non aveva notato nel buio.

Se ne era appena andato, chiudendo la porta chiusa a chiave dietro di lui ancora una volta, quando Lily si mosse in avanti. Testò i confini della sua gabbia e scoprì che poteva raggiungere l'angolo della stanza unicamente quando solo il braccio sinistro era legato alla catena. Si buttò sul lavandino e aprì il solo rubinetto che c'era. L'acqua fredda colò. Facendo coppetta con la mano libera, bevve fino a quando lo stomaco le dolse poi si asperse il viso. Usò la toilette e bevve di nuovo. Solo quando si sentì scoppiare smise di camminare per la stanza.

La stanza era grande. A causa della catena, non riusciva a raggiungere il lato opposto, ma poteva vedere grazie alla luce. Come se qualcuno là fuori le avesse letto nella mente, la luce si spense. Lily si precipitò verso di essa, tastando il percorso nel buio. Si bruciò le dita sulla lampadina calda e le tirò indietro con un grido. Tastò giù alla base, ma non riuscì a trovare un interruttore. Seguì il cavo elettrico per quanto la catena lo permise. Doveva passare attraverso la parete, o forse il soffitto, con l'interruttore dall'altra parte.

Per un altro lasso di tempo camminò per la stanza in cerchio, contando i suoi passi e ascoltando l'eco sul pavimento. Quando fu troppo stanca per continuare, si sedette di nuovo e appoggiò la testa contro il muro. Cantò tutte le canzoni che poteva ricordare, poi si mise a contare fino a quando non riuscì più a tenere il conto. Infine, si distese sul pavimento e cadde nel rilascio beato del sonno.

Non c'era modo di sapere che ora fosse. Lily sapeva solo che non aveva ancora dormito abbastanza, quando il rumore della porta che si apriva la svegliò di nuovo. Si sedette in fretta e si strofinò gli occhi in fiamme, in attesa che la luce tagliente la colpisse, ma rimase buio. Una scheggia di luce artificiale passò attraverso la porta. Era notte.

«È pronta a parlare?» chiese la voce di Cain.

«Non so più di quello che ho già detto a Jacob».

La porta si richiuse. Sospirò e si sdraiò. Cercò di rimettersi a dormire, ma questa volta non si poté rifugiare nel subconscio, per quanto provasse a contare. Rimase sveglia nel buio, fissando il vuoto, fino a quando non ce la fece più. Si alzò e fece un giro. Si lavò le mani. Cercò di vedere quanti suoni diversi poteva fare con la catena. Poi si sedette di nuovo a terra. Se qualcuno le avesse detto che una persona poteva impazzire senza che le facessero nulla, non ci avrebbe creduto. Ora, allontanata da ogni stimolo, stava davvero andando fuori di testa. Desiderava la presenza di qualcuno quasi quanto un pasto. Il suo corpo stava diventando molto debole per la fame. Aveva le vertigini. Le succedeva sempre quando il livello degli zuccheri nel sangue scendeva troppo in basso. Molto tempo dopo, il suo corpo per fortuna si intorpidì. La fame era solo un dolore distante, ora, e non provava più la nausea che l'aveva tormentata in precedenza.

Il buio era tutto ciò che esisteva. Il panico era troppo faticoso, così Lily cercò di ripescare tutti i suoi ricordi, quelli felici, di lei, allora bambina di cinque o sei anni, che attraversava il giardino mentre papà la inseguiva. Gli si sedette in grembo mentre lui sorseggiava il suo caffè del mattino, tenendole la sua grande mano sulla testa e cullandola sul petto.

"Non spegnere la luce, papà. Ho paura", gli aveva sussurrato mentre la metteva a letto con il copriletto rosa ricco di ornamenti.

"È solo il buio" le rispose lui, baciandola sulla fronte. "Non lascerei mai che ti accadesse qualcosa, lo sai".

Calde lacrime colarono lungo le sue guance quando lui baciò il taglio sul ginocchio, la prima volta che era caduta dalla bicicletta. Le catene tintinnarono quando lei si toccò il viso e lo sentì umido.

«Non è vero» sussurrò, cercando di credere alle sue parole. «È solo un brutto sogno, Lily». Ma le lacrime sulle guance erano molto reali.

Per molto, molto tempo, per Lily non esistettero che il lavabo e quel posto sul pavimento, fino a quando fu troppo stanca anche per camminare per la stanza. Ripiegata su se stessa, con la schiena contro il muro e il viso lontano dalla porta della sua prigione, richiamò alla mente un ricordo dopo l'altro.

Non sapeva più dov'era. Forse voleva fuggire nel passato così tanto che la sua mente stava rifiutando il presente. Forse era impazzita. Si addormentava e si risvegliava, delusa ogni volta che riapriva gli occhi, perché in quel momento la tortura continuava. Era un ciclo senza fine. Chiuse gli occhi e ascoltò il proprio respiro. Era affaticato, strano, come se venisse da qualcun altro. Stava morendo? Di già? Quanto tempo ci voleva per morire di fame? La fame non era più un dolore fisico. Era diventato un tormento mentale. Si sforzò di non pensare a nulla, di contare soltanto, fino a che non si assopì.

Si svegliò di soprassalto ed era in un letto sconosciuto. Si guardò intorno. Era nella stanza di Jacob. Degli spari arrivarono dal corridoio. Venivano per lei. Cercò di alzarsi, ma il suo corpo era troppo pesante. Si spinse fuori dal letto con uno sforzo e inciampò in qualcosa. Con gli occhi sbarrati, era il viso della sua tata che la fissava dal pavimento, il sangue era una pozza scura intorno a lei sul parquet. Scivolò sul sangue mentre correva verso il bagno, ma tutto quello che poteva fare era scappare, mentre Jacob entrava dalla la porta con una pistola in mano.

Si svegliò di colpo, con le spalle che si sollevavano da terra prima di colpire il duro cemento con un tonfo. La sua fronte era coperta di sudore. Non lontano, c'era l'acqua. Avrebbe potuto andare fino al lavabo e bagnarsi il viso, invece si rannicchiò tutta su se stessa.

«È solo il buio» si disse.

Qualche tempo dopo, Lily capì che c'era qualcuno seduto accanto a lei su una sedia. Il suo sguardo andò sui pantaloni bianchi e la punta di un bastone di legno.

«Per favore, Lily» disse una voce, «la smetta di torturarsi. Mi dica dove si trova suo padre. Può andarsene da qui appena mi dice quello che voglio sapere».

Lei rise, ma uscì fuori come un colpo di tosse. La gola era secca. Le sue parole graffiavano come carta vetrata. «Come se potessi crederle».

«Chi è Lupien?».

Lily non rispose. Non importava che avrebbe fatto, l'avrebbero uccisa comunque.

Dopo un lungo silenzio, Cain si alzò in piedi, prese la sedia e un secondo dopo era di nuovo sola. Il tempo continuò ad allungarsi verso l'eternità, almeno finché avrebbe avuto la forza di contare, e finché sarebbe continuata l'oscurità.

CAPITOLO DICIASSETTE

Jacob si svegliò con un mal di testa infernale. Il primo pensiero chiaro che gli venne fu Lily. Soffocando la voglia di saltare in piedi, aprì lentamente gli occhi e fece il punto della situazione. Una donna con i capelli corti e scuri con un camice bianco era seduta sul bordo del letto.

«Eccoti». Il suo accento era francese. Gli sorrise. «Ben tornato».

Erano soli in una stanza arredata finemente con un letto, un tavolino, una sedia e un armadio. Lui era a torso nudo, con indosso solo dei boxer.

Lui le afferrò il polso. «Dove mi trovo? Chi sei? Dov'è Lily?».

Lei guardò giù dove le dita dell'uomo erano chiuse intorno al suo braccio e sollevò le sopracciglia. Lentamente, la lasciò andare.

«Sono Eve, il medico di Cain. Chiunque ti abbia ricucito, ha fatto un lavoro pessimo. Ti lascerà una brutta cicatrice. Ma ti ha salvato la vita, saresti morto dissanguato».

Jacob si mise a sedere e trasalì sentendo quanto i muscoli gli dolevano. Una flebo era attaccata al suo braccio. «Sì, beh, considerando che quel povero ragazzo era solo uno studente di veterinaria al quinto anno ed è stato costretto a ricucirmi con una pistola puntata alla testa, che cosa ci si poteva aspettare di più?». Fece una smorfia al ricordo doloroso di Lily che cercava di salvargli la vita. «Dov'è lei?».

Eve alzò le mani. «Non so di cosa stai parlando, ma è necessario che tu ci vada piano. Sei stato in coma un paio di giorni».

«Giorni?». Mise le gambe fuori dal letto, facendo quasi cadere Eve a terra.

«Coma indotto. Due giorni, per essere esatti».

La rabbia lo consumava. «Due fottutissimi giorni?».

«Il tuo corpo aveva bisogno di recuperare. La ferita era infetta». Prese una bottiglia di pillole dalla tasca e la scosse. «L'antibiotico che ti abbiamo trovato addosso era più adatto a un criceto che a un essere umano. Ti ho anche iniettato una dose di antitetanica».

Lui tirò via l'ago dal braccio, ignorando i grandi occhi di Eve e la macchia di sangue che si era formata sulla sua pelle.

«Ne hai bisogno» disse. «Eri nutrito per via endovenosa».

«Dov'è Cain?».

«Nel salone. Vado a prenderlo».

Si alzò in piedi. «Meglio ancora, vado *io* a prenderlo».

Vide la sua T-shirt e i jeans sulla sedia e li prese. Andò lungo il corridoio. Sentendo le vertigini, appoggiò le mani contro il muro mentre camminava. Non aveva idea di dove era diretto, ma riconobbe il *foyer*. Era lo stesso appartamento in cui aveva portato Lily.

Alla fine irruppe nella stanza e dovette fermarsi di nuovo per non cadere. Cain era seduto al tavolo della sala da pranzo con un computer portatile aperto di fronte a lui e un cellulare premuto contro l'orecchio.

«Dove cazzo è?» chiese Jacob, andando dritto verso il tavolo e facendo cadere delle sedie mentre avanzava.

Cain non sembrò allarmato quando alzò gli occhi. «Oh, Jacob, sei sveglio. Vieni». Concluse la chiamata e osservò Jacob. «Sei meno pallido, ma le forze non ti sono ancora tornate».

Jacob afferrò la sedia di fronte a lui. «Rispondimi, cazzo!».

«Ogni cosa a suo tempo». Cain si alzò in piedi. «Ti ringrazio per aver onorato il nostro accordo e avermi portato qui la signorina Reid».

«Hai detto che l'avresti protetta se lo avessi fatto».

«E non ho mentito. Ha la mia protezione, per quanto potrò».

«Che cosa le hai fatto?».

Cain sembrava pieno di rimorsi, e l'emozione sul volto di quell'uomo potente spaventò a morte Jacob. Cominciò a tremare. E non era la debolezza fisica. «Rispondimi!».

«Lei non si è lasciata spezzare facilmente come speravo. Ma dovevo essere sicuro che lei non sapesse di più». Scosse la testa. «La sua dedizione alla famiglia è encomiabile».

«Portami a lei. Adesso».

«Questo era il piano. Ma stavamo andando a prepararla prima di farvi incontrare. Ti sei svegliato troppo presto».

183

Jacob cercò di raggiungere Cain dal suo lato del tavolo, come per strangolarlo. «Mi hai fregato».

«Attento» disse Cain senza indietreggiare o ritirarsi. «Non ti conviene avermi come nemico».

Strinse i pugni. «Portami da lei. Ora».

Eve entrò nella stanza e guardò i due uomini. «Va tutto bene, Cain?».

«Sì». Cain non mosse gli occhi da Jacob. «Sono di fronte a un uomo innamorato, questo è tutto. Puoi andare».

Lei sembrò esitare. «Sei sicuro?».

«Josselin e Maya stanno arrivando. Pierre ti indicherà l'uscita».

«Ho lasciato una ricetta per lui nella stanza. Antibiotici». Prese il cappotto e se lo mise sul braccio. «E cerca di riposarti ancora, Jacob. Non dovresti agitarti come stai facendo».

Jacob ignorò la dottoressa. Il suo sguardo rimase fisso sull'unico uomo che avrebbe potuto dargli ciò che voleva.

Quando il medico non fu più nella stanza, Cain disse: «Siediti. Risparmia le forze. Avrai presto la tua Lily».

Jacob obbedì a malincuore. «Cosa stiamo aspettando?».

«La mia squadra».

«Perché?».

«Perché devo essere sicuro che Lily ci abbia detto tutto quello che sa, prima di portarci da suo padre».

Jacob si passò le mani tra i capelli. «Non stai pensando di usarla come esca?».

«La mia squadra sarà lì per proteggerla».

«No». Si alzò in piedi di nuovo e cominciò a camminare. «No. Ha rischiato la vita a sufficienza. È stata dannatamente fortunata a essersi salvata la prima volta. L'ho quasi persa per due volte. La fortuna non dura così a lungo».

«La sottovaluti. Non è tanto la fortuna, quanto l'istinto di sopravvivenza».

«Sono abbastanza sicuro che lei sarebbe morta se non fossi stato là le ultime due volte. Non avrebbe avuto alcuna possibilità. Non contro quell'esercito e non contro gli assassini che erano stati inviati per ucciderla».

«Bene, allora sembra proprio che tu sia la sua fortuna».

Jacob si sentì deriso. Si infuriò. «Questi non erano gli accordi».

«Se ti avessi detto le mie intenzioni, l'avresti portata da me?».

«No».

«Esatto».

Jacob sapeva di aver bisogno dell'aiuto di Cain. Cain era potente quanto Godfrey. E aveva una squadra. Da solo, Jacob non avrebbe potuto proteggere Lily per sempre.

Pierre entrò nella stanza. «Sono qui».

Cain annuì. «Falli entrare».

Un attimo dopo due uomini e una donna entrarono nella stanza. Quello che li precedeva era alto e grosso, con la faccia dura e lunghi capelli neri striati di bianco. I suoi occhi argentei sembravano stregati. Quello sguardo freddo, duro era indice di pericolo. Un uomo con nulla da perdere, con occhi spenti e senza speranza: era di certo il più pericoloso di tutti. Anche il secondo era alto, ma più snello, con una treccia bionda che gli scendeva lungo la schiena. Aveva un aspetto esotico, quasi da elfo. Jacob osservò i suoi occhi intelligenti e giallastri, che lo scrutarono a loro volta. Quindi fissò la sua attenzione sulla donna. Era straordinariamente bella, con una pelle color moka e vivaci occhi verdi. Le perline in fondo ai suoi rasta tintinnarono quando le agitò sopra le spalle.

«Questo è Jacob» disse Cain. «Jacob, ti presento la mia squadra».

L'uomo con gli occhi spenti gli strinse la mano per primo. «Josselin». Il suo accento era decisamente francese.

«Lann» disse l'uomo con le strane orecchie. La sua stretta era forte. «Piacere di conoscerti». Russo, senza dubbio.

La donna non lo toccò. Inclinò solo la testa e sorrise. «Maya. Vorrei poter dire che è un piacere, ma sono sicura che tu non la pensi così».

Non riuscì a identificare il suo accento. Capì solo che non era né inglese, né americana o australiana.

«Cosa bevete?» chiese Cain, facendo cenno a Pierre occupato a prendere dei bicchieri dal vassoio dei liquori vicino alla finestra.

Jacob guardò la strada sottostante. A giudicare dalla posizione del sole, era circa mezzogiorno. Non vide militari di fronte al palazzo, o macchine lungo le strade. Il fatto era che, dopo la bravata che Cain gli aveva fatto, non sapeva più se poteva fidarsi di lui, e di certo non si fidava della gente di fronte a lui. Aveva la strana sensazione che lo stessero tenendo d'occhio come se si aspettassero che desse spettacolo. Pierre stava in piedi sull'attenti dietro il vassoio delle bevande, ma nessuno ordinò nulla. Erano tutti tesi e vigili.

«È ora di tirare fuori la ragazza» annunciò Cain.

Il cuore di Jacob ebbe uno strattone. Era qui. Lily era in questa casa maledetta, proprio sotto il suo naso? Avrebbe fatto a pezzi quel posto se l'avesse saputo. Quella era l'ultima cosa che si sarebbe immaginato.

«Seguimi». Cain si fece strada lungo il corridoio.

Jacob non aveva intenzione di lasciarselo dire due volte. L'impazienza e l'ansia lo divoravano come un acido nello stomaco.

Si fermarono davanti a una porta fissata con dei bulloni e una chiave. A ogni barra che veniva aperta il cuore di Jacob batteva più forte, minacciando di saltargli dal petto. Quando Cain aprì la porta, quello che vide non era quello che si era aspettato. Lily si trovava in una stanza buia, su un pavimento nudo, con un braccio incatenato a un muro. Era quasi immobile. Il suo corpo non batté il minimo ciglio ai rumori o al movimento della porta. Il suo cuore si fermò, poi cominciò a battere più furiosamente di prima. La sua rabbia gli faceva vedere delle macchie scure.

«Che cosa le hai fatto?» gridò a denti stretti, correndo in avanti.

«Niente» rispose Cain. «Assolutamente niente».

Jacob si inginocchiò accanto a lei. Le toccò la spalla, la guardò con attenzione. I suoi vestiti erano intatti. Non c'era sangue, non vi erano segni sul corpo. Poi capì: Cain non le aveva fatto nulla. L'aveva torturata portandole via ogni stimolo. L'aveva rinchiusa e aveva tolto ogni suono e luce e contatto umano. Era il modo più veloce e non invasivo per spezzare un essere umano, in particolare una giovane donna inesperta.

La prese tra le sue braccia. «Lily, piccola, sono qui».

«Ti darò un momento» disse Cain. «Usa il bagno. Falle un bagno caldo. Fai con calma. Ha bisogno di prendere molti liquidi per i primi due giorni. C'è una minestra per lei in cucina».

Jacob rimase in silenzio. Non si voltò a rispondere per paura di uccidere Cain a mani nude. Cain, come se avesse percepito il fragile stato di Jacob, girò sui tacchi e li lasciò alla loro privacy.

Jacob la cullò dolcemente. L'avevano fatta fatta quasi morire di fame. Cazzo. Solo due giorni. Sarebbe stata bene presto. La sollevò tra le sue braccia e uscì dalla stanza. Voleva portarla via al più presto da quel buco in cui era stata rinchiusa.

Nel bagno, fece come Cain aveva suggerito. Incurante delle persone nel salone e di quel cazzo che stessero facendo, posò Lily sul tappetino per riempire la vasca da bagno. Quando le sue dita si avvicinarono per slacciarle i jeans, lei gli colpì la mano. Era stato un movimento debole, ma gli scaldò il cuore. La sua Lily aveva ancora la forza per combattere. Non era spezzata.

«Lily» le spostò i capelli scuri dal viso. Era coperta di fango per la polvere e il sudore mescolati. Non sapeva se doveva prima darle da mangiare o metterla nella vasca da bagno. Dov'era Eve, il medico, adesso che aveva veramente bisogno di lei? L'amarezza gli salì in gola. Immaginò che Cain non voleva che Eve sapesse cosa stava succedendo dietro quella porta chiusa.

«Merda. Merda. Sono qui, piccola». Si alzò e urlò per chiamare Pierre.

Con sua grande sorpresa, il vecchio apparve sulla porta dopo pochi secondi.

«Portale qualcosa da bere».

Pierre lo lasciò senza una parola e tornò con una tazza e una cannuccia. «Succo di frutta, diluito con acqua».

Jacob glielo strappò di mano. «Vattene dalla mia vista, prima che ti spezzi il collo».

Quando la porta si chiuse dietro il vecchio, Jacob le portò la bevanda alle labbra. Lui quasi si afflosciò dal sollievo quando vide che lei non lo rifiutò. Lily era abbastanza testarda da fare esattamente questo: rifiutare qualsiasi cosa che venisse da lui, anche a suo discapito. Dopo qualche sorso mise da parte la tazza. Avrebbe dovuto rimetterla in forza lentamente.

«Non mi toccare» gli disse quando lui alzò le braccia per sfilarle la maglietta sopra la testa.

Capiva il fatto che volesse le sue mani sul suo corpo il meno possibile, ma non poteva lasciarla sporca com'era, ma non aveva intenzione di lasciarla nello stato di sporcizia in cui si trovava, e lei non aveva abbastanza forza per fare da sola. Ignorando il suo desiderio, finì quello che doveva fare. Lei ritirò le gambe quando Jacob cercò di sfilarle i pantaloni.

«Ti prego» supplicò lei.

Quelle parole gli spezzarono il cuore. Troppo debole per affrontarlo, lo supplicava di smettere. Ma era solo il suo orgoglio che le impediva di sentirsi nuda e vulnerabile di fronte a lui. Il suo orgoglio sarebbe guarito. In questo momento, il suo corpo era la priorità.

«Mi dispiace» fu tutto quello che disse prima di toglierle i vestiti e la biancheria intima, ma di certo non la sua dignità, perché Lily lo guardò con uno sguardo altero, come se lui non valesse la sporcizia sotto i suoi piedi. Il che era vero.

Lui la mise nell'acqua e cominciò a lavarle il corpo e i capelli. Lei rimase con un'espressione impassibile e gli occhi chiusi, e lui non aveva idea di cosa stesse passando nella sua bella testolina. Usò una spugna per lavare ogni centimetro della sua pelle. Lily era sempre stata magra, ma ora sembrava come quel giorno in cui l'aveva trovata nel parco, e lui odiava sapere di esserne stato la causa, per ben due volte.

La sollevò dalla vasca e l'asciugò. Non avendo vestiti di ricambio per lei, Jacob si tolse la maglietta e gliela infilò. Le stava come un vestito troppo grande. L'ultima volta che l'aveva vista in abiti di un uomo, era con la giacca di un altro uomo, e in quel momento non aveva desiderato altro che strappargliela via e farle indossare la sua, come un segno malato di proprietà, ma non avrebbe mai voluto che fosse in simili circostanze. Allora, era stata vivace e seducente, e aveva cercato di salvare il culo a entrambi. Ora era arrabbiata e amareggiata, e aveva bisogno di nutrimento.

Spinse tutti gli altri pensieri dalla sua mente mentre le spazzolava i capelli. Doveva concentrarsi su ciò di cui lei aveva bisogno, passo dopo passo, respiro dopo respiro, e su come diavolo sarebbero usciti fuori da lì. Sperava solo che Cain fosse quello che tutti dicevano: un uomo di parola.

La condusse in cucina, la fece sedere al tavolo e le fece mangiare un piatto di minestra acquosa che aveva trovato nel frigo e aveva riscaldato nel forno a microonde. Lei prese ogni cucchiaio che lui le portò alle labbra senza guardarlo negli occhi. La ciotola era quasi vuota quando Pierre entrò nella stanza. Il corpo di Lily si tese. Jacob mise una mano su quella di Lily e, ignorando l'uomo dietro di loro, si chinò in modo da poter catturare il suo sguardo sfuggente.

«Ti hanno toccata, Lily? Ti hanno fatto del male?».

Per la prima volta, lei lo guardò dritto negli occhi. «Vuoi dire oltre a rinchiudermi in una camera al buio e farmi morire di fame?».

«Noi non l'abbiamo sfiorata» rispose Pierre. «Cain vuole vedere entrambi nel salotto».

Lily non reagì. Se Pierre aveva mentito, Jacob lo avrebbe visto nei suoi occhi. La necessità di vendetta era amara sulla lingua. Voleva che pagassero per quello che le avevano fatto.

Si alzò in piedi e le porse la mano, ma lei rifiutò. La lasciò cadere debolmente al suo fianco. Si alzò in piedi. Almeno un po' della sua forza era tornata.

«Andiamo» disse Pierre. «Non posso aspettare tutto il giorno».

Pierre lasciò che Lily e Jacob camminassero davanti a lui. Finora, nessun'arma era stata tirata fuori, e questo significava o che Cain era un uomo di parola, oppure che considerava Jacob troppo debole per poter combattere contro di loro.

La sua speranza presto diminuì appena entrarono nella stanza dove Cain e la sua squadra aspettavano. In mano, Cain teneva un revolver d'argento decorato, con l'albero d'avorio. L'uomo era teatrale perfino nella scelta della sua dannata arma. Se la situazione non fosse stata così terribilmente seria, Jacob avrebbe potuto anche ammirare il suo gusto.

Lily si fermò sulla porta alla vista degli estranei. Jacob le mise un braccio intorno alle spalle, ma lei se lo scrollò di dosso.

«Signorina Reid, le presento la mia squadra» disse Cain.

I suoi occhi lo guardarono con un lampo. «E quali poteri soprannaturali posseggono?».

La fronte di Maya si sollevò con sorpresa divertita, poi schiuse le labbra, ma Cain rispose prima che lei potesse fare alcuna domanda.

«La signorina Reid ha incontrato qualcuno che possiede un'arte molto potente di recente, non è vero, signorina Reid? Quindi, lei sa che la vostra perfezione fisica indica qualcosa di più delle sole sessioni di ginnastica quotidiane». Cain indicò Josselin. «Fatta eccezione per il nostro leader. Non è uno di loro».

«Quindi lei vuole mettere in mostra la sua squadra di eroi soprannaturali?» chiese Lily. «Per quale motivo?».

Jacob le strinse il braccio in un gesto di avvertimento. Non voleva che lei avesse nulla a che fare con queste persone. Ma Lily aveva lo stesso sguardo di Josselin, dato che non aveva niente da perdere, tranne che per quella scintilla di rabbia che illuminava la profondità dei suoi occhi azzurri. La rabbia era positiva. La rabbia era un'emozione potente. Questo gli diede speranza.

«Ci dica cosa sa dell'organizzazione di suo padre» disse Cain «e di Lupien».

Lily si voltò verso Cain, guardandolo dritto in faccia. «Gliel'ho già detto, vada all'inferno».

Il respiro di Jacob gli si bloccò in gola. Questa era sicuramente la risposta sbagliata. Tutto quello che avrebbe dovuto fare, era ripetere di nuovo che lei non sapeva niente, allora forse avrebbero avuto la possibilità di andarsene. Ora non più. I suoi occhi si chiusero quando il metallo freddo della canna fu premuto contro la sua tempia e fu tolta la sicura.

«Potrei fargli saltare le cervella» disse Cain.

«E a lei non fregherebbe un cazzo» sibilò Jacob, cercando di pensare chiaramente, mentre sapeva bene che le sue possibilità di portare via Lily sana e salva erano appena diminuite di altri dieci punti.

Cain sorrise. «Io penso che le interessi. Dobbiamo contare fino a tre, signorina Reid? Uno. Due».

«Stop» disse Lily a denti stretti. «Le dirò tutto quello che vuole sapere».

Cain non spostò l'arma. «Quando vuole».

Lily strinse le mani a pugno. Si allontanò da Jacob e andò al centro della stanza. Era circondata ora, con Cain alle sue spalle, Lann e Maya sulla sinistra, Josselin a destra, e Pierre davanti alla finestra, ancora una volta dietro il vassoio dei liquori, come se la sua vita dipendesse dal fatto di servire da bere.

«Mio padre vuole conquistare le maggiori società di comunicazione. Non so quali siano, ad eccezione di Sky Communications, ma so che sono quelle più importanti, quelle che contano. Quelle che utilizzano satelliti e possono causare il crollo a livello mondiale delle comunicazioni e delle tecnologie. So che sta reclutando una squadra come la sua. E so che mio padre è qui, a Parigi, perché vuole comprare la Torre Eiffel».

Maya rise a questo. Lily le lanciò uno sguardo tagliente.

«Ci dica il suo vero nome» disse Cain.

«Cosa?». Gli occhi di Lily si spalancarono con evidente sorpresa. Questa era una novità anche per Jacob. «Cosa vuol dire? Conosce il mio cognome».

«Conosco il suo, ma non quello di suo padre. Ed evidentemente nemmeno lei. Suo padre lavora sotto falso nome. L'ha sempre fatto. Le credo, signorina Reid».

«Potrebbe essere una bugia» suggerì Pierre.

«No». Cain sembrava sicuro. «Lei non vuole che Jacob muoia. Lo ama».

Lily si voltò verso di lui lentamente. «Ha ragione. Non lo voglio morto».

La speranza avrebbe potuto rinascere in lui, se Lily non avesse scelto di lasciare che il suo odio bruciasse nei suoi occhi in quel momento.

«Avresti dovuto puntare la pistola contro di me e premere il grilletto» gli disse.

«Lily...» Jacob si spostò lentamente in avanti. «Ti sei trovata troppo vicino alla morte per pronunciare quelle parole. Hai tutta la vita davanti a te, mi senti?».

«Avete entrambi ragione» disse. «Non voglio che Cain ti spari, Jacob, e non voglio morire. Ho troppo per cui vivere». Sogghignò. «Rimarrò viva per vendetta, Jacob, perché voglio ucciderti io stessa».

Le sopracciglia di Josselin si sollevarono a questo. Un sorriso si disegnò sulle sue labbra. Lann era impossibile da leggere, con il suo volto inespressivo.

Cain rise piano. Abbassò la pistola. «Maya, trova dei vestiti per la signorina Reid, in modo che ci porti da suo padre».

Prima che Maya facesse un solo passo, Lily caricò. Si spinse in avanti come un proiettile sparato da un'arma. Solo che, anziché andare contro Cain che stava vicino alla porta, si diresse nella direzione opposta. Per un bizzarro momento tutti si bloccarono vedendo Lily mirare dritta verso Pierre. Era una donna indifesa e notevolmente indebolita dalla mancanza di nutrimento, e il corpo di Pierre era una tonnellata di mattoni, che non sarebbe nemmeno stato scalfito se la spalla fragile di Lily gli avesse sbattuto contro.

Lei lo capì troppo tardi. All'ultimo momento, invece di andare dritta contro Pierre, Lily lanciò il suo corpo attraverso l'aria, mirando alla finestra. Il vetro si frantumò con uno schianto terrificante. Jacob vide con orrore il corpo di Lily scomparire dalla sua vista e precipitare verso il basso.

Non c'era nessun balcone.

Corse alla finestra, spingendo via Pierre dalla sua strada. Lily doveva essere caduta e morta. Non c'era altra possibilità. Aveva fatto un salto suicida.

CAPITOLO DICIOTTO

Il rumore del vetro che si frantumava fu spaventoso, ma non così terribile come precipitare nel vuoto. Lily colpì una tela rigida. Questa ridusse la velocità della sua discesa ma si strappò per la forza dell'impatto. Lei scivolò verso il basso, cercando di tenersi al tessuto a brandelli, e colpì i tavoli e le sedie sotto il tendone. Tazze, piattini e zuccheriere si schiantarono sul marciapiede.

Sobbalzando per il dolore alla schiena, si toccò le braccia e le gambe. Non sembrava che ci fosse nulla di rotto. Si sentiva ancora debole, appena un po' meglio dopo la minestra che Jacob le aveva dato, ma l'adrenalina le diede la forza di cui aveva bisogno per alzarsi in piedi e correre sopra i cocci più veloce che poteva. Un cameriere stordito rimase immobile sul posto e tentò di chiamarla solo quando lei aveva già attraversato la strada.

Troppo spaventata, Lily non si guardò indietro. Loro potevano essere già dietro a lei, o forse non ancora. Nel caso in cui lo fossero, non voleva essere rallentata dalla paura. I ciottoli del vicolo che aveva preso le facevano male dato che era a piedi nudi, ma ignorò il disagio mentre correva a tutta velocità. Diversi vicoli serpeggiavano intorno alla zona, era facile perdersi, così mantenne la vista sul fiume e continuò a correre in direzione del punto di riferimento che dominava il paesaggio parigino: la Torre Eiffel.

Notò appena i volti sconvolti della gente che oltrepassava. Pochi minuti dopo dovette fermarsi per riprendere fiato. I suoi polmoni erano in fiamme e le gambe vicino al collasso. Si fermò in una piccola rientranza e si appoggiò alla parete. Solo allora studiò le sue ferite.

Il suo braccio aveva un taglio, il sangue colava giù fino alla mano. Probabilmente aveva bisogno di punti di sutura, ma poteva andare peggio. Chiuse gli occhi e disse una preghiera silenziosa di ringraziamento per essere ancora viva. Questa volta non c'era stata una piscina, solo il tendone di una brasserie, che lei aveva notato quando erano usciti dal taxi di fronte all'edificio. Decidere di saltare era stato un rischio non calcolato. Lily aveva avuto paura di tagliarsi e di morire nella caduta. Ma aveva preferito rischiare la morte a quello che Cain aveva in serbo per lei. Meglio la morte che la tortura in quella solitaria camera buia, meglio la morte che affrontare Jacob. Quello le faceva male quasi più delle ferite fisiche.

Il passo successivo era quello di arrivare a suo padre. Doveva raggiungere la Torre Eiffel. Il problema era come arrivarci senza essere notata. Si guardò. Sarebbe stato difficile con indosso solo la T-shirt oversize di Jacob e il sangue che le colava lungo le dita.

Guardò su e giù per la strada tranquilla. I suoi occhi si posarono sulla boutique di fronte. Fatta eccezione per una commessa che stava vestendo un manichino in vetrina, non c'erano clienti. Con un ultimo sguardo per accertarsi che fosse sola nel breve vicolo, corse verso il negozio e spalancò la porta. La commessa trasalì. Disse qualcosa in francese, ma prima di finire la sua frase, Lily l'aveva afferrata per il colletto della sua giacca costosa e l'aveva trascinata al centro del negozio. Gli occhi della donna si spalancarono. «Ho bisogno di vestiti. Capisce?».

La donna annuì freneticamente.

«Dammi il tuo telefono». Non poteva rischiare che la donna chiamasse la polizia.

La commessa girò intorno al bancone e indicò il telefono fisso. «*Oui. Si'l vous plaît, madame, Calmez-vous*».

Lily tirò il cavo nella parte inferiore del telefono e strappò il raccordo di plastica. La donna si appoggiò alla parete dietro di lei.

«Mi serve il tuo cellulare». Quando la donna aggrottò la fronte unico, Lily ripeté, «telefono cellulare, telefonino. Adesso!».

La donna si affrettò a recuperare la sua borsa da sotto il banco.

Lily gliela strappò e puntò un dito al volto della donna. «Stai lì. Non ti muovere».

Si precipitò all'appendiabiti più vicino e strappò giù un vestito a strisce più o meno della sua taglia. Peccato che il negozio non tenesse biancheria intima. Un rapido sguardo attraverso la finestra la rassicurò che erano ancora sole. Senza distogliere lo sguardo dalla commessa, Lily si tolse la maglietta di Jacob e infilò il vestito. Scrutò rapidamente le scarpe esposte su una mensola centrale e afferrò un paio di ballerine piatte, senza preoccuparsi che fossero troppo grandi. Successivamente, cercò di strappare la maglietta di Jacob, ma non era abbastanza forte. Notò un paio di forbici sul tavolo e le usò per tagliare una benda in fretta, che legò intorno al braccio aiutandosi coi denti. Per fortuna la manica del vestito la copriva quasi per intero. Afferrò la bottiglia d'acqua della commessa dal bancone, bagnò una parte della maglietta di Jacob e si asciugò il sangue dal braccio. Il resto dell'acqua lo bevve. Poi si mise la borsa della donna sulla spalla e se ne andò senza voltarsi indietro.

Aveva alcuni preziosi secondi prima che la donna cominciasse a gridare per chiedere aiuto. Sarebbe stato in grado di dare alla polizia una descrizione accurata di Lily e di quello che indossava. In preda al panico, temendo di andare nella direzione degli uomini di Cain o di Jacob, che di certo stavano perlustrando quella zona, Lily si diresse verso la strada principale che costeggiava il fiume. La voglia di correre era grande, ma lei non voleva attirare l'attenzione e non aveva più molte energie. Sulla doppia carreggiata, riuscì a chiamare un taxi.

«Alla Torre Eiffel, per favore» disse, appoggiandosi al sedile posteriore.

Il suo braccio pulsava e le facevano male i piedi. L'adrenalina stava probabilmente svanendo. Frugò nella borsa e trovò il telefonino. Era un'ottima cosa che non fosse bloccato con un codice. Lily chiuse brevemente gli occhi poi compose il numero di suo padre, ma ottenne solo un messaggio che diceva che il numero era staccato. Beh, valeva la pena tentare. Lily rivolse la sua attenzione al contenuto della borsa. C'erano un quaderno e una penna, una flacone di pillole, dei trucchi, un pacchetto di fazzoletti di carta, un foulard, un portafogli con venti euro e varie carte di credito, Bancomat e tessere.

Il taxi si fermò sul marciapiede di una strada da cui Lily aveva una chiara visione della Torre. Pagò il conducente sette euro e legò il foulard intorno ai capelli. Una lunga fila di persone era in coda per fare i biglietti. Lily non aveva idea di dove andare o cosa fare. Spingendo la gente, dicendo "mi scusi" mentre si muoveva lungo la fila per passare, arrivò allo sportello. Fu accolta da sguardi ostili e insulti. Alla biglietteria, infilò la testa e chiese attraverso il foro nel vetro: «C'è un ufficio qui, o qualcosa del genere?».

L'uomo la guardò male. «Torna indietro in fila».

«Non voglio un biglietto. Ho solo bisogno di sapere dov'è l'ufficio della direzione».

L'uomo indicò una guardia di sicurezza che era davanti a una delle porte di accesso.

Lily si avvicinò all'uomo. «Sto cercando un manager, per favore».

Lui la scrutò dalla testa alla punta delle scarpe, piegò la bocca in una smorfia burbera, ma non rispose.

«Capisce?». Il panico cominciò a prendere il sopravvento. «Gli uffici della direzione».

Lui scosse la testa e si voltò dall'altra parte.

Sconfitta, Lily si allontanò. Che fare adesso? Camminò lentamente verso uno stand che vendeva *baguette* da dove aveva una visione più ampia della zona alla base della Torre. Se solo avesse potuto parlare a qualcuno, chiunque, che le potesse indicare dove cominciare a guardare.

Se avesse voluto comprare la Torre Eiffel, chi avrebbe contattato? Ci pensò per un po'. Si trattava di un affare enorme. Sarebbe dovuta passare attraverso qualcosa di grande come il governo. La camera di commercio, forse? In realtà, lei non sapeva nemmeno chi la possedesse. Era proprietà del governo, o proprietà privata? Ora le dispiaceva di non aver mai avuto il tempo di fare una ricerca, ma aveva pensato di essere in fuga dal padre, non verso di lui.

Era stato sciocco venire qui. Ora lo sapeva. Ma nella fretta, e in stato di shock, non aveva pensato in modo chiaro. Avrebbe avuto più senso nascondersi da qualche parte, rubare qualcosa o ottenere dei soldi in qualche modo per sostenersi e, nel frattempo, cercare di scoprire dove fosse suo padre. Doveva avvertirlo che Cain gli era alle calcagna, che stava venendo per ucciderlo. Poi il suo dovere sarebbe stato compiuto. A quel punto se ne sarebbe potuta andare senza mai guardare indietro.

Si voltò e vide un grande parco con un prato verde. Le sarebbe piaciuto scomparire tra la folla. Era luglio, in piene vacanze estive e il parco era pieno di gente. Dei bambini correvano intorno a un gelataio, ridendo. Una madre teneva in mano due coni, il gelato già gocciolante, e cercava di prendere i soldi dalla borsetta, mentre un bambino stava aggrappato al suo vestito e un altro più grande saltellava per avere uno dei coni.

I suoi occhi furono attratti da un uomo che si trovava in mezzo alla folla. Camminava tranquillamente, osservando il paesaggio con curiosità intelligente e nessuno avrebbe pensato che fosse tutt'altro che un turista. Indossava un abito bianco con un gilet e la sua mano si posava appena a un bastone. Era abbastanza vicino perché lei vedesse bene la sua voglia.

Il suo cuore cessò di battere. Lily si sentiva debole. Non importava quanto il suo cervello dicesse al suo corpo di restare calma, di non richiamare l'attenzione su di sé: le sue gambe avevano una volontà propria. Si girò intorno, pronta a mettersi a correre, col desiderio di scappare il più lontano possibile da lui, quando si scontrò con due spalle larghe. Trattenendo il respiro alzò gli occhi, poi lacrime di sollievo le vennero agli occhi.

«Adam!». Lily gettò le braccia al collo al suo fratellastro, aggrappandosi a lui con tutte le sue forze. Non era mai stata più felice di vederlo. Si scostò in fretta. «Devi venire via di qui subito».

«Andiamo, Lily, orsacchiotta mia» disse, utilizzando il nomignolo che aveva sempre usato per lei, «qual è il problema?».

«Dobbiamo andare». Si guardò intorno. «Adesso».

Lui le mise un braccio intorno alle spalle e la fece girare, facendola camminare nella direzione opposta. Abbassò la testa per stamparle un bacio sulla fronte, mentre i suoi riccioli biondi le accarezzavano la pelle. «In nome di Dio, come sei arrivata fin qui?».

«Ti dirò tutto più tardi» gli disse solo.

Era estremamente nervosa, ma felice di sentire il sostegno delle braccia forti di Adam. Lui era suo fratello maggiore in tutti i sensi, anche se non avevano lo stesso sangue. Una volta aveva avuto un fratello di sangue, Nicolas, anche se lei non lo ricordava. Era nato con malformazioni e morto giovane. Il padre aveva sposato la madre di Adam quando lui aveva sedici anni. Lily ne aveva solo quattro all'epoca. Adam aveva preso Godfrey come suo modello, iniziando a formarsi e a lavorare nella sua azienda, e Lily stravedeva per lui.

Adam si era preso cura di lei e l'aveva riempita di affetto. Niente di quello che lei gli aveva chiesto era mai stato troppo. Non appena aveva iniziato a viaggiare con il padre dopo aver finito la scuola, le aveva portato regali da ogni paese che aveva visitato. Adam l'aveva portata fuori nei parchi e alle fiere, in tutti i luoghi in cui il padre era stato troppo occupato per poterla accompagnare.

Era stata ferita a morte quando aveva saputo del tradimento di Adam, quando lui aveva fatto la spia, eppure lei se lo sarebbe dovuto aspettare, sapeva quanto Adam era fedele a suo padre. Ma ora era solo felice di averlo ritrovato e sapeva bene che lui avrebbe fatto tutto quello che poteva per lei, come sempre.

«Ho paura, Adam» gli disse, appoggiandosi a lui.

Lui le diede una gomitata scherzosa. «Ma dai, Lily, orsacchiotta mia. Sei con me».

Attraversarono il parco, camminarono lungo una strada fiancheggiata da platani e si fermarono di fronte a un edificio bianco.

Lily si guardò alle spalle per assicurarsi che non fossero stati seguiti, mentre Adam digitò un codice all'ingresso.

«Papà è qui?».

«Sì». La fece entrare all'interno tenendole una mano sulla schiena.

Due guardie armate stavano ai lati dell'ascensore. Lei le riconobbe immediatamente. Erano due delle guardie del corpo più fidate del padre. La tensione lasciò il suo corpo.

Fecero un cenno col capo, non mostrando alcuna emozione alla sua presenza improvvisa. «Buon pomeriggio, signorina Reid».

Lei li salutò e si voltò verso Adam. I suoi occhi si riempirono di lacrime. «Grazie a Dio ti ho trovato».

Lui le tolse il foulard dai capelli e sfiorò una ciocca sulla fronte. «Lily, la mia povera orsacchiotta» Sorrise. «Sei cambiata».

«Non ho cambiato nulla».

«Sei solo cresciuta, forse.»

Una delle guardie aveva chiamato l'ascensore e quando le porte si aprirono, Lily e Adam entrarono. Adam spinse il pulsante del piano superiore.

«Siamo al sicuro qui, non è vero?» chiese Lily, che aveva bisogno di essere rassicurata.

«Naturalmente, orsacchiotta mia. Non ti preoccupare. Ci siamo solo noi qui».

«Papà ha affittato l'intero edificio?».

Adam sorrise. Si portò le mani dietro la schiena. «Godfrey aveva bisogno di essere vicino alla Torre».

«Quindi sta succedendo davvero? La sta davvero comprando?».

Gli occhi di Adam si posarono sul braccio ferito. «Ha mai detto qualcosa per poi non seguire i suoi propositi fino in fondo?». Quando le toccò la benda improvvisata, Lily sussultò.

L'ascensore si aprì su un atrio di marmo dove altri due uomini facevano la guardia a una porta di metallo. Adam premette il pollice su un lettore per le impronte digitali montato sulla parete. La porta si aprì per rivelare un attico decorato in stile Bauhaus. Godfrey sedeva ad una scrivania nell'angolo opposto della stanza.

Lily si staccò dal fianco di Adam per correre da suo padre. Un sorriso felice scoppiò sul suo volto mentre si alzò e girò intorno alla scrivania. La luce del sole che filtrava attraverso la finestra evidenziò i capelli dai riflessi ramati e le lentiggini sul naso. Lily corse tra le sue braccia.

Lui l'abbracciò forte e la baciò sulla testa. «Mia principessa. Adam ti ha trovata».

Lily si staccò e gli sorrise tra le lacrime. «Adam mi ha trovata?». Guardò il suo fratellastro, che si trovava di lato, con le mani in tasca.

«Hai tentato di chiamarmi un'ora fa» disse il padre.

«Ma il telefono era staccato».

Adam si appoggiò contro la parte posteriore di un bancone. «Tutte le chiamate effettuate a questo numero sono registrate e monitorate. Abbiamo rintracciato il chip, individuato la posizione, zoomato via satellite e – sorpresa, sorpresa – era la mia orsacchiotta».

«Mi hai rintracciato tramite questo cellulare rubato?» indicò la borsa sulla spalla.

Adam ridacchiò. «Orsacchiotta mia, ti sei trasformata in una ladra?».

«Solo perché era una situazione di emergenza. Non ho avuto scelta». Si voltò verso il padre. «Papà, sei in pericolo. C'è un uomo che ti sta alle costole e vuole ucciderti. Si chiama Cain».

Il sorriso paziente di Godfrey non era quello che si aspettava. «Cain Jones. Sì, lo so».

«Lo sai?» Guardò prima lui poi Adam. «Allora come puoi stare lì come se niente fosse e rimanere così tranquillo? Perché non scappi?».

«È ancora presto. Siamo pronti. Ma ho degli affari di cui occuparmi prima».

I maledetti affari non potevano aspettare per una volta?

«Liliana» suo padre le prese il viso tra le mani, «sei venuta a cercarmi solo per avvertirmi che la mia vita è in pericolo?».

Lei lo fissò. «Sì. Nonostante tutto il male che stai facendo, non voglio che ti accada niente. Lo sai che ti voglio bene».

Le sue mani scesero sui suoi fianchi. «Non sei venuta qui per chiedere la mia protezione?».

«Beh, all'inizio questo era il piano, ma...».

«Ma poi hai deciso di scappare, invece».

«La casa è stata attaccata. Tutti...». La sua voce fu quasi rotta. Fece un respiro profondo. «Sono stati uccisi tutti».

Godfrey annuì. «Sì, lo so».

Certo che lo sapeva. Come poteva non saperlo? Ha sempre saputo tutto. «Sono scappata via, ma degli uomini sono stati sempre un passo dietro a me. Erano uomini di Sky». Fece una pausa. «È allora che Jacob mi ha trovata». Lei giocherellava con la cinghia della borsa. «Poi anche un assassino mi ha trovata. Non sono sicura di chi lo abbia mandato. Jacob si è preso un proiettile diretto a me e quando la ferita si è infettata, volevo portarlo dal tuo medico personale per chiedere aiuto. Ancora credevo che fosse un fuggitivo a causa mia».

«Ma poi ti ha portato da Cain, invece?».

La verità era ancora una pillola amara da ingoiare. «Deve aver informato Cain e la sua cricca che stavamo arrivando a Parigi in treno, perché avevano un autista che ci aspettava quando siamo arrivati. Mi ha ingannata, per tutto il tempo».

«Quante persone ha Cain nella sua squadra?» chiese Adam.

«Io davvero non lo so. Ho visto solo tre persone, e un vecchio. Cain mi ha tenuto rinchiusa la maggior parte del tempo».

Adam la guardò con sorpresa. «Come hai fatto a scappare?».

«Sono saltata da una finestra».

«Wow» disse Adam, «è diventata dura e forte, Godfrey. Penso che abbia i tuoi geni. Sarebbe una grande risorsa per la nostra squadra».

Era fuori discussione. «Sai che condanno quello che stai facendo, papà. Non voglio entrarci. Non potrei più vivere sapendolo».

«Cosa stai chiedendomi, principessa?».

«Io speravo...».

«Che io abbandonassi la mia attività e mi trasformassi in una persona *per bene*?».

«Lo faresti?». Lei lo guardò con tutta la speranza di cui il suo cuore era capace.

Godfrey si passò una mano sul viso. «È colpa mia. Ho continuato a mettersi al riparo da tutto per troppo tempo, volendo proteggerti. Avrei dovuto esporti in precedenza, allora avresti potuto vedere le cose attraverso i miei occhi».

«Attraverso i tuoi occhi?». La sua speranza si trasformò in orrore. «Pensi che avrei potuto sostenere le tue azioni criminali?». Indicò intorno alla stanza. «Di omicidio e distruzione? Perché il potere è così importante? Non ne hai abbastanza?».

«Il potere è tutto ciò che conta, Lily» disse lui con tono triste, «ed è stata una mia negligenza non insegnarti le lezioni più importanti della vita. Avrei dovuto trattarti proprio come Adam, ma sei una ragazza, e io...».

Si voltò verso la finestra.

«Papà?».

Quando la guardò, suo padre aveva le lacrime agli occhi. «Ti ho delusa. Mi dispiace tanto. Mi prendo pienamente la colpa».

Lily sbatté le palpebre in confusione. L'aveva delusa? Perché non era riuscito a convincerla ad approvare le sue azioni orribili?

«Ti voglio bene, principessa» disse. «Te ne vorrò per sempre». Si rivolse quindi a Adam. «Fai in modo che sia rapido e indolore».

Adam prese una pistola col silenziatore dal tavolo accanto a lui. «Con una pallottola nel cuore sarà istantaneo e pulito».

Godfrey annuì. Abbassò la testa e si allontanò dalla sala con le spalle curve.

Lily rimase inchiodata sul posto. Non poteva essere vero. Suo padre non poteva aver appena detto al suo fratellastro di ucciderla. Guardò Adam con occhi grandi mentre lui avanzava verso di lei.

«Mi dispiace, orsacchiotta mia».

«Adam?». Fece un passo indietro, sperando che fosse un brutto scherzo, ma conosceva il suo fratellastro troppo bene. Riconobbe l'intento assassino nei suoi occhi.

Oh Dio, Adam stava davvero per sparlarle. Si voltò verso la porta, ma aveva fatto un solo passo prima che la mano di Adam la prendesse per i capelli, tirandola all'indietro. Inciampò. La sua schiena urtò contro il suo petto. Il collo era arcuato per la forza con cui le tirava i capelli. Lei fissò il volto del suo adorato fratellone, con le lacrime che le rigavano le guance.

«Tu sei pazzo» disse Lily tra i singhiozzi. «Come potete fare questo?».

«Pensi che sia facile per me?» le disse a denti stretti. «Non ci hai lasciato altra scelta».

«Ce l'hai una scelta. Non farlo».

«Non possiamo lasciare che tu te ne vada, Lily. Sei diventata un ostacolo. Potresti andare alla polizia. O peggio, da Cain Jones».

«Non dirò niente a nessuno. Te lo giuro. Adam, lasciami andare».

«Ti sei innamorata del tuo nemico, Lily-orsacchiotta. Questo ti rende *nostro* nemico».

«Io non sono il tuo nemico».

«La gente uccide per amore, Lily. Potresti fare anche di peggio, alla fine, per l'uomo che ami».

«Aveva ragione» disse lei con amarezza. «Jacob aveva ragione. Papà ha mandato degli uomini per uccidermi».

«E tu non gli hai creduto?». Adam sorrise. «Lui ti ama. Avresti dovuto credergli».

«Come fai a sapere tutto questo?».

«Siamo stati sempre un passo dietro a te, orsacchiotta mia. Eri quasi troppo brava, a nostro avviso. Questo è il motivo per cui toglierti la vita è davvero un triste, triste spreco».

«Perché non vi bastava mandare uno dei vostri uomini per uccidermi alla Torre Eiffel, quando sapevate dov'ero?» chiese tra i singhiozzi. «Perché torturarmi con la consapevolezza che mio padre e mio fratello mi vogliono morta?».

«Perché ti vogliamo bene, Lily. Troppo fottutamente bene perché lasciamo che sia qualcun altro a fare il lavoro, se è nelle nostre capacità. In realtà, è meglio così. Tuo padre aveva bisogno di dirti addio. E l'hai sentito. Lui vuole che sia rapido e pulito». Le mise un braccio intorno alla vita e la baciò sulla testa. «Non sentirai niente. Sarà tutto finito prima che tu possa sbattere le palpebre. Te lo prometto».

Si scosse nella sua presa. Solo il braccio la teneva in piedi. Lentamente, Adam la girò verso di lui. Lei era sbiancata, come se stesse indossando una maschera.

«Dolcezza, tesoro, orsacchiotta mia, non piangere. Non te ne vorrai andare in questo modo».

Il suo cuore batteva all'impazzata mentre cercava di trovare un appiglio. Era tutto finito. Era la fine. Jacob aveva ragione. Come una pazza, invece, lei aveva scelto di difendere il padre. Ma Adam aveva ragione su una cosa: non avrebbe supplicato e pianto. Raddrizzò le spalle e sollevò il mento, prendendo un respiro profondo.

«Questa è la mia ragazza» disse Adam, spingendo la canna contro il suo cuore.

CAPITOLO DICIANNOVE

Jacob aveva una sola possibilità. La sua mano era ferma quando puntò il fucile a lungo raggio attraverso la finestra con un occhio chiuso, scrutando attentamente con l'altro attraverso il telescopio. L'uomo biondo, che riconobbe essere Adam dalle foto che aveva visto, stava premendo una pistola sul petto di Lily. Una goccia di sudore gli gocciolò tra le scapole lungo la schiena. Le sue mani erano umide, la canna del fucile scivolosa contro il palmo della mano.

Aggiustò il tiro, prendendo in considerazione il fattore vento. Un proiettile alla tempia avrebbe ucciso Adam sul colpo, ma avrebbe potuto ancora sparare per una reazione riflessa. Sarebbe stato più sicuro per prima cosa sparare via la pistola dalla mano di Adam.

Il suo dito si strinse sul grilletto mentre bloccò il segno sul suo bersaglio. Si passò la lingua sulle labbra secche.

Ora.

Nell'istante in cui il suo dito premette, Adam girò la testa verso la finestra e, nel preciso istante in cui il proiettile lasciò l'arma, si gettò di lato.

«Cazzo!» disse Jacob nel microfono che lo collegava a Cain e alla sua squadra. «L'ho mancato». Jacob mirò e sparò di nuovo prima che Adam avesse la possibilità di nascondersi dietro un divano. L'arma di Adam era caduta a terra, fuori dalla sua portata. «Credo di averlo colpito. È dietro al divano».

Il cuore gli batteva nelle orecchie, Jacob cercò Lily attraverso il telescopio. Il suo sguardo frenetico la trovò in ginocchio sul pavimento. Il sangue pompava fuori attraverso le dita che teneva premute al petto. Il suo cuore cessò di battere. Diventò freddo come la pietra.

Il grido di Jacob scosse l'edificio. «È stata colpita!». Con il proiettile che era destinato a Adam. Con rinnovata vendetta si mise alla caccia dell'uomo e arrivò appena in tempo per vederlo zoppicare attraverso la porta sul lato opposto della stanza. «Adam si sta allontanando. Aiutatela!».

«Josselin sta andando da lei» disse la voce di Cain nel suo orecchio. «La situazione dell'edificio, Jacob?».

Jacob stava crollando, ma sapeva che ora era il momento di tenere duro. Per Lily. Fece un rapido controllo e rispose: «Tutte le finestre sono libere».

«Gli uomini sono sul tetto» disse Lann. «Non riesco a colpire lassù. Troppo lontano».

«Puoi colpirli, Jacob?» chiese Cain.

Tutto quello che Jacob voleva fare era correre da Lily. «Dobbiamo aiutare Lily. È stata colpita, per l'amor di Dio!».

«Jacob» il tono di Josselin era costante e calmo. «Sono dentro. Sto andando io da Lily. Tu puoi colpire Godfrey?».

Jacob fece un respiro profondo, cercando di calmarsi e osservare il tetto col telescopio. «C'è un muro. Devono essere dietro a quello».

«Situazione, Lann» disse Cain.

Il suono di un elicottero divenne udibile.

«Adam è con Godfrey?» chiese Jacob, la rabbia fredda gli congelava le ossa.

«Sì» rispose Lann. «Sono circondati da guardie».

«Mira all'elicottero» lo istruì Cain. «Non sparare prima che siano dentro. Abbiamo un'unica possibilità di farcela».

«Il colpo è tuo, Jacob» disse Lann. «Il mio proiettile non lo raggiungerà».

Lann era nell'edificio sul lato opposto, a guardia della strada nel caso in cui Godfrey avesse deciso di fuggire di là. Il resto della squadra era lì sotto, sul davanti. Jacob non si era fidato di nessuno se non di se stesso per sparare ad Adam, e aveva fallito.

Questa volta la mano di Jacob tremava mentre prendeva la mira. Non gliene fregava un cazzo di Godfrey, con Lily che stava perdendo sangue sul pavimento.

«Josselin?» chiese Jacob, con l'angoscia nella voce.

«Il palazzo è deserto» rispose Josselin. «L'hanno evacuato».

Jacob si bloccò. Sapeva che cosa volesse dire. Godfrey non sarebbe mai fuggito dal suo dominio e non avrebbe mai lasciato soldati per difenderlo. Non avrebbe lasciato prove del suo commercio illegale. Era il tipo di uomo che spazzava via ogni traccia.

L'edificio stava per esplodere.

Gettò il fucile a terra. Prendendo con sé solo il revolver che Cain gli aveva dato, Jacob si precipitò giù per le scale, quasi cadendo all'ultimo salto.

«Jacob?» si informò Cain. «Dove diavolo sei? Stanno per decollare».

«L'edificio!» urlò Jacob. «Sta per esplodere!».

«Lo so» sibilò Josselin. «Fai il tuo lavoro e abbatti quel cazzo di elicottero. Ho Lily».

Jacob ignorò l'ordine. Era troppo tardi, comunque. L'elicottero era già nell'aria e in direzione ovest.

«Non ce la farai mai» disse Jacob a Josselin. «Cazzo. Lily!» Sentiva i polmoni bruciare mentre attraversava di corsa la strada per raggiungere l'edificio.

Maya arrivò sul marciapiede con un SUV nero. Josselin volò attraverso la porta d'ingresso con il corpo inerte di Lily tra le braccia. La portiera posteriore del veicolo era aperta e il volto di Cain apparve brevemente quando Josselin gettò Lily ed entrò prima che Maya ripartisse a tutta velocità con le gomme che stridevano.

Jacob si fermò. Si fermò in mezzo alla strada.

Troppo tardi.

Passarono due secondi. La zona era stranamente silenziosa, come la quiete prima di una tempesta.

Vide con la coda dell'occhio un movimento impercettibile. Qualcuno lo colpì, gettandolo a terra sul marciapiede dietro una macchina.

Un altro secondo passò.

Un'esplosione fece esplodere all'infuori le finestre dell'ultimo piano. Come un castello di carte, il resto dell'edificio crollò, sparando polvere e detriti in tutte le direzioni. Jacob abbassò la testa quando una pioggia di frammenti gli piovve addosso.

«Dove diavolo sei, Jacob?» chiese Cain.

Il rumore si calmò, ma la polvere fine ancora cadeva nell'aria.

Jacob tossì. «Lily?».

La voce di Josselin era tirata. «La polizia sarà qui tra pochi secondi».

Una mano afferrò il braccio di Jacob, trascinandolo in piedi. Fissò il volto di Lann, che aveva un fucile sopra la spalla. L'espressione del russo era indecifrabile, come sempre.

«Venite all'angolo tra Rue du Théâtre e Saint-Charles» disse Lann. Trascinò Jacob lungo l'edificio da dove aveva mirato verso Adam.

«Recupera l'arma» gli disse Lann, mentre salivano le scale.

Entrarono nella stanza vuota dove il fucile abbandonato di Jacob giaceva sul pavimento. L'arma era l'ultima cosa nella mente di Jacob.

Si mise le mani tra i capelli. «Josselin, dimmi che sta bene» supplicò al microfono.

Lann guardò Jacob con i suoi strani occhi mentre raccolse l'arma e le munizioni, e per un secondo a Jacob sembrò di vedere una scintilla di pietà.

«Rispondimi!» disse più forte Jacob. «Perché non dici niente?».

Ci fu un breve silenzio poi Cain disse: «Non lo sappiamo, ancora. Dobbiamo portarla da Eve».

Cazzo. No. Se le fosse successo qualcosa... Se lui l'aveva uccisa...

Lann mise tutto nella borsa che giaceva sul pavimento, chiuse la cerniera e afferrò Jacob per le spalle. «Andiamo».

Non smisero di correre fino a quando non videro il SUV. Delle sirene suonavano già in lontananza. Quando il veicolo rallentò, vi saltarono dentro. Maya ripartì prima ancora che Lann avesse chiuso la portiera.

Lily si trovava sul sedile posteriore, c'era sangue dappertutto. Era così bianca. Cain era chino su di lei, e premeva una giacca intrisa di sangue sulla ferita. Josselin guardava con un'espressione cupa dal lato opposto. Lann silenziosamente prese posto accanto a Josselin.

Cain teneva premuta una mano sopra l'altra, premendo il tessuto sul petto della ragazza. Pompò due volte, come per rianimarla. Jacob cominciò a tremare. Il volto di Cain era truce quando alzò lo sguardo. Il suo volto abbronzato era troppo pallido, la sua voglia troppo luminosa. Jacob non voleva che Cain parlasse. Qualsiasi cosa volesse dire, non voleva sentirla.

Cain si rivolse a Josselin. «Chiama Eve». Non incontrò gli occhi di Jacob. «Dille di preparare un certificato di morte per Lily Reid».

CAPITOLO VENTI

Jacob cadde in ginocchio accanto a Lily, spingendo Cain da parte. Nient'altro gli importava tranne lei. L'amava troppo per lasciarla andare.

I ricordi lo assalirono. Ricordò la prima notte nel parco, con Lily seduta su una panchina in preda a freddo, fame e paura. La vide nel suo letto, svegliata dal suo incubo; nella vasca da bagno con il soffitto che crollava su di loro; la vide mentre saltava da un edificio in una piscina; a Durban con una pistola premuta contro la sua testa, tremante e con i vestiti insanguinati. Fece un sorriso misto a lacrime mentre la ricordava allo zoo, intenta a manovrare i dipendenti sconcertati, riuscendo a fargli suturare la ferita. La vide nuda sotto di lui, in lacrime mentre lui le prendeva la sua verginità, poi mentre gridava in estasi quando avevano fatto l'amore nello chalet di caccia. La sua vita si srotolò davanti a lui e tutto quello che poteva vedere erano le immagini di lei, come se nulla fosse esistito prima di lei. Nulla, dopo di lei, avrebbe potuto significare qualcosa.

Sembrava serena, ora. Aveva visto troppe espressioni di sofferenza sul suo volto giovane, alcune delle quali per causa sua.

Non gli importava di essere crollato davanti a Cain e alla sua squadra. Le sue spalle tremavano quando appoggiò la fronte su quella di lei. Se avesse potuto cancellare tutto, fare tutto a rovescio dal giorno in cui questa storia era iniziata, lo avrebbe fatto. Avrebbe venduto l'anima per riavvolgere il nastro al momento in cui aveva premuto quel fottuto grilletto. Le posò le dita intorno al collo e la baciò sulle labbra.

Poi si bloccò. C'era ancora un battito, anche se debole.

Scattò la testa verso di Cain. «Non è morta!».

«Lily Reid lo è».

Jacob capì. Avevano bisogno che Godfrey credesse di essere riuscito a uccidere sua figlia, o meglio, che era stata accidentalmente uccisa dal suo amante. Il suo cuore si riempì di nuova speranza, di una seconda possibilità che non meritava.

«Coraggio, Lily» disse, baciandola sulla guancia. «Resisti, piccola. Vivi per me».

Proseguirono fino a un edificio moderno, con le pareti di vetro. Eve aspettava sul marciapiede con due uomini, uno su ciascun lato di una barella.

Quando Jacob uscì dall'auto con Lily tra le braccia, Eve si affrettò verso di loro. Lui distese Lily sulla barella. Gli uomini la spinsero dentro l'edificio, con Jacob al seguito. L'interno non era sterile e bianco come un ospedale. Dipinti moderni dai colori vivaci erano allineati alle pareti. Le sedie erano blu, verdi e rosse, e il pavimento di piastrelle di colore giallo. Non c'era personale alla reception. Fatta eccezione per un infermiere in uniforme bianca che camminava lungo il corridoio e che scomparve attraverso una porta, sembravano essere soli.

«Dove siamo?» Jacob chiese a Cain, che li aveva seguiti all'interno. «Dove stanno portando Lily?».

«È una clinica privata. Non ti preoccupare. Lily è in buone mani».

Quando arrivarono a una doppia porta, Eve mise una mano sul braccio di Jacob. «Non puoi venire oltre». Senza aspettare la sua reazione, cominciò a dare istruzioni al personale infermieristico che si precipitò in fondo al corridoio per incontrarli. Lily fu spinta nella stanza, fuori dalla sua vista.

Una donna con indosso un camice blu entrò da una porta a doppio battente. «Seguitemi».

«Ho bisogno di stare con lei» disse Jacob. Indicò le porte attraverso le quali Lily era scomparsa.

Il suo sorriso era impersonale. «Prima dovete ripulirvi».

Per la prima volta, Jacob notò il sangue sulla camicia di Josselin. L'abito bianco di Cain aveva una grande macchia rossa. Anche Maya aveva una macchia sulla guancia. Lui stesso era coperto di sangue. Solo Lann era pulito.

L'infermiera li fece entrare in uno spogliatoio con un bagno sul retro. «Abbiamo messo dei vestiti per voi. Gettate quello che indossate in questo contenitore». Indicò un bidone di metallo. «Bruceremo tutto».

Nei minuti che seguirono si spogliarono e fecero una doccia, uno dopo l'altro, uscendo dal bagno in uniformi grigie da ospedale, T-shirt e scarpe da tennis bianche. Una volta che furono tutti riuniti in una sala d'attesa, una donna con una divisa bianca entrò.

«Posso portarvi qualcosa da mangiare o da bere?» chiese.

Cain si guardò intorno al gruppo. Nessuno rispose. «No, grazie».

«Dov'è Lily?» chiese Jacob.

«In sala operatoria. Avrete notizie entro un'ora. Prego, sedetevi». Si allontanò, lasciandoli sulle sedie colorate di fronte ai dipinti vivaci.

«Che cazzo è successo?» chiese Maya, con le mani sui fianchi. I suoi occhi erano puntati su Jacob.

Si asciugò le mani sul viso. «Adam deve aver visto il punto del mio laser. Quando si è chinato, il proiettile ha colpito Lily».

«Non parlavo di questo» disse. «Mi riferivo al fatto che hai lasciato scappare Godfrey».

Jacob socchiuse gli occhi. «Lily è la mia priorità. Chiaro?».

«Maya» intervenne Cain, «Jacob ha ragione. Lui non fa parte della squadra. Godfrey non era il suo obiettivo».

Lei mosse un fianco verso di lui. «Lo avevamo preso».

«E lo prenderemo di nuovo» rispose Cain. «Ma non sarà oggi». Si rivolse a Jacob. «Ragazzi, temo che abbiamo un'altra missione che ci aspetta. Jacob, vi auguro buona fortuna per il vostro nuovo futuro. Lily è in buone mani. Eve è un ottimo medico. Il suo team è uno dei più bravi. Le ho detto di dare a Lily la miglior assistenza possibile».

«Allora finisce qui?» chiese Jacob. «Ci stai lasciando andare davvero?».

«Hai mantenuto il tuo patto fino in fondo» rispose Cain. «Ho detto che avrei protetto la ragazza se mi avesse portato a suo padre, e io sono un uomo di parola». Guardò Jacob per un momento. «Se tu però desiderassi entrare nella squadra...».

«No, grazie. Io lavoro da solo. A dire il vero, mi ritiro». Aveva Lily per cui vivere ora, e questo non era il tipo di vita che voleva per loro.

Cain fece un cenno a Lann, che consegnò a Jacob una borsa da viaggio. «Per concludere il nostro accordo».

Jacob prese la tracolla e osservò Cain, Josselin, Lann e Maya andarsene in fila attraverso la porta. Aprì la borsa. Dentro c'erano una grossa quantità di denaro e, sopra, due passaporti.

Ci dovevano essere almeno un milione di dollari là dentro, abbastanza per cominciare una nuova vita. Aprì i passaporti e guardò i nomi: erano Abigail Smith e John Taylor, cittadini americani. Da quel poco che sapeva su Cain, Jacob era sicuro che avessero ciascuno un passato ben definito, una storia completa e costruita nei minimi particolari. Posò la borsa su una sedia e cominciò ad andare su e giù per la stanza. Gli sembrò che fossero passate delle ore quando Eve si avvicinò, con ancora addosso un camice.

Si precipitò verso di lei. «Come sta?».

Gli rivolse un sorriso stanco. «È stabile. Fortunatamente per lei, è una ferita superficiale. Era a pochi centimetri dal cuore». I suoi occhi si posarono sulla sua spalla. «Sembra che voi due abbiate qualcosa in comune. Non ci sono organi danneggiati, ma ha perso molto sangue. Ho dovuto farle una trasfusione. Sarà debole per un po' e non sarà in grado di viaggiare, ma può stare qui. Sarà al sicuro. Ho aggiunto un letto per te nella sua stanza».

«Posso vederla adesso?».

«Purché tu non la faccia stancare. Si è appena svegliata dall'anestesia. In circostanze normali, non sarebbe permesso, ma so quello che avete appena passato e... si sa» sorrise, «l'amore è più forte della migliore medicina».

Entrò nella stanza in cui Lily giaceva su un letto, con gli occhi chiusi, il volto pallido. Aveva una flebo nel braccio e un tubicino che entrava nel naso. Le prese la mano e la strinse. Lei aprì lentamente gli occhi, quei bellissimi occhi azzurri, e lo fissò.

Le baciò le dita e ricacciò indietro le lacrime. «Lily, mi dispiace».

Era poco convincente. Le doveva molto più di due stupide parole, parole che non avrebbero mai potuto esprimere ciò che aveva attraversato la sua mente, il cuore e l'anima, ma non sapeva da dove cominciare. Forse ora, per il resto della sua vita, era un buon inizio.

«Avevi ragione» gli disse, la sua voce gracchiante. «Stava per uccidermi». Una lacrima le rigò la guancia.

«Shhh, piccola, è finita».

«Sono vivi?».

«Sì. Tuo padre e il tuo fratellastro l'hanno fatta franca».

Il suo sguardo si indurì. «Non importa». Distolse lo sguardo. «Sono morti per me, in ogni caso».

Lui sfiorò con il pollice le sue dita. «Quella vita è finita» le disse.

Lei chiuse gli occhi per un secondo e gli sorrise debolmente. Non sapeva come darle le altre informazioni.

Deglutì. «Anche Lily Reid è morta».

La sua mano si irrigidì. «Che cosa vuoi dire?».

«Cain ha fatto rilasciare un certificato di morte per te. È per proteggerti. È meglio se tuo padre crede che tu sia morta, o non saremo mai al sicuro, non potremo mai smettere di fuggire».

«Chi sono io, allora, Jacob?».

Si scostò i capelli dalla fronte. «Abigail Smith».

«Tutta la mia vita è stata una grande bugia. Non so chi sono, non più. Chi dovrebbe essere dunque questa Abigail Smith?».

«È la donna che amo».

Un singhiozzo silenzioso le devastò il petto. Sostenne il suo sguardo a lungo. Alla fine, chiese: «Abita in una casa con uno steccato?».

«Sì. Ha anche un cane».

Abbassò gli occhi. «Ha un marito?».

Jacob sentì un nodo alla gola. Lily gli stava dando una seconda possibilità e, anche se non la meritava, doveva afferrarla con entrambe le mani.

«Sì, ha un marito».

I suoi occhi blu brillavano quando lei lo guardò. «È un pericoloso killer?».

«No».

«Allora, che cosa è?».

«Tutto quello che tu vuoi che sia». Non riusciva quasi a parlare. «Proprio tutto».

«Penso che quello che voglio è che lui sia felice».

Lui le strinse la mano al petto. «Io non ti merito, Lily».

«Jacob, non voglio che tu faccia tutte queste promesse solo perché mi hai sparato».

Il suo cuore sobbalzò nel petto. «Sapevi che ero io?».

«Non sono stupida. Chi altro avrebbe rivolto una pistola contro Adam?».

«Stavo per dirtelo. Avrei dovuto farlo fuori, ma lui ha visto la luce e invece...». Rabbrividì. «Il mio proiettile ti ha colpita».

«Come mi hai trovata?».

«Avevo pensato che saresti andata dritta alla Torre Eiffel. Cain aveva della sorveglianza satellitare su quella zona. Nel breve tempo in cui le telecamere di Cain ti hanno trovata, eri già nel palazzo di tuo padre con Adam. L'unico modo per salvarti era uccidere Adam».

«Adesso mio padre sarà arrestato?».

«Ha fatto saltare in aria l'edificio. Non ha lasciato alcuna prova. Ma suppongo che Cain non smetterà di dargli la caccia». Lui la guardò con aria solenne. «Quella notte in cui ti ho portata a casa mia dal parco... in fondo in fondo, anche se non volevo ammetterlo, sapevo già che ti volevo, Lily. Sapevo che non ti avrei mai torto un capello. Meriti di più, lo so. Volevo lasciare che tu avessi di più, qualcuno migliore di me, lo giuro. Ho fatto del mio meglio per starti lontano, ma anche tu mi volevi. Almeno quanto io volevo te. Noi desideriamo le stesse cose. L'abbiamo fatto sempre. Non ti sto offrendo quel sogno che vedo nei tuoi begli occhi perché ti ho sparato. Te lo sto offrendo perché lo voglio anch'io. Perchè ti amo. Mi rendo conto che quello che ho da offrire non è molto. Ma sono disposto a darti tutto quello che ho. Se puoi perdonarmi. Per averti mentito perché pensavo che ti avrebbe protetta. Per averti sparato. Per tutto».

«Ti ho già perdonato, perché io ti amo, Jacob. Ma dovrò imparare a fidarmi di nuovo di te».

«Ho tutto il tempo, tesoro. Abbastanza per guadagnare di nuovo la tua fiducia».

Lei si morse il labbro. «Pare che io dovrò... cavalcarti per un altro paio di settimane, fino a quando la mia spalla starà meglio» sorrise maliziosa.

«Non è carino stuzzicarmi in questo modo» le disse sorridendo.

Lei si voltò seria. «E adesso, Jacob?».

C'era incertezza nella sua voce. Era spaventata per il loro nuovo futuro.

«Adesso siamo solo tu e io, tesoro».

E tutto ciò che verrà. Avevano tutta la vita davanti a loro. Insieme.

Lui avrebbe fatto di tutto per guadagnarsi la sua fiducia di nuovo, e il suo perdono.

Un giorno alla volta.

Ma per prima cosa, l'avrebbe amata. Ogni giorno, per il resto della sua vita.

EPILOGO

Lily era china su un angolo del prato, con indosso un cappello a tese morbide e un prendisole giallo molto carino. Max, il loro Border Collie, si sedette accanto a lei. Seguiva il movimento delle sue mani con una concentrazione incrollabile. Jacob si avvicinò e la guardò mentre piantava i semi nei fori equidistanti. Le sue labbra si piegarono in un sorriso quando lei lo guardò. Il cuore di Jacob si riscaldò, minacciando di esplodergli dal petto. Ogni volta che la guardava, ricordava a se stesso che la vita di Lily era un dono, che avrebbe potuto essere facilmente il contrario. L'albero di ciliegio che lei aveva piantato in un angolo della proprietà era il suo modo di ricordare. La sua vita sarebbe stata sempre preziosa per lui, come lo era la nuova vita che avevano creato insieme.

Jacob si inginocchiò e le spostò una ciocca di capelli dalla fronte. «Sei qui a lavorare, in pieno caldo?».

Lei sollevò un sopracciglio. «*Tu* piuttosto, non dovresti essere al lavoro?».

Lui dirigeva una fabbrica metallurgica di successo. «Sono uscito presto per venire a darti un'occhiata. E direi che ho fatto bene».

La sua risata era cristallina. «Sei iperprotettivo».

Lui le mise una mano sul pancione, curvando la mano sulla piccola protuberanza. «Ho ragione di esserlo».

«Sono incinta, non fragile».

Lui la prese in braccio, provocandole un gridolino. «Esatto». Si avviò verso casa. Max lo seguì scodinzolando.

«Cosa stai facendo?» chiese Lily agitando le gambe. «Non ho ancora finito».

«Me ne occuperò io dopo».

Le rubò un bacio mentre entrava nel fresco comfort della loro casa provenzale. La sua lingua entrò, oltrepassandole le labbra. Poté sentire le fragole che aveva mangiato per lo spuntino di metà mattina. Questo lo eccitò immediatamente. Lily era un afrodisiaco di cui non si sarebbe mai potuto stancare. Il suo cappello cadde all'indietro, ma lei non sembrò curarsene mentre gli metteva le mani tra i capelli, attirando la sua testa verso di sé e ricambiando il calore del suo bacio.

Sorrise dentro di sé. Amava la sua Lily in stato di gravidanza. I suoi ormoni erano sempre in overdrive e diavolo!, se doveva usare il sesso per far sì che la moglie ostinata gli obbedisse, che così fosse. C'erano quaranta gradi là fuori, non era il posto per una donna incinta.

La portò attraverso la cucina al piano di sopra, nella loro camera da letto. Max corse avanti. Ormai, conosceva la strada.

Jacob gli diede una pacca sulla testa. «Resta qui, ragazzo». Non era necessario che Max assistesse a quello che aveva in mente. Il Collie si sedette docilmente.

Le persiane erano chiuse contro il calore, ma non impedirono all'odore della lavanda di entrare. Delicatamente, lui la distese sul letto. Non troppo dolcemente, cominciò a spogliarla: prima il vestito, poi la biancheria intima arancione con il pizzo di filo giallo. I suoi occhi percorsero tutto il suo corpo. Si tolse in fretta i vestiti e si abbassò su di lei, attento a mantenere il suo peso lontano dal suo ventre. La baciò profondamente e a lungo, e lo stesso avrebbe fatto dopo con la sua fica. Quando non riuscì più a frenare il suo desiderio, le baciò i seni, poi le accarezzò il ventre appena rigonfio mentre tuffò la sua testa tra le gambe di Lily.

Lei le aprì per lui, permettendogli di raggiungere le sue profondità più intime. Il suo cuore prese il volo, sapendo che Lily si fidava di lui. Gli aveva aperto il suo corpo e il suo cuore.

Lei si contorse sotto di lui quando iniziò a scoparle la fica con la lingua, godendo della dolcezza del suo corpo. I suoi gemiti erano impazienti. Il lungo e tenero amplesso che aveva previsto avrebbe dovuto aspettare la sera. Adesso voleva essere dentro di lei. Conoscendo già esattamente quali pulsanti spingere, fece scattare la lingua sul suo clitoride con colpetti leggeri e seducenti fino a quando sentì i gemiti morbidi dell'orgasmo che amava così tanto. Quei suoni provenienti dal profondo di Lily lo facevano impazzire. Spinse delicatamente un dito dentro. I suoi muscoli si contrassero intorno a lui. Gli piaceva sentire Lily venire in questo modo. Già la sua fica lo stringeva mentre lui le succhiava dolcemente il clitoride.

I suoi fianchi si sollevarono e rotearono. Un altro gemito uscì dalle sue labbra. «Oh Dio, Jacob, ti prego».

Solo quando facevano l'amore lei lo chiamava con il suo vero nome, lo gridava all'apice del piacere. Aumentò la pressione della sua lingua e delle labbra, dandole quello che desiderava. Le sue pareti interne si contrassero. Delle convulsioni corsero sul suo corpo quando godette intorno alla sua mano.

Non poteva più aspettare. Si mise tra le sue gambe e spinse il suo membro dentro di lei lentamente.

«Ah, Jacob...» ansimò. «Mi piace quando mi apri tutta così».

La apriva davvero. E gli piaceva. Lei era liscia e lui le scivolava dentro facilmente.

Lei gemette. «Più forte».

Lui si mosse più forte, aumentando il ritmo. Avrebbe voluto durare di più, ma le sue palle erano tese fino alla base del suo cazzo. Al diavolo. L'avrebbero rifatto più a lungo questa sera. Si tirò indietro e spinse di nuovo, lasciando Lily senza fiato. Lei gli prese i capelli, tenendogli la testa mentre il suo bel viso si trasformava in un'espressione di estasi.

«Vieni insieme a me» gli disse.

Lui lo fece. Venne dentro di lei, sentendo che il piacere scorreva sul suo corpo dalle palle fino alla punta delle dita dei piedi. Quando le scosse di piacere finirono, lui le prese il viso tra le mani e la baciò intensamente.

«Dimmi di nuovo» disse, «che è tutto vero».

«È tutto vero».

«Dimmi ancora una volta che sarà per sempre».

«Non ti lascerò mai, Jacob».

Chiuse gli occhi e assaporò quelle parole. «Sono felice di averti trovata, Lily».

«Anch'io».

La abbracciò. «Bene, tesoro, perché non ti lascerò mai».

Sollevò un sopracciglio arrogante. «Sei sicuro? È pericoloso avermi intorno».

«Sì. Sì, è pericoloso». Si avvicinò, le loro labbra quasi si toccavano. «Tu sei molto, molto pericolosa» le disse sottovoce.

Lei strillò quando la capovolse. Non aveva ancora finito con lei. L'avrebbe amata come non mai per compensare il passato. Ci sarebbe voluto più o meno tutto il resto della sua vita, e per sempre e un altro giorno ancora.

Chi è l'autore

Charmaine Pauls è nata a Bloemfontein, in Sudafrica. Dopo aver ottenuto una Laurea in Comunicazioni all'Università di Potchefstroom, si è occupata di giornalismo, pubbliche relazioni, pubblicità, comunicazioni, fotografia, disegno grafico e brand marketing. Scrivere è sempre stato parte della sua professione.

Dopo essersi trasferita in Cile con il marito francese, ha potuto dedicarsi a tempo pieno alla scrittura. Charmaine Pauls ha pubblicato undici romanzi dal 2011, nonché alcuni racconti e articoli. Due dei suoi racconti brevi sono stati selezionati per la pubblicazione in un'antologia di racconti africani di tutto il continente dalla "International Society of Literary Fellows", in associazione con l'"International Research Council on African Literature and Culture".

Quando non scrive, le piace viaggiare, leggere e occuparsi di gatti randagi. Charmaine attualmente vive a Montpellier con suo marito e i due figli. La loro famiglia è un melange linguistico tra Afrikaans, Inglese, Francese e Spagnolo.

Altre notizie sull'autrice e i suoi libri sul suo sito:
www.charmainepauls.com

Come contattare Charmaine:
Facebook: http://bit.ly/Charmaine-Pauls-Facebook
Amazon: http://bit.ly/Charmaine-Pauls-Amazon
Goodreads: http://bit.ly/Charmaine-Pauls-Goodreads
Twitter: https://twitter.com/CharmainePauls
Instagram: https://www.instagram.com/charmainepaulsbooks/

Chi è il tradutorre

Paola Casadei è nata a Forlì, in Italia. Dopo la Laurea in Farmacia, ha vissuto all'estero (Francia, Sudafrica, Mozambico). Ora vive con la sua famiglia a Montpellier, dove scrive, insegna pianoforte, traduce dal francese e dall'inglese.

Altri libri de Charmaine Pauls

The Seven Forbidden Arts series:
(Tutti i libri sono letti come romanzi autonomi)
Pyromancist
Aeromancist, The Beginning
Aeromancist
Hydromancist
Geomancist
Necromancist
Scapulimancist
Chiromancist
Man

Romanzi autonomi:
Between Yesterday & Tomorrow
Between Fire & Ice
The Winemaker
The Astronomer
Second Best